英国王妃の事件ファイル⑩

貧乏お嬢さま、駆け落ちする

リース・ボウエン　田辺千幸 訳

Crowned and Dangerous

by Rhys Bowen

コージーブックス

CROWNED AND DANGEROUS
(A Royal Spyness Mystery #10)
by
Rhys Bowen

謝辞

本書をスコッツデールにあるポイズンド・ペン書店のオーナーであり、あらゆるミステリの擁護者であり、わたしの大切な友人であるバーバラ・ピータースに捧げる。バーバラ、あなたの助力、激励、友情、そしてワイン・バーでのランチにありがとうと言わせて！

素晴らしいエージェントであるメグ・ラリーとクリスティーナ・ホグレブ、そしてジャッキー・キャンターとダニエル・ディルをはじめとするバークレー社とペンギン社のすべての人々に感謝を。あなたたちは最高よ。

そしてジョン、いつもびしばしと編集してくれてありがとう！

貧乏お嬢さま、駆け落ちする

主要登場人物

ジョージアナ(ジョージー)……………………ラノク公爵令嬢
クイーニー………………………………………ジョージーのメイド
ダーシー・オマーラ……………………………アイルランド貴族の息子。ジョージーの婚約者
ベリンダ…………………………………………ジョージーの学生時代からの親友
ザマンスカ王女(ゾゾ)…………………………ポーランドの亡命貴族。未亡人
サディアス・アレクサンダー・オマーラ……アイルランド貴族キレニー男爵。ダーシーの父
ティモシー・ローチ……………………………アメリカ人の富豪。現キレニー城主
ミッキー・ライリー……………………………ローチの従者
ミセス・マクナリー……………………………キレニー城の料理人
ウーナ……………………………………………ダーシーの大おば
ドーリー…………………………………………ダーシーの大おじ

1

一九三四年一一月二九日　木曜日　闇夜

ジ・オナラブル・ダーシー・オマーラといっしょにアームストロング・シドレーで北へ向かっている。どこを目指しているのかはわからないけれど、ダーシーが隣にいるからそれだけでいい。

わたしはダーシーが運転する車に乗り、ロンドンから北へと向かっていた。マリナ王女とケント公爵の結婚式に出席したあと、そのまま車に乗せられたのだ。ロマンチックなディナーに行くのだと初めは思った。車がロンドンの町を出ると、ディナーではなくブライトンかどこかのいかがわしい場所にあるホテルに行くつもりだろうかと考えた。けれどダーシーは南ではなく北へ車を走らせている。ロンドンの北にその手の場所があったかしら？　いけないことをするために、中部の工場地帯に行く人なんていないでしょう？　わたしはどこかほっとしていた。もちろんダーシーといっしょに夜を過ごしたいという思いはあったし、早すぎるということもないけれど、その後に対する不安が消えることはなかった。

ダーシーは謎めいた笑みを浮かべてハンドルを握っているだけで、わたしがなにを訊いても答えようとしない。やがてわたしは、山ほどいる彼の友人のひとりがどこかの田舎で開いているハウス・パーティーに行くのだろうと結論づけた。ブライトンのホテルでスミス夫妻として過ごす夜ほど胸躍らせるものではないにしろ、それはそれで楽しいだろう。けれどロンドンの町の明かりが見えなくなり、車が真っ暗ななかを走り続けるうちにわたしは我慢できなくなった。

「ダーシー、いったいどこに向かっているの？」

ダーシーはまっすぐ前を見つめたまま答えた。「グレトナグリーンだ」

「グレトナグリーン？　本気なの？」悲鳴にも似た声になった。「だってあそこはスコットランドよ。それにあそこに行くのは――」

「駆け落ち結婚をするためだ。そのとおりだよ」

わたしは彼の横顔を見つめた。満足そうな笑みが浮かんでいる。

「ジョージー、きみのことはよく知っている。きみはまっとうすぎるくらいまっとうな人だ。ひいおばあさんの遺伝子をしっかりと受け継いでいる（知らない人のために説明しておくと、ヴィクトリア女王のことだ）。その手に指輪をはめるまで、これ以上ぼくとの関係を深めたくないと思っていることはわかっているし、それは尊重したい。だからぼくはこの状況をどうにかしようと思ったんだ。ひと晩じゅう車を飛ばせば、明日にはきみはミセス・オマーラになっていて、ぼくは良心がまったくとがめることなく、きみとベッドを共にできるというわけだ」

「わお」レディらしい答えと言えないことはわかっていたけれど、あまりにも突然の話だった。けれど気がつけば口元が緩んでいる。ミセス・オマーラ。レディ・ジョージアナ・ラノクほどもったいぶってはいないけれど、それよりもはるかにいい響きだ。ロンドンに戻って指輪をした手を見せびらかしたら、義理の姉のフィグはどんな顔をするかしら？　フィグを思い出したせいで、より現実的なことが頭に浮かんだ。ダーシーには決まった家がない。彼は貴族の生まれでわたしと同じようにお城で育ち、いずれは爵位を相続する身分だ。だがやはりわたしと同じで、いまの彼はひどく貧乏だった。わたしには話してくれないなにか秘密の任務を請け負うことで生計を立てているらしい。自分の家がないので、友人の家のソファで眠るか、もしくは彼らがヨットに乗っていたりリヴィエラに行っていたりするあいだ、ロンドンの留守宅を管理するという名目で滞在している。独身の男性であればそういう暮らしもいいだろうが、わたしまで彼の友人の家のソファで眠るわけにはいかない。そうでしょう？

わたしはためらいがちにその話題を持ちだした。

「でもダーシー、わたしたちはどこで暮らすことになるの？」

「いままでどおりさ」ダーシーは答えた。「きみはお兄さんのところに戻り、ぼくは仕事のある場所に行く。稼いだ金はすべて貯めて、ふさわしい家を手に入れられるくらいになったら、結婚したことを公表するんだ。グレトナグリーンに行くのは、なにか予期しないことが起きたり、きみが——」ダーシーは一度言葉を切り、咳払いをした。「身ごもったりしたときに、結婚証明書を見せられるようにしておくためだ。そうすればなにも面倒は起きないし、きみの名誉も守られるからね」

わたしは笑わずにはいられなかった。男性と交わすにはあまりに微妙な話題だったから、落ち着きなくくすくす笑ったと言ったほうがいいかもしれない。

「それで、わたしたちの家が買えるようになるまで、どれくらいかかると思う？」

「それほどかからないことを願うよ」ダーシーはため息をついた。「父が財産をそっくり失って城と競走馬の厩舎（きゅうしゃ）を売る羽目になっていなければ、先祖代々の家に住めたんだが。きっときみはキレニー城を気に入っただろうと思うよ。ラノク城ほど野性味はないし、人里離れてもいない。実のところ、もっと文化的だ」

「お父さまはいまもそこで暮らしているんでしょう？」

「ああ。城を買い取ったアメリカ人に雇われて、厩舎の管理をしている。先祖代々何百年も自分たちのものだった屋敷で、雇われの身になっているんだ。ぼくはとてもあそこには近づけない。辛すぎる」ダーシーはまた言葉を切った。「父もぼくには会いたがらないだろうしね。父はぼくが好きじゃないんだよ」

「あなたの暮らし方を認めていないから？」

ダーシーは鼻を鳴らした。「認めるとか認めないとか、父はそんなことを言える立場じゃないだろう？　一家の財産を売ったのはぼくじゃないんだから。答えはもっと単純だ。父はぼくが生きていることが許せないんだ」

「なんですって？」わたしは思わず彼の顔を見た。固く唇を結んでいる。

「一九二〇年にスペイン風邪が流行したとき、ぼくはイングランドのプレップ・スクールにいた。その学校は凍えるほど寒くてひどいところだったから、風邪ですらよけて通った。だからぼくは助かったんだが、母とふたりの弟は亡くなった。ぼくを見るたびに、母や弟が死んだことを思い出すと、一度酔った父に言われたことがある」

「あなたのせいじゃないのに」わたしは腹立たしげに言った。

「父は理性的な人間とは言えないからね。癇癪持ちで、執念深い。だがもう父の話はやめよう。ぼくたちは冒険の旅に出ようとしているんだし、家族なんてどうでもいいさ」

「そうね」わたしはハンドルを握る彼の手に自分の手を重ねた。「養ってもらっているわけじゃないんだもの。わたしたちが結婚しようとどうしようと、あの人たちには関係ないわ」

対向車線を走ってきた車のヘッドライトに一瞬わたしたちの姿が浮かびあがったが、またすぐに闇に包まれた。わたしはダーシーと結婚したことを家族に告げているところを想像した。兄のビンキーは喜んでくれるだろう。フィグはきっと認めようとしない。ダーシーは貧乏だし、カトリック教徒だから……。

「わお！」わたしは再び声をあげ、座ったまま背筋を伸ばした。ダーシーがわたしの顔を見た。「あなたとは結婚できないわ、ダーシー。すっかり忘れていたけれど、許されていないのよ。わたしにはいまも王位継承権があって、カトリック教徒の人と結婚することは許されないの」

「きみが王位継承権を放棄すれば、それでなにも問題はなくなるんだとばかり思っていたよ」ダーシーは笑いを含んだような顔でわたしを見ている。「もちろん、いつか王妃になれるかもしれないから、ぼくと結婚するのはあきらめるというなら話はべつだが」

わたしはくすくす笑った。「わたしの継承権は三五番目だから、わたしと王座のあいだにいる人たちに消えてもらうには、また黒死病に流行してもらわなくてはならないわね。それに、王妃になりたい人なんているかしら？　もちろんわたしはあなたと結婚したい。でもきちんとした形を取る必要があると思うの。まず国王陛下に願い出て、そのあと議会を通さなくてはいけないと思う。だからこれ以上行かないうちに、引き返したほうがいいわ」

ダーシーは首を振った。「引き返すつもりはないよ。ぼくたちはスコットランドに行って結婚する。でもそのことはだれにも言わずにおくんだ。いずれ時が来たらきみは、王家の親戚にぼくとの結婚の許可をもらいに行く。そうしたらふさわしい教会できちんとした結婚式をあげよう。すでに結婚していたことをだれかに話す必要はないさ」

「そんなことできるかしら？」

「だれかに話す必要があるかい？」

「国王陛下ご夫妻が許してくださらなかったら？」

「許さない理由があるだろうか？　それにもしそういうことになったら、ぼくが改宗するさ。そうすることでしかきみと結婚できないのなら」

胸がいっぱいになった。「ダーシー、あなたにそんなことは頼めない。あなたにとって宗教はとても大切なものでしょう？」

「先祖たちが何百年もそのために戦ってきたことは事実だが、いまも言ったとおり、それがきみと結婚する唯一の方法ならそうするまでだ。英国国教会の信者になるのも、それほど悪くはないさ……カトリックを骨抜きにしただけの宗教なんだから」

わたしはほっとして笑った。すべてを捨ててもいいと思うほど、ダーシーはわたしを愛してくれている。それがどれほど素晴らしいことか、とても言葉にはできない。

ダーシーは車を走らせ続けた。ぐんぐん気温がさがってきて、わたしは後部座席に置かれていた膝掛けを脚に巻きつけた。やがて雨が降り始めた。みぞれのような雨がフロントガラスを叩き、運転の邪魔をする。ダーシーは小声で悪態をつくと、身を乗り出すようにして前方に目を凝らした。

「このまま降り続くようなら、どこかで泊まったほうがいいかもしれない。こんな雨のなかで運転するのは大変すぎるわ」

「いや、このまま進もう。じきに止むさ」

だが雨は止まなかった。わたしたちは、中部地方の町の名が記された標識をいくつも通り過ぎた。どこかのパブでミートパイとビールの軽食をとった。暖炉では火が燃え盛っていて、わたしは未練がましくそれを見ながら、雨のなかを車まで駆け戻った。

ヨークシャーに着くころには、雨は雪に変わっていた。重たく湿った雪で、ワイパーが左右に動くたびにガラスにこびりつく量が増えていく。そんななかを走る酔狂な車はほかにはなかった。

「止まったほうがいいわ」わたしは言った。「危なすぎる」

「これは頑丈ないい車だ。これくらいの天気なら大丈夫だ」

「どこかでスリップして、気づいたら溝のなかでさかさまになっていたなんていうことにならないといいけれど」

標識は見えなかったが、リーズに続く道路を過ぎ、さらにヨークも過ぎた。人が暮らす気配がほとんどない荒涼とした丘陵地帯を走っているようだ。荒野の真っただ中なのかもしれない。不意にダーシーが急ブレーキを踏み、車の後部が横滑りした。わたしは悲鳴をあげたと思う。ダーシーは必死に車を立て直そうとしている。車がスピンし、ヘッドライトが回転しながら木々や雪を照らした。やがて車は奇跡的に止まった。目を開くと、車はあらぬ方向を向いていた。

一一月二九日
真夜中
ヨークシャーのどこか

「なにがあったの？」わたしの声はひどく震えていた。

「少しばかり乱暴な運転だったかな」ダーシーは楽しんでいるような口調で言った。

わたしは彼をにらみつけた。怒りが恐怖に取って代わった。

「わざとやったわけじゃないでしょうね？」

「当たり前だ。ぼくがそんなことをするとでも？」

「それならどうしてあんな急ブレーキを踏んだりしたの？」

「大型トラックが道路をふさいでいたんだ」さすがにその声は緊迫していた。ダーシーはドアを開けると――冷たい風と雪が車のなかに吹きこんだ――吹雪のなかへと降り立った。わたしは膝掛けをさらにしっかりと巻きつけ、雪のなかに目を凝らした。ダーシーの姿が白い渦のなかに見えなくなると、息を止めて彼が帰ってくるのを待った。戻ってきた彼の顔には苦々しい表情が浮かんでいた。

「今夜はここまでだ。この先は雪で通れないらしい。迂回路があるかと訊いたら、グレート・ノース・ロードが通れないなら、それより細い道路はまず無理だと言われたよ。彼の言葉を借りるなら〝ここでこんなに降っているようじゃ、荒れ地ではすさまじい吹雪が荒れ狂ってるだろうよ〟ということだった」ダーシーはいらだたしげにため息をついた。「明日、だれかが道路を通れるようにしてくれるまで待つほかはない。それとも明後日になるかもしれない……。それ以上のことはわからなかったが、とにかくここから先に行くのは無理だ。残念だがきみの提案どおり、どこかで夜を過ごすほかはなさそうだ」

「一・五キロほど戻ったところにパブがあったわ」

「じゃあ、そこに行ってみよう」ダーシーはフロントガラスに積もった雪をどけると、自分の体の雪をはらってから車に乗りこみ、慎重に方向転換した。「宿泊設備があるといいんだが。あまり戻りたくはないからね」ダーシーはハンドルを手のひらで叩きつけた。「まったくこんな腹立たしいことはないよ。なにもかも完璧に計画を立てたと思っていたのに。荷造りをするようきみのどうしようもないメイドを説き伏せて、このふさわしい車を借りられるように手配をして、その挙げ句にこの有様だ」

わたしは彼の服の袖に手を触れた。「少し遅れるだけよ、ダーシー。きっとすぐに道路は通れるようになるわ。スコットランドと北イングランドを結ぶ主要道路だもの。一日かそこら待つくらいどうだというの？」

ダーシーはうなずいた。「そうだな、きみの言うとおりだ。少し遅れるだけだ。二年も待ったんだ。あとひと晩くらいどうということはない」

「初めてわたしと会ったとき、一週間以内にわたしをベッドに連れこめるかどうか、友人のベリンダと賭けをしていたんじゃなかった？　それとも一カ月以内だった？」

ダーシーはにやりと笑った。「よく覚えていないが、賭けに負けたことは確かだな。きみの断固とした意志と王家の一員らしい礼節を見くびっていた」

「それに、これまでもいろいろと邪魔をされてきたわ。ちょうどいまみたいに」わたしは言った。「こんなに長くかかるなんて信じられないって、母なら言うでしょうね」

ダーシーは笑い交じりに鼻を鳴らした。「きみのお母さんは慎み深い女性の見本とは言えないからね。何回結婚したんだった？　それとも結婚しなかったのは何回だったと訊くべきかな」

わたしの母は、わたしが二歳のときに父であるラノク公爵のもとを去り、それ以来七つある大陸のうちの六つを股にかけて、様々な男性たちと様々な関係にあった。ひとつだけ足を踏み入れなかったのが南極大陸で、その理由はあまりに寒いからだ。足が凍え始めているのを感じながら、いい判断だとわたしは思った。

わたしたちは南に向けて引き返した。さっきわたしが見かけたパブは〈ピッグ・アンド・ホイッスル〉という名前だった。田舎っぽい古風な趣の魅力的な店だったが、残念なことに入り口には鍵がかかり、明かりもついていなかった。ダーシーは車を降りてドアをがたがたと揺すったが、結局ジャケットの雪をはらいながらがっかりした様子で戻ってきた。

「酒の販売認可時間なんてものはばかげている」ダーシーは再びエンジンをかけながら文句を言った。「どうしてフランスやイタリアみたいに、ひと晩じゅうでも飲めるようにしないんだ？」

「人口の半分がへべれけになって働けなくなると困るからじゃないかしら」

ダーシーは鼻で笑った。「ヨーロッパの人間はみんなへべれけになっているかい？」

「あの人たちはそういう生活に慣れているのよ。それにビールやウィスキーじゃなくて、ワインを飲んでいるし。ワインは体にいいって言われているわ。わたしたちほど真面目に働かないというのもあるでしょうね。フランスのカフェはどこも、朝からワイングラスを前に座っている男の人でいっぱいよ。きっと人生を深刻に考えていないんでしょうね」

「きみはどうしていつもそれほど理性的で落ち着いていられるんだ？　きみのような人がぼくと駆け落ちしたがるなんて、だれも信じないだろうな」ダーシーは言葉を切ると、鋭いまなざしをわたしに向けた。「確かめなかったが、きみもそれを望んでいるよね？」

唐突な質問だった。それがわたしの望み？　王家の親戚になにを言われるかが気になっていたんじゃなかった？　白いドレスとベールにずっと憧れていたんじゃなかった？　ダーシーを見た。暗い車のなかでも彼はとてもハンサムに見えたし、わたしは心から彼を愛している。「もちろんよ」

「答えるまで、少し間があった」

「寒すぎて口がうまく動かないんですもの」

「それなら温めてあげるよ」ダーシーはわたしの後頭部に手を添えると自分のほうに引き寄せ、長く熱烈なキスをした。「さてと」ふたりしていくらか息を荒らげながら顔を離したところで、ダーシーが言った。「凍え死ぬ前に、どこか夜を過ごせる場所を探そう」

道路沿いに村らしきものが見つかることを願いながら、わたしたちは車を走らせた。ようやくのことで人家とおぼしきもの、それもまだ眠りについていない建物が見えてきたときは、ヨークの近くまで戻っていたと思う。今度もパブだった。道路から少し離れたところにあって、踏切が近い。激しい風に揺れている看板には〈溺れる男〉という店名と、池から突き出した手の絵が描かれていた。

「あまりそそられないね」ダーシーが素っ気なく言った。「だがとりあえずまだ明かりはついているから、だれかが起きていることを祈ろう」

ダーシーが運転席のドアを開けると、雪が勢いよく吹きこんできた。車から降りて風にさからうようにしながらあわててドアを閉め、パブへと走っていく。わたしは雪に覆われたフロントガラスごしに彼を眺めた。ノックをして、応答があるのを待っている。やがてドアが開いて、雪の上にひと筋の光が射したのでわたしは安堵した。ダーシーが長々と訴えているあいだ、相手はわたしのことをじろじろと眺めていた。やがてダーシーは車に駆け戻ってきた。つかの間、空いている部屋がなかったから、またさらに車を走らせなくてはならないと言うのかと思ってぞっとしたが、彼は助手席側にまわってドアを開けてくれた。

「部屋はあるそうだ。見たところ、あまり居心地のいい宿とは言い難いが、いまはどんなところでもありがたい」ダーシーはわたしの手を取り、雪のなかをその建物へと連れていった。そのなかは暖かくてほっとしたと言いたいところだったが、実際は車とたいして変わりなかった。廊下には裸電球がひとつ吊るされているだけで、絨毯（じゅうたん）を敷いていないむき出しの階段が暗闇へと続いている。

「嵐につかまったんだね？」宿屋の女主人が言った。その姿がようやく見えるようになったので、たっぷりした二重あごの丸々した顔に落ち着きのない小さな目をした、骨太の馬車馬のような女性であることがわかった。

実はリヴィエラに向かうところだが道を間違えた、などというふざけたことを言い出さないようにと願いながら、わたしはちらりとダーシーを見た。

「スコットランドに行く途中なんですけれど、道路が通行止めになっていて」ダーシーが口を開くより先にわたしは答えた。

「そうみたいだね。無線で聞いたよ」彼女が言った。「しばらくかかりそうだね。それじゃあ、泊まる部屋がいるんだね？」

「そうだ」ダーシーが答えた。

「ひと部屋だけあるよ。ほかは全部埋まっている。あんたたちは結婚しているんだよね？」彼女はそう言いながら鋭いまなざしをわたしに向けた。手袋ごしに結婚指輪を確かめようとしているのかもしれない。

「もちろん」ダーシーは素早く答えた。「チャムリー＝ファンショー夫妻だ。綴りはChomondley-Featherstonehaugh」

わたしは笑いたくなるのをこらえた。彼女はまだ疑わしげにわたしたちを見つめている。

「綴りなんてどうでもいいよ。このあたりじゃ、上品ぶっても仕方がないからね。支払いができるだけの金があるなら、名前にいくつハイフンが入っていようと関係ない」

「なるほど。それじゃあ、部屋に案内してもらえるかな？」

彼女は身動きひとつせず、ただ階段を指差しただけだった。「階段をあがって右の突き当たり。一三号室」そう言うと、鍵を差し出した。「朝食は食堂で七時から九時。別料金だよ。ああ、それから風呂に入りたければ朝まで待たないとだめだ。お湯は夜一〇時から朝六時まで出ないから。風呂も別料金」

ダーシーはちらりとわたしを見たが、なにも言わなかった。

「きみを部屋に連れていってから、荷物を取ってくるよ。おいで」

わたしは彼について狭い階段をあがった。冷たいすきま風が吹きおりてくる。

「暖炉に火は入っているかい？」ダーシーは振り返り、その場に立ってわたしたちを見つめている女主人に訊いた。

「あの部屋に暖炉はないよ」

「ホットチョコレートかなにかを頼んでも無駄だろうか？」半分あきらめているようなダーシーの口ぶりだった。

「厨房は八時に閉まる」彼女はわたしたちに背を向け、暗い廊下に姿を消した。

「ここに泊まる必要はない」ダーシーが小声で言った。「ヨークまで行けば、ちゃんとしたホテルがあるはずだ。ここからそれほど遠くない」

「まだ何キロも先よ。それに、部屋が空いているという保証はないわ。北へ向かう道路がすべて通行止めになっていたら……」実を言えば、わたしはいまにも泣きそうだった。長い一日だったのだ。ケンジントン宮殿で花嫁の身支度の手伝いをし、聖マーガレット教会で行われたマリナ王女とジョージ王子の結婚式に参列し、バッキンガム宮殿での祝宴に出席し、最後が雪のなかの寒く長いドライブだ。いまはただ小さく丸くなって眠りにつきたいだけだった。

爪先だって廊下を進むわたしたちの足の下で、床板はひどくきしんだ。一三号室は、陰鬱さで知られるスコットランドのお城で育ったわたしですらこれまで見たこともないほど陰鬱だった。不揃いの家具がごちゃごちゃと置かれた小さな部屋で、勾配天井ではない側の壁には彫刻を施した巨大な衣装ダンスが置かれている。窓にかけられた染みだらけのカーテンとむき出しの床の上の小さな敷物を、裸電球がぼんやりと照らしだしていた。

「わお！」これからは洗練された女性になろうと決心していたことを思い出すより早く、子供のような声が口からこぼれていた。「ぞっとするような部屋ね」

「いまいましいほどひどいね。〝いまいましい〟という言葉がふさわしい部屋があるとしたら、まさにここだ。いまのうちにここを出よう。あの女主人が夜のあいだに客を殺してパイにしていても、ぼくは驚かないよ」

わたしは笑って言った。「まあ、ダーシーったら。わたしたち、こんなところでなにをしているのかしら？」

ダーシーは首を振ったが、その顔には笑みが浮かんでいた。「ふたりの人生の始まりがこんな部屋なら、ここから先はよくなる一方というわけだ。違うかい？」

わたしはうなずいた。「屋内のトイレはあるかしら？　それとも庭の奥まで行かなきゃいけないの？」

わたしたちは廊下を探索し、突き当たりにバスルームらしきものを見つけて安堵した。

「ぼくは荷物を取ってくるよ」ダーシーが言った。「きみが本当にここに泊まると言うのなら」

「あまり服を脱ぎたいとは思えないわ。凍えてしまいそうだもの。でもこれ以上、上等の服にしわを作るのもよくないわね。クイーニーはどんなものを鞄に入れてくれたのかしら？」

「旅にふさわしい服を用意するように言ったよ。それから寝間着と」

「クイーニーのことだから、ディナードレスと乗馬用ブーツを入れているに違いないわ」

だがダーシーが取ってきた鞄を開けると、そこに洗面道具の袋、暖かいフランネルの寝間着とガウン、ツイードのスーツが入っていたのはうれしい驚きだった。クイーニーに対する評価が一気にあがった。温かい気持ちにすらなった。いまごろはきっとケンジントン宮殿で眠っているだろう。暖炉では暖かく火が燃え、呼び紐を引くだけでいつでもホットチョコレートが飲める場所。それなのに彼女の雇い主は……。わたしは再び部屋を見まわし、言葉を失った。いつのまにかえび茶色のシルクのパジャマ姿になっていたダーシーが言葉にならないほど素敵だったからだ。彼の前で着替えるのは恥ずかしかったけれど、すぐに彼の妻になるのだと自分に言い聞かせた。

ダーシーに背を向け、ジャケットのボタンをはずした。そのときになって、このドレスのフックが背中についていることを思い出した。手を伸ばしてみたけれど、とても自分でははずせない。「ぼくがやろう」という声がして、ダーシーがはずしてくれた。肌に触れる彼の手を強烈に意識した。ダーシーはわたしのドレスを脱がせると、両手を肩に乗せ、露わになったうなじにキスをした。ぞくぞくするような仕草で、これがほかのときだったなら間違いなくわたしも反応していただろう。けれどいまは寒くて、疲れていて、少しだけ怯えていた。彼に向き直り、肩に頭をもたせかけた。

「ダーシー、わたしたちなにをしているのかしらね？」半分笑って、半分泣いているような声になった。

ダーシーがわたしを抱きしめた。「きみとの初めての夜はもっと違うものにしたかったよ」

「いままでもいっしょに夜を過ごしたことはあったわよ。少なくとも夜の一部は」

「いっしょに過ごす本当の夜という意味だよ。わかっているだろう？　それは今度に取っておこう。きっとあのばあさんは、いまにもベッドのきしむ音が聞こえるんじゃないかと耳をすましているだろうな」

その言葉にわたしは笑い、寝間着の上にガウンを着てからベッドに潜りこんだ。シーツはごわごわして冷たかった。

「寒いわ」わたしは歯を鳴らしながら言った。

ダーシーは足音を忍ばせるようにして明かりを消した。彼がベッドに入ってくると、案の定ベッドのスプリングが妙な音を立てたので、わたしたちは子供のようにくすくす笑った。

「こんな音がするようじゃ、とてもその気にはなれないな」ダーシーは笑いながら言うと、わたしを抱き寄せた。「まだ寒い？」

「ましになったわ」わたしは言った。「さっきよりもずっと」

グレトナグリーンに向かう途中、ヨークシャーの荒れ地のどこかで雪に降りこめられた。わお、ここ最近、人生はなかなかに刺激的だ！

一一月三〇日　金曜日

翌朝わたしたちは、廊下の床板がきしむ音とそこを歩く足音、ドアの開閉音、庭から聞こえる車のエンジン音で目を覚ました。わたしはまだダーシーの腕のなかにいて、彼の顔がほんの数センチのところにあり、温かい彼の息が頬にあたっていた。ダーシーが目を開け、わたしを見て微笑んだ。

「おはよう、ミセス・チャムリー＝ファンショー」

「綴りはChomondley-Featherstonehaughよ、忘れないで」わたしは言った。汚れた窓から淡く弱々しい日光が射しこみ、踏切を通過する列車の警笛の音が聞こえている。

ダーシーは体を起こし、手をぶらぶら振りながら言った。

「腕がしびれている。こうしたらどうだろう？　列車が動いているのなら、ヨーク駅に車を置いて、列車で北に向かうんだ」

「いいわね、そうしましょう。それなら朝食をとらずに出発しましょうよ。きっとひどいに決まっているもの」

「いい考えだ。さっさと着替えて出発しよう。ヨークまで行けば、道路状況や列車が動いているのかどうかもわかるだろう」

　新たな計画にあと押しされるように、わたしたちは急いで着替えた。ダーシーはひげさえ剃ろうとしなかったので、一段とならず者っぽく見えた。

「そんなふうじゃ、次のところではミスター・チャムリー＝ファンショーと言っても信じてもらえないわよ」わたしはざらざらする頬を撫でながら言った。「わたしをさらおうとしている海賊だって思われるわ」

「きみはそういうのが好きなんだろう？」ダーシーがからかうように言ったので、わたしは頬を染めた。

　ダーシーはスーツケースを運びおろし、車のトランクに積んでから、宿泊費の精算をするために戻ってきた。

「朝食はいらないの？」女主人が訊いた。「ブラックソーセージをわざわざ温めたっていうのに」

「スコットランドで約束があるんだ」ダーシーがそつなく応じた。「予定を変更してでも、ヨークから列車に乗れるようならそうするつもりだ」

「この雪だと無理だと思うね」女主人は見るからに楽しそうだった。「数日は動かないようなことを無線で言っていたよ。列車も道路もなにもかも」

勇気づけられる彼女の言葉に送られて、わたしたちは出発した。幸いなことにエンジンはすぐにかかり、南に向かって車を走らせていくとヨークを示す標識があった。

「二〇キロって書いてあるわ」わたしは失望を表わすまいとしながら言った。「遠いわね」

「ヨークはスコットランドに行く主要道路の途中にある。脇道が通行止めになっていないことを祈ろう。このあたりの雪はそれほどひどくないみたいだ」

わたしたちは幹線道路をはずれ、より細い道路を走り始めた。ダーシーの言葉どおり、朝の光を受けて雪はすでに少しずつ解け始めている。

「早いところ、なにかを食べられる場所が見つかるといいんだが。ぼくは腹ペコだよ。きみは？」

「お腹がすいて死にそうよ」わたしは答えた。

十字路に軽食堂があった。大型トラックが何台も止まっている。ダーシーは洗濯屋のバンの隣に車を止めたが、わたしは文句を言わなかった。食堂のなかは暖かくて、煙たくて、うるさかったけれど、コーヒーの巨大なマグカップと、ベーコン、卵、ソーセージ、揚げパン、ベイクド・ビーンズ、ブラックソーセージがのったこちらも巨大なお皿が運ばれてきたので、不満はなかった。わたしたちはそのすべてをたいらげた。ぐんと上向いた気分で食堂を出ると、ちょうど朝刊が運ばれてきたところだった。

「新聞に、道路と列車の最新状況が載っているかもしれない」ダーシーは配達の少年から一部買って戻ってきた。

『グレート・ノース・ロード　吹雪により通行止め』という見出しが躍っている。ダーシーは記事にざっと目を通した。「ぼくたちが知っていることと大差ない。印刷されたときには、これ以上のことはわかっていなかったんだろう。やっぱり……」

長い沈黙があった。

「やっぱり、なに？」わたしはそう尋ねてから、彼の顔を見た。

ダーシーはまるで幻を見ているかのように、新聞の一面をひたと見つめている。その顔は真っ青だ。

「ダーシー、どうしたの？」わたしは彼が見ているものをのぞきこんだ。大きな見出しと一面記事は吹雪に関するものだが、その下にくっきりした黒い文字で書かれた別の見出しがあった。


『アイルランド貴族　殺人容疑で逮捕』

ダーシーの手がひどく震えていたので、わたしも手を添えて新聞を持ち、小さな文字を読み進めた。

サディアス・アレクサンダー・オマーラ——アイルランド、キルデア州の第一六代キレニー男爵——は昨日、ミスター・ティモシー・ローチを殺した容疑で逮捕された。シカゴ出身のアメリカ人ミスター・ローチは数年前、キレニー卿からキレニー城と競走馬の厩舎を購入し、その後今年の初めに薬物使用の疑惑が起きるまで、キレニー卿は厩舎の管理および競走馬の育成を任されていた。ミスター・ローチはオマーラ一家に代々伝わる戦闘用の棍棒で頭部を激しく殴打され、キレニー城の書斎で死体となって発見された。

「ああ、ダーシー」ささやくような声しか出なかった。冷たい空気のなかにわたしの息が白い煙のように漂っている。

ダーシーは絶望をたたえた目でわたしを見た。

「すぐに父のところに行かなくては。きみは運転ができるよね？　この車を運転するのは難しくない。プレセレクテッド・ギアを使っているから」

ぽかんとしているわたしの顔を見て、ダーシーはさらに言った。

「パネルの上の小さなレバーを動かして、あとはアクセルを踏むだけだ。簡単だよ。ぼくがアイルランドまで乗っていくわけにはいかない。友人からほんの数日ということで借りたものなんだ。きみがこれをロンドンまで運転して帰ってくれるなら、ぼくはヨークから列車に乗る」
わたしはためらった。運転の経験はあるもののごく限られていたし、こんな大型でスピードの出る車を扱える自信がない。自分の車を持ったことはなかったから、ラノク城の敷地内か一番近くの村までステーションワゴンを運転したことがあるだけだ。村までの道ですれ違うのは、せいぜいハイランド牛か羊程度だ。家にある古いロールスロイスに何度か乗ったことはあるが、いつも運転手がいたからわたしは後部座席に座っているだけだった。だがいまはとりあえずそういったことは頭の隅に押しやり、すべてを受け入れようとした。考えることはたくさんあったけれど、なかでもひとつ気になっていることがあった。

「どうしてあなたが行くの？　お父さまがあなたをどう思っているのかは聞いたわ。あなたに会いたがるかしら？」

ダーシーはどうしようもないというように小さく笑った。

「おそらく会いたがらないだろう。いや、間違いなく会いたがらない。さっさと失せろと言われるだろうが、だれかがいっしょにいてやる必要がある。父の最大の敵は自分なんだよ、ジョージー。癇癪持ちだから、心とは裏腹なばかなことを口走って陪審員を敵にまわしてしまうかもしれない。だれかがついていてやらなくてはならないが、ほかにはだれもいないんだ」

「お姉さんたちは？」

「父はぼくと同じくらい、姉たちのことも嫌っているよ。そもそもひとりはインドにいるし、どちらも自分の家族のことで手いっぱいだ。小さい子供と夫がいるからね。すべてを放り出して、アイルランドに駆けつけるのは無理だ。それに姉たちは裁判や法律の手続きや犯罪捜査のことはなにも知らない」

父親の無罪を信じているのかとは訊けなかった。愛したものすべてを失い、実の息子すら憎んでいる癇癪持ちの男が殺人を犯しても不思議はない。

「ヨークからホリーヘッドまではどうやって行けばいいんだろう」ダーシーは先に立って車へと歩きながら、ひとりごとのようにつぶやいた。「マンチェスターで乗り換えるんだろうか？」ダーシーが振り返った。「ロンドンまで運転して帰れるね？　ここより南では雪は積もっていないはずだ。住所を書くよ。イートン・スクエアだ。もちろん知っているよね。きみの家からすぐのところだ。なにがあったかを説明して……」

言葉が勝手に口からこぼれているようだった。わたしは彼に近づき、腕に手を乗せた。

「ダーシー、落ち着いて。あなたといっしょに行くわ」

ダーシーは大きく首を振った。

「だめだ、絶対にだめだ。きみには来てほしくない」わたしが傷ついた表情を浮かべたことに気づいたらしく、ダーシーはあわてて言った。「きみはわかっていないんだ。きみを父に紹介して、ぼくたちのことを話すタイミングを計っていた。だが、いまは最悪だよ。きみがそこにいて、こんな状況にある自分を見られたと思ったら、父はそれだけで腹を立ててきみを嫌うだろう。父は『高慢と偏見』のダーシーと同じだ。〝失われた信用は二度と戻らない〟しつこく悪意を抱き続けることで有名なんだよ」

「そんな気難しい人に、どうしてこんなに素晴らしい息子が生まれたのかしら?」わたしは愛しげに彼を見つめた。

「母のおかげだろうね。母はあらゆる意味で魅力的な人だった。父にちゃんとした振る舞いをさせたし、母がいっしょにいるあいだは父もずっとましな人間だった。だが母が死んで、父は希望を失ったんだと思う。以前のような偏屈な男に戻ってしまった。きみを母に会わせたかったよ、ジョージー」

「ええ、会いたかったわ。でも、現実を受け入れなくてはいけないでしょう? わたしの父もあなたのお母さまも亡くなって、わたしたちはどちらも自力で生きていかなくてはならなかった。でも幸いなことに、わたしたちにはお互いがいるわ。ダーシー、わたしはあなたがしてほしいことをする。あなたがそれで楽になるなら、なんでもする。ホリーヘッドまで車でいっしょに行きましょうよ。あなたがフェリーに乗るのを見送ってから、わたしはロンドンまで車を運転して帰るわ。それがあなたの望みなら」

ダーシーはわたしの頰に触れた。

「きみは本当にいい人だね、ジョージー。せっかくの素晴らしいサプライズがこんなことになって本当に残念だ。結局グレトナグリーンには行けなくなってしまった。でも必ずこの埋め合わせはするよ。約束する」

「気にしないで。この恐ろしい事態が片付いたら、わたしたちはすぐに結婚するんだから。

大々的に結婚式をあげましょう。そしてあなたのお父さまを招待するの」

ダーシーはうなずいた。「そうだね」その言葉を信じたいと思っているのがわかった。

「それじゃあ、出発しましょう。ホリーヘッドは遠いわ」

「きみをそんな大変な目にあわせたくないよ、ジョージー。列車のほうがずっと楽だし、おそらく速い。ヨークシャーとランカシャーのあいだの荒れ地には雪が積もっているだろうし、そのあたりの道路も通行止めになっているだろう。だからヨークに向かおう。ぼくはそこから列車に乗り、きみはグレート・ノース・ロードでまっすぐロンドンに帰る。きみが無事に家に戻ったことがわかれば、ぼくの心配の種もひとつ減るんだ」

「わかった。それがあなたの望みなら」わたしは力ない声で応じた。

「本気だよ。本当にそうしてほしいと思っている」ダーシーはわたしのために運転席のドアを開けた。「きみが運転するんだ。ぼくがいるあいだに練習しておくといい」

わたしは運転席に座り、おそるおそる車を発進させた。道路はうっすらと雪に覆われているだけで、ほかに走っている車はなかった。わたしたちの車は、雪をかぶった生垣や乾いた石壁の脇を通りすぎた。白い野原で羊たちが身を寄せ合っている。小屋の煙突からは煙が立ちのぼっている。その光景を楽しむことができたなら、クリスマスカードからそのまま抜け出してきたようだと思っただろう。けれどわたしはお腹にしこりができたような気分だった。なにか明るいことを考えようとした。ダーシーを勇気づけられる言葉を探したが、なにひとつ思いつかなかった。

一方のダーシーはこの事態に堂々と立ち向かおうとしているらしい。

「ザマンスカ王女を知っている？」

なにを言っているのだろうとわたしは不安になった。

「ザマンスカ？　聞いたことがないわ」

「そうか。隣人も同然だから知っているかと思ったよ。だがそう言われてみれば、きみの家族とは接する機会がないかもしれない。きみの家族は彼女のライフスタイルをよしとしないだろうし、彼女のほうはきみの家族を真面目すぎて退屈だと思うだろうからね」

わたしは神経がいまにも切れそうになった。

「どうしてこんなときに、よその国の王女さまの話をするの？」

「車を貸してくれたのが彼女だからだ。きみはきっと好きになるよ。愉快なおばさんだよ。かなり変わっているけれどね。危険なことが好きなんだ。モーターレース、気球、犬ぞり……なんでもこなす。イートン・スクエア一六番地に住んでいるんだ」

「ザマンスカ王子はいるの？」

「ザマンスキだ。男だからね。狩りの最中にキャベツ畑を踏み荒らしたせいで、怒った農夫たちに殺された。王女は命からがら逃げださなくてはならなかった。ほぼ着の身着のままでこの国にやってきたんだ」

「それでもイートン・スクエアで暮らせて、自分のアームストロング・シドレーが持てるくらいのお金はあるのね」わたしは指摘した。

「まあ、そういうことだ。飢えてはいないね。王子はいろいろな欠点はあったかもしれないが、スイスの銀行口座に全財産を入れておくくらいには賢明だった。おかげで未亡人はいい暮らしをしているよ」

やがて車はヨーク郊外から中心部に向かい、気がつけば駅に到着していた。恐怖のせいか、それともたっぷりした脂っぽい朝食のせいか、わたしは吐き気を覚えていた。今度ダーシーに会えるのはいつになるだろう。彼が世界の果てを飛びまわることには慣れていたが、今回は話が違う。

「手紙か電話をちょうだいね」わたしは小声で言った。「どういうことになっているのか、わたしになにかできることはないのか、必ず教えてね」

「もちろんだ。きみはラノクハウスでお兄さんたちといっしょにいるんだね？」

「そうなると思うわ。結婚式は終わったから、いつまでもケンジントン宮殿にはいさせてもらえないだろうし、いつでもおいでってビンキーが言ってくれているから。フィグがどう思うかは知らないけれど」

ダーシーはわたしの手を取ると、不安と愛しさのこもった目でわたしを見つめた。

「気をつけて運転するんだよ」

「大丈夫」内心以上に自信たっぷりに見えることを願いながら、わたしは笑顔で答えた。「体に気をつけて」

「あなたも」

言葉にならない思いを抱え、わたしたちは互いを見つめ合った。

やがてダーシーはかろうじて笑みを作った。

「愛しているよ、ミセス・チャムリー＝ファンショー」

「わたしも愛している」

ダーシーはわたしに軽くキスをすると、背を向けて歩き去り、ヨーク駅の雑踏に呑みこまれていった。

一一月三〇日　金曜日

ひとりで車を運転してロンドンに戻る。かわいそうなダーシーはアイルランドに向かった。すべてがいい方向に向かうことを祈るだけだ！

わたしは南に向けて順調に車を走らせた。ヨークシャーを出るころには雪はすっかり解けて、濡れた道路に冬の日差しが降り注いでいる。運転そのものは難しくなかったが、わたしは全身の神経を指先に集中させ、しっかりとハンドルを握り締めていた。なにかとんでもない間違いがあったに決まっていると、自分に言い聞かせた。ダーシーはすぐに真相を探り出し、彼の父親は釈放され、助けに来てくれたことを彼に感謝してすべては丸く収まる。言葉にすれば現実になるとでもいうように、わたしは何度も声に出してそう繰り返した。もしそうならなかったら？　とは考えないようにした。

ロンドンにたどり着いたのは、たそがれどきだった。町なかを運転しなければならないときが来るとは、考えたこともなかった。ラノク城近くの町を一度走ったことがあったような気がするが、ロンドンよりはるかに車の少ないエジンバラさえ行ったことはない。わたしはヘッドライトの光を浴びせられ、クラクションを鳴らされ、二階建てバスに割りこまれた。そのうえ、ロンドン北部の地理はまったくといっていいほどわからない。仕方なくほかの車の流れに従って走り、ひたすら祈った。ベイカー・ストリート駅にたどり着いたのは、幸運以外のなにものでもなかった。このあたりならなんとかわかる。オックスフォード・ストリートからパーク・レーン、そしてナイツブリッジまでやってきたときには、あたりは暗くなっていた。ようやくのことでケンジントン・ガーデンズを曲がると、どっしりした宮殿が前方に見えてきた。

暖かい空気に包まれることを期待しながらドアを開けた。メイドが駆け寄ってきて、コートと鞄を受け取ってくれるだろう。けれどそこに待っていたのは人気のない廊下で、冷たい隙間風が足元を吹き抜けるだけだった。初めてケンジントン宮殿にやってきたときのことを思い出した。いまと同じくらい寒くて、歓迎されているとはとても言えない雰囲気だった。現実ではないような、妙な気分に襲われた。この数週間に起きたことは、実はわたしの夢か空想だったのかもしれない。初めてここに来たときと同じく、いまにも白い幽霊のような人影が廊下を近づいてきて、わたしはあのときに連れ戻されるのかもしれない。暗い廊下に目を凝らしたわたしは、本当に階段をおりてくる人影に気づいてぎくりとした。けれどその人影は白くもなければ、はかなげでもなかった。それどころかしっかり中身がつまっていたし、ふわふわと移動するのではなく足音も荒い。

「戻ってきたんですか？」彼女はわたしに近づきながら訊いた。わたしはため息をついた。マリナ王女は出ていったのに、彼女の親戚のイルムトラウト・フォン・ディンゲルフィンゲン＝ハッケンサック女伯はまだ残っていたらしい。いま一番会いたくない相手だった。

彼女は例によって人を非難するような傲慢な目つきでわたしを眺めた。「もう出ていったと聞きましたけれど」

「しばらく出かけていただけです。ずっと（フォー・グッド）留守にするつもりはありませんでした」わたしは答えた。

イルムトラウトは顔をしかめた。「なにがよくない（ノット・グッド）んです？　悪いということですか？　どうして悪いことのために出かけるんです？」

彼女はいらだたしいほど言葉どおりに英語を理解する癖があった。

「そうじゃなくて、ほんの数日出かけるつもりだったんですけれど、あいにく暴風雪のせいで北のほうの道路が通行止めになったので戻ってきたんです」

「暴風雪？　なんですか？」

「吹雪のことです」

イルムトラウトはさげすむように鼻を鳴らした。「イギリスで暴風雪がどんなものなのか知っている人はいないと思いますね。ロシアには暴風雪があるし、ドイツにもあります。本物の暴風雪です。それはそれはすごいんです」

「主要道路が通行止めになるくらいの暴風雪だったんです」わたしはそう言うと、話題を変えた。「あなたはいつまでいるつもりですか？」

「あと何日かここにいて文化的な場所をいくつか訪れてから、ベルリン郊外にある両親のお城（シュロス）に向かうつもりでした。でも今日、軍人が来て、このアパートメントは閉めるから出ていくようにと言われたんです。このあいだまでいたあの軍人よりもっと不愉快な人でした。命令するみたいな口をきくんですから。わたしは女伯で、王家とつながりがあるんですよ。それっておかしいじゃないですか？」

「ええ、そうですね」わたしはそう答えながらも、お腹に重石（おもし）を入れられた気分だった。

「それで、いつ出ていかなくてはいけないのかしら？」

「明日です。朝のうちに使用人を出て行かせて、ここを閉めると言っていました」

「なんてことかしら」車を運転しながら、フィグと対決するまで数日ここでゆっくりしようと考えていたのだ。なにか伝えることがあれば、ダーシーは電話をかけてくるだろう。兄の家では、わたしはいないと執事が答えかねない。フィグは以前にも、そう答えるように執事に命じたことがあるのだ。

「それじゃあ、使用人のほとんどはもういないんですね？」

イルムトラウトはうなずいた。「本当に不便ですよ。寝室の暖炉にもっと石炭を持ってくるように、メイドを呼びつけなきゃいけなかったんですから」

「食事はどうなっているんですか？」朝食を最後になにも食べていなかったから、わたしはひどく空腹だった。

「メイドに食事を運ばせましたけれど、ランチは冷肉とピクルスでした。農夫の食事ですよ。貴族が食べるものじゃありません」彼女は厨房のほうをにらみつけた。「朝食がなんだったと思います？　ニシンだけですよ。卵とキドニーとベーコンはどうしたんだって訊いたら、料理人が用意した朝食はこれだって言われたんです。ひどいものを食べさせて、わたしを追い出そうとしているんだと思いますね。ディナーはきっと洞窟のなかの蛙（フロッグ・イン・ザ・ケイヴ）ですよ」

思わず口元が緩んだ。「トウド・イン・ザ・ホールのことですか？　わたしは好きですけれど。子供のころ食べたものを思い出しますから」

「ここは本当にひどいところですね」

「でもマリナ王女の結婚式は素晴らしかったと思いませんか？」わたしはそこをおりてくるマリナ王女の姿を思い出しながら階段を振り返った。妹たちがトレーンを持ち、ヘッドドレスを直していた。あれはつい昨日のこと？　遠い昔のように思えた。

「ええ、素敵な結婚式でしたね。でも彼女があの花婿と幸せになれるのかどうかは疑問です。あのイギリスの王子にはいろいろと悪い噂がありますよね」

「彼が放蕩して（ソウ・ワイルド・オーツ）いたことは確かですけれど」わたしはそう言ったとたんに後悔した。

「彼はオーツを植えていたんですか？　農夫だったんですか？」

笑いたくなるのをこらえた。「いいえ、英語の言い回しです。遊びまわっていたという意味です」

「英語って本当にばかげた言葉ですよね。わたしには絶対に理解できません」

「ここに長くいれば、使い方（ゲット・ザ・ハング）がわかりますよ」わたしはまた、考えるより先にそう言っていた。

「なにを吊る（ハング）せばいいんです？」イルムトラウトはそう尋ねてから、鼻を鳴らした。「それもまたばかげた英語の言い回しなんでしょうね」

「残念ながら。でもジョージ王子は本当にマリナ王女のことが好きなんだと思います。きっと彼女を幸せにしようとするでしょうね」

イルムトラウトはため息をついた。「どれほど不満があろうと、定められた結婚相手を受け入れるのが王家の人間の義務です。マリナは自分のすべきことを果たすでしょう」そう言うと、険しいまなざしをわたしに向けた。「でもあなたは――自分の義務を果たそうとしていない。カトリック教徒の許されない相手と結婚しようとしていますよね」

「わたしの王位継承権は三五番目にすぎません。だれと結婚しようと、王家の人たちにとってたいした問題になるとは思えません。でも、確かにわたしは愛する人と結婚するつもりでいます」

この会話がどこに行き着くのかはわからなかったが、そのとき背後のドアが開いて、メイドが現われた。わたしを見て、驚いたように足を止める。

「お嬢さま」メイドは膝を曲げてお辞儀をした。「戻っていらっしゃるとは思っていませんでした。もうお発ちになって、メイドが荷物を取りに来るのだとばかり」

「急に戻ってこなくてはいけなくなったの。車を持ち主に返さなくてはいけないのよ。そのあとでなにか食べるものが欲しいわ。戻ってきたら、食事を部屋に運ばせるように料理人に伝えてくれるかしら。温かくて栄養のあるものがいいわ。一日じゅう運転していたのよ」

メイドは恥ずかしそうにもじもじした。

「残りものしかないんです。厨房を片付けるように言われていて。アパートメントを閉める準備をしているんです。女伯のためのシチューはありますけれど、でも……」

わたしはためらった。体も疲れていたし、気力もない。食べるものを探しに出かけるのはごめんだ。宮殿のほかのアパートメントには王家の大おばたち――デイヴィッド王子言うところの〝山盛りおばさん〟――が暮らしている。彼女たちのところに行けば、おいしい夕食にありつけるだろう。けれど王家のレディたちは礼儀作法にうるさい。招待もされていないのに押しかけるわけにいかないことはわかっていた。

「料理人はきっとできるだけのことをしてくれるわ」わたしは言った。わたしのメイドにスーツケースを部屋まで運ばせてちょうだいと言おうとしたが、こんな状況では自分で運んだほうがいいだろうと思い直した。わたしがいないあいだ、クイーニーはなにをしていただろうと不安になった。二日のうちに、惨事がいくつか起きていても不思議はない。わたしは階段をあがり、自分の部屋のドアを開けた。クイーニーがいるとは思わなかったけれど、暖炉に火が入っているだろうとは考えていた。けれどそこで待っていたのは凍えるほど寒い部屋だった。カーテンは閉じられ、旅行鞄がベッドの上にのっている。温かく迎えてもらったとは言い難い。

わたしは壁に歩み寄り、いらだちを抑えきれずに呼び紐を引いた。やってきたのは当然ながらクイーニーではなく、さっき玄関ホールで話をしたメイドだった。

「なにかご用でしょうか？」メイドは尋ねたが、わたしが答える前に言葉を継いだ。「まあ、暖炉に火を入れなくてはいけませんね。すぐにだれかをよこします。それにベッドも作らなくては」彼女はにこやかな笑みを浮かべた。「ご心配なく。お戻りなるまでにはきちんとしておきますから」

わたしは床にスーツケースを置き、再び部屋を出ようとした。これ以上ここにいる意味はない。言葉にできないほど惨めだった。王家の結婚式で胸を高鳴らせ、駆け落ち結婚するためにグレトナグリーンに向かい、その挙げ句に待っていたのがこんな寒々しい部屋だと思うと涙がこみあげてきた。ドアを開けると、こちらに近づいてくる足音が聞こえた。密やかな足音ではなく、どすどすという重々しい音だ。クイーニーが息を切らしながら大急ぎで階段をあがり切ったときには、壁に飾られている絵が少し揺れていたと思う。クイーニーは大柄な娘だったし、足取りが軽いとはとても言えない。

「いったいここでなにをしているんです？」クイーニーが訊いた。「お嬢さんはもう帰ってこないから、お兄さんのところで待っているようにってミスター・オマーラに言われたんですよ」

「予定が変わって帰ってきたのよ」

クイーニーはふくよかな腰に両手を当てると、ため息をついた。

「ってことは、また荷造りしなきゃいけないんですかね？」

「それがあなたの仕事でしょう、クイーニー」わたしは指摘した。「呼び紐を引いたとき、どこにいたの？」

「厨房で遅いお茶にしてたんです。シードケーキをたいらげてました」

「ここを出ていくのはいいことみたいね」わたしは言った。「制服が縫い目からはじけそうじゃないの」

「力をつけておくには食べなきゃいけませんからね」クイーニーは顎をあげて言い返した。「あがったりおりたりしなきゃならない階段が山ほどあるんですから。それにしても、どうして戻ってきたんです？　ミスター・オマーラがあんなことを言っていたから、どこかのきれいなホテルでいいことをしているんだろうって思ってたんですよ」クイーニーはわかったような顔でウィンクをしながら言った。

「もちろん違うわ」わたしは憤然として答えたが、顔が赤くなっていたかもしれない。「それにわたしがなにをしようが、あなたには関係ないことでしょう、クイーニー。これまで何度も言ったけれど、ちゃんとしたレディズ・メイドは雇い主のすることに首を突っこんだりしないのよ」わたしはそう言いながら彼女を眺めた。ブラウスのボタンははじけそうだし、帽子の下からは縮れ髪がのぞき、胸元は食べこぼしでひどく汚れているうえ、顔にはいつものぽかんとした牛のような表情が浮かんでいる。ため息が漏れた。「ここにいるあいだに、ほかのメイドからなにか学んでくれるかと思っていたのに」

「学びましたよ」相変わらず、反抗的な口調だった。「〝なんてこった〟って言わなかったでしょう？　汚い言葉は使っちゃいけないって教えてもらったんですよ。悪態をついたらクビになるんだそうです。だからあたしもちょっとは言葉に気をつけているんです」

「それはいいことね。わたしはあなたを甘やかしすぎたわ。好き勝手にさせすぎた。でもこれからはもっとちゃんとしてもらわないと、本当にあなたをクビにしなくてはいけなくなるかもしれない。いまから車を持ち主に返してくるから、戻ってくるまでに部屋を居心地よくしておいてちょうだいね」

「合点です、お嬢さん」二年もたつというのに、クイーニーはわたしを正しい敬称で呼べたためしがない。「で、いったいなにがあったんです？　ミスター・ダーシーと喧嘩でもしたんですか？　振られたんですか？」

「違うわ。ミスター・オマーラは急な家族の用事ができて、アイルランドに戻らなくてはならなくなったの」

「それって、あたしたちもアイルランドに行くかもしれないってことですか？　それくらいなら、お嬢さんのあのいけすかない義理のお姉さんのところに戻るほうがましです」

あなたは自分より身分が上の人間のことをどうこう言える立場ではないと、もう百回くらい教えていると言おうとしたが、彼女には何度言っても理解できないようだ。

「アイルランドには行かないわ。ミスター・オマーラは、いまわたしに来てほしくないそうなの」

絶望の表情に気づかれていないことを願いながら、わたしはその場をあとにした。

5

一一月三〇日　金曜日

ロンドンに戻ってきた。ケンジントン宮殿で過ごす最後の夜だ。
ひどく不安定な気分だった。明日はいったいなにが待っているのだろう？

イートン・スクエアにたどり着き、一六番地を探し当てたときには、あたりはすっかり霧に包まれていた。広場の中央に立つ木々のとげとげしいシルエットが霧のなかに不気味に浮かびあがっている。空気は煙ったようなにおいがして、息苦しかった。真夜中になるころには、スープのような濃霧になっているかもしれない。ここがケンジントン宮殿から近くてよかったと安堵した。どこもこすることなく、無傷のまま車を止め、屋根のあるポーチを通って玄関に向かった。出迎えてくれたのはメイドだった。彼女にキーを渡し、車を返したことを女主人に伝えてほしいと言いたいところだったが、どうしてこれほど早く車を返したのか、彼女がその理由を聞きたがるだろうと思ったので、わたしは名を名乗った。メイドはわたしのコートと帽子と手袋を受け取ると、居心地のよさそうな居間へと案内した。暖炉で燃え盛る火とその前のシロクマの敷物以外のものを見て取る暇もなく、暖炉脇のクイーン・アン・チェアから女性が立ちあがった。

その女性は、〝愉快なおばさん〟というダーシーの言葉から想像していた人物とはまったく違っていた。年齢はわからない——四〇歳か、もう少し上だろうか。黒いシルクのパジャマを着て、これまで見たこともないほど長い黒檀(こくたん)のシガレット・ホルダーを手にしている。その先では、ロシアの黒い煙草が煙をあげていた。豊かな黒髪が肩の上で緩やかに波打ち、ふっくらした唇は赤く彩られ、その化粧は完璧だった。彼女が、ありえないほど長く黒いまつげを何度か上下させてわたしを見つめ、長くほっそりした手を差し出すと、〝官能的〟という言葉が脳裏に浮かんだ。

「こっちにいらっしゃい。もっとよくあなたを見せて」

わたしはおそるおそる近づいた。

彼女にじろじろと見つめられ、わたしはしわだらけのスーツと帽子のせいでぺしゃんこになっている髪をいやでも意識した。

「それじゃあ、あなたなのね」やがて彼女は言った。「興味深いわ。彼の好みのタイプとはとても思えないのに。それで、あの子はどこなの？　どうして戻ってきたの？　二、三日留守にすると言っていたのに」その声は低くしわがれていて、母国語ではないことがかろうじてわかるくらいにその英語は正確で完璧だった。

「ダーシーは急な家族の用事ができて、アイルランドに帰らなくてはならなくなったんです」わたしは説明した。「あなたに車を返して、お礼を言っておいてほしいと頼まれました」

「深刻なことではないんでしょうね？」

「そうだといいんですが」

彼女はわたしの手を取った。「すっかり冷え切っているわね。お座りなさい。暖炉の近くに。シェリーがいい？　それともブランデー？」

「すぐにおいとまします、妃殿下」

彼女は笑った。声と同じように低く、しわがれた笑いだった。

「アレクサンドラと呼んでちょうだい。ゾゾでもいいわ。友人はみなそう呼ぶのよ。ほら、座って」

彼女が部屋を横切り、低い中国風キャビネットに置かれた銀の飲み物用トレイに歩み寄っているあいだに、わたしは言われたとおり腰をおろした。彼女はグラスになみなみとシェリーを注ぎ、わたしは部屋を見まわした。置かれている家具は、古いものと異国風のものと現代的なものが交じり合っている。壁に飾られているのは、美術にくわしくないわたしでもわかる絵画だ。あれはモネ？　それからシャガール？　暖炉の上にかかっているのはターナーね？　イタリアの巨匠の手によるマリア？　彼女が裕福だといったダーシーの言葉は正しかったことがよくわかった。

「ダーシーに車を貸してくださって、ありがとうございました」

彼女はまた笑った。「ほかにもロールスロイスがあるし、ラゴンダのスポーツカーもあるの。それに、力を貸せてうれしかったわ。彼のことがとても好きなんですもの。彼のためなら、なんでもするわよ」

その言葉はわたしの心に鋭く突き刺さった。ダーシーと彼女の関係がどんなものだったのか、そしてそれがいまでも続いているのかを考えまいとした。ロンドンにいるあいだ、ソファを借りて眠っているとダーシーが言っていた友人のひとりが彼女なのだろうか？　もしそうだとしたら、彼が眠っていたのはソファではないだろう。彼女はわたしにシェリーを手渡しながら言った。

「お飲みなさい。気分がよくなるから。わたしはいつもそうなの。元気を出したいときは、ジンよりもシェリーのほうがずっとよく効くわ。いまのあなたには元気づけるものが必要でしょうからね」彼女は暖炉の向こう側の椅子に再び座った。「なにがあったのか、聞かせてちょうだい。ゾゾおばさんになにもかも話すのよ。わたしにできることがあるかもしれない」

「無理だと思います。わたしたちにできることはなにもないんです」わたしはそう答えたものの、知っていることすべてを話した。彼女はじっと聞いていて、わたしが話し終えるとうなずいた。

「全然知らなかったわ。わたしは社交欄以外、新聞は読まないのよ。本当に心が痛むわね。

かわいそうに。彼の父親が難しい人なのも、彼との関係がよくないことも知っていたけれど、でもこれは――ひどすぎる。どうしてあなたは彼といっしょに行かなかったの？　こういうときこそ、愛する人の支えが必要なんじゃないかしら？」

「来てほしくないと言われたんです」わたしの声は震えていた。「お父さまにわたしを紹介するのにふさわしいタイミングではないからと」

「それはそうね。誇り高い男性は、そんな状況にあるところを見られたくはないでしょう。それで、あなたはどこに滞在しているの？」

「結婚式まではマリナ王女といっしょにケンジントン宮殿にいました」

「ああ、そうだったわね。あの結婚式。わたしは招待されなかったけれど」つかの間、彼女は完璧に整えられた顔をしかめたが、すぐに笑顔になって言った。「花婿のことを知りすぎているからかもしれないわね」再び笑い声をあげる。「このあとも山盛りおばさんたちといっしょに宮殿にいるの？」

「いいえ、アパートメントは閉じることになっているので、わたしは兄のいるラノクハウスに戻ります」

「ああ、そうだったわね。あなたはビンキーの妹ですもの。わたしったら鈍いこと。あのとんでもない女性と結婚して以来、すっかり彼を見かけなくなってしまったわ。彼女は本当に、噂どおりのひどい人なの？」

「ええ、本当です」わたしは答え、彼女と笑みを交わした。

「それは大変ね」彼女はシガレット・ホルダーを振りながら言った。「今夜は食事をしていってちょうだいね。楽しい人たちが集まるのよ。あなたも知っている人たちかもしれない」

「とてもそんなことは――」わたしは言いかけたが、彼女は再びシガレット・ホルダーを振った。

「ノーとは言わせないわ。あなたは疲れて落ちこんでいるようだし、ケンジントン宮殿の食事は満足できるものとは言えないはずよ。王家の食事は古臭くて、面白みがないもの。料理人に想像力がないのね。その点、わたしの料理人はパリから連れてきているから」

「ディナーに出られるような格好じゃありませんから」

「確かにそのとおりね。でも、わたしたちって同じようなサイズじゃないかしら？　わたしの服のなかから、クロティルドがあなたに似合いそうなものを見つけてくれるわよ」

「とてもそんなことは――」パリ製のシルクのドレスになにかをこぼしているところを想像しながら、わたしは再び言いかけた。

「あなたもひと筋縄じゃいかないのね。わたしは物事を自分の思うとおりに進めたい人間なの。ダーシーもそうでしょう？　本当に強引な若者なんだから」彼女はそう言うと満足そうに笑い、それから腕時計に目をやった。「こうしましょう。ほかのお客さまが来るまで一時間あるわ。運転手にあなたを宮殿まで送らせるから、あなたはもっとふさわしいドレスに着替えるの。運転手がディナーに間に合うようにあなたをまたここまで連れてくるわ。それならノーとは言えないでしょう？」

「ありがとうございます。喜んでそうさせていただきます」

「よかった。容赦なく質問攻めにするから覚悟していらっしゃい。あなたとダーシーのことをひとつ残らず聞き出すから。どうやって知り合ったのか、付き合ってどれくらいになるのか、今後のことをどう考えているのか。彼があれほど気楽で自由奔放なライフスタイルを捨てて、落ち着く気になったことにとても興味を引かれているのよ。田舎に引っこんで、じゃがいもを育てるつもりかしら？」

「ダーシーがなにを考えているのか、わたしにはわかりません。でも彼がどこかに落ち着くなんて、とても想像できないんです。あなたにはできますか？」

「ええ、できますとも。どこかの領主になって、幸せそうに一〇人の子供に囲まれている彼を想像できるわ。ロンドンじゅうの若い女性はさぞ残念がるでしょうけれどね」

彼女は呼び鈴を鳴らした。わたしは再びアームストロング・シドレーに乗り、王女がフリッツツィと呼ぶとんでもなくハンサムなドイツ人の運転で宮殿に戻った。霧のなかをかたつむりのような速度で走っているあいだ、わたしはやはりディナーにはうかがえないとフリッツィに言いたくて仕方がなかった。王女と彼女のお洒落な友人たちとのディナー・パーティーに出席すると考えただけで、押しつぶされそうな気持ちになってしまう。だれもが最新流行の装いをしているだろう。わたしひとりが場違いで、グラスを倒したりスープをこぼしたりしないかとびくびくすることになる。ダーシーはわたしのどこがいいのだろうと、王女は疑わしげなまなざしでわたしを眺めるかもしれない。それに、もしわたしが留守のあいだにダーシーが宮殿に電話をかけてきたらどうする？　使用人たちは玄関ホールで鳴る電話に気づくかしら？　ちゃんと伝言を受け取ってくれる？

わたしの寝室では暖炉で炎が必死になって燃えていたが、王女の居間のうっとりするような暖かさを味わったあとでは、それでもまだ寒かった。クイーニーがわたしの旅行鞄を開け、ベッドいっぱいにドレスの類を広げている。

「お嬢さんのスリッパが見つからないんですよ」クイーニーはわたしを見あげて言った。「どこかに入れたはずなんですけど」

「いまはスリッパはいらないわ。ディナーにでかけるから、一番お洒落なイブニングドレスと黒のパンプスと宝石箱を用意してちょうだい」

クイーニーはため息をついた。

「靴に新聞紙を詰めて、一番底に入れたところで、そんなことを言うんですからね」クイーニーは手にしていたものを放り投げた。

「赤紫色のベルベットのドレスがいいでしょうね。それにルビーを合わせるわ」

「合点です」クイーニーは言った。「ほら、ありましたよ」その言葉と共に、濃い赤色のなにかがわたしに向かって飛んできた。わたしはそれを受け取り、ぞっとして眺めた。旅行鞄に押しこまれていたらしく、しわだらけだ。

「アイロンをかける必要があるわ、クイーニー。でも忘れないで、これはベルベットよ。低い温度で裏側からアイロンをかけるのよ。そうしないと、溶けてしまうから」

「わかってますよ」クイーニーはむっとして応じた。「まずは、まだアイロン台があるかどうか探してこないと」

お風呂の用意もしてほしいと言おうとしたが、クイーニーは一度にふたつ以上の指示をされるとどれかを忘れてしまう。そこでわたしは自分でバスルームに行き、蛇口をひねった。お風呂に入って生き返った気分になったところで、ドレスはどうなっただろうと半分怯えながらクイーニーを待った。彼女にはこれまで何枚もドレスをだめにされている。けれど今回は奇跡的にきちんとしわが伸びたドレスを手に戻ってきたので、わたしは彼女の助けを借りてそれを着た。お洒落とは言えないまでも、見苦しくはない。わたしは自分の姿を見てうなずいた。

「イブニングシューズは？」

わたしはドレッシング・テーブルの前に座り、足を出した。

「右はこれです」クイーニーはそう言ってわたしに靴を履かせた。

「左は？」わたしは胃が痛くなるのを感じながら尋ねた。

「左が見つからないんですよ。両方とも旅行鞄に入れたはずなのに、どういうわけか片方ないんです」

「クイーニー、靴を片方だけ履いてディナーに行くわけにはいかないのよ」

「ほかにも靴はあるじゃないですか」

「昼間履く靴よ。イブニングシューズじゃないわ。ディナーに穴飾り（ブローグ）のついた靴を履いていくわけにはいかないでしょう！」

「ロングドレスじゃないですか。ちょっと膝を曲げれば、だれにも見えませんよ」

これほど怒っていなければ、面白いと思ったかもしれない。「両足ともこの部屋で脱いだのよ、クイーニー。見つかるまで探してちょうだい」

「もう探しましたよ」

「ベッドの下はどうなの？」

クイーニーはため息をつくと、四つん這いになった。「この下は室内用便器（チェンバー・ポット）だけです」

「衣装ダンスは？」

「もう見ましたって」クイーニーはふてくされた様子で衣装ダンスのドアを開けた。大きなお尻をこちらに向けて、そのなかへと入っていく。「こりゃまたびっくりだ。奥の隅にありましたよ。おまえは、肩の上にのっていなかったら頭があることすら忘れるんだろうなって父さんによく言われたもんです」クイーニーは笑いながら言うと、その靴をもう片方のわたしの足に履かせた。

「今夜わたしがディナーに行くことに感謝するのね。そうでなければ、靴がないことに気づかないうちにここを出ていって、永遠に見つからないところよ。あなたのお給金で代わりの靴を買わなければならなくなっていたでしょうね」

クイーニーはそれを聞いてくすくす笑った。

「上等の靴を買えるほどのお給金はもらっていませんよ」

事実だった。それが、彼女をいまも雇っている唯一の理由でもある。わたしにはお金がない。彼女は見習い中ということになっていて、ほとんどお給金を払っていなかった。見習いになってそろそろ二年になるが、彼女はいまだに一人前のメイドにはほど遠い。一生一人前にはならないかもしれない。つまり、ずっと彼女を雇い続けなければならないということだ。ため息が出た。

「宝石箱とフォックスのストールを取ってちょうだい。王女さまを待たせたくないわ」

「王女さまと食事なんですか?」クイーニーはわたしの首にルビーをつけながら言った。

「宮殿に来てからというもの、ずいぶんと出世しましたねえ」

「実を言うと、彼女はミスター・ダーシーの友人なのよ」そう答えてから、口にしなければよかったと後悔した。〝ただの友だちよ〟という言葉が頭のなかで反響した。ストールを肩に巻きつけた。

「帰りがどれくらいになるのかわからないの。待っていなくていいわ。寝間着だけ用意しておいてちょうだい。寝間着よ、水着やスキーウェアじゃなくて」

「わかってますよ、あたしだってそこまでばかじゃないんですから。お嬢さんは今夜の食事はいらないって厨房に伝えていいですね?」

「ええ、お願い」わたしは廊下を歩きだした。

「ああ、もうひとつ」クイーニーがうしろから呼びかけた。「お嬢さんの分のシチューをもらってもいいですか?」

わたしはもう一度ため息をつくと、階段をおりていった。

ザマンスカ王女宅。怖くてたまらない。どうして、行くと返事をしてしまったのかしら？　きっと王女が、面と向かってノーと言えるような人ではないからだろう。

一一月三〇日　金曜日

イートン・スクエア一六番地からは笑い声が訊こえていた。

「みなさんは居間にいらっしゃいます」メイドは聞かれてもいないのにそう言うと、ドアを開けて芝居がかった口調で告げた。「レディ・ジョージアナ・ラノクです、妃殿下」

そこにいた人々がこちらに顔を向けた。ザマンスカ王女は、大きく背中の開いた黒いイブニングドレスを着ている。結いあげた巻き髪を黒いオストリッチの羽根飾りで留め、首にはダイヤモンドを飾っていた。その手にはやはりシガレット・ホルダーが握られている。

「ジョージアナ」彼女はわたしに歩み寄った。「素敵だこと。いらっしゃい、みんなに紹介するわ」

王女は暖炉のそばでグラスを手にして立っている人々のところへわたしを連れていった。「あなたたちはジョージアナ・ラノクと会ったことがあったかしら？　バーティ・ラノクのお嬢さんよ」

「気の毒なバーティ。本当に残念ね」だれかがつぶやいた。一瞬、わたしのような娘がいることを残念がっているのかと思ったが、その人は言葉を継いだ。「あんなに若くして亡くなるなんて」

「ええ、本当に」ザマンスカ王女が言った。「彼がいなくなって、リヴィエラはすっかり退屈でつまらなくなってしまったわ。でも驚かないでね――こちらのかわいらしいお嬢さんは、我らがダーシーのハートを射止めたの」

全員の視線がわたしに注がれた。流行遅れの着古したドレスを品定めされているのがわかった。面白がっている人もいれば、興味深そうな顔をしている人もいる。

王女はわたしの腕を取った。「紹介するわね。こちらはロストフ伯爵夫妻。ディッキー・オルトリンガムは知っているんじゃない？　バブルズ・カントレル・スミスは？」名前は知っていたし、『タトラー』誌で写真を見たことはあったが、実際に動いている彼らを見たのは初めてだ。さらに、サー・ジェームズとレディなんとかを紹介された。「彼は金融界の大物なの。お金を借りたければ知り合いになっておくといいわ」笑い声があがった。王女がつぎにわたしを引き合わせたのは、ル・マルキ・ド・シャンブリーという名のさっそうとしたフランス人男性だった。彼も名前だけは聞いたことがある。彼はわたしに興味を持ったらしかった。「初めまして（アンシャンテ）」そう言ってわたしの手にキスをしたが、その唇は必要以上に長くわたしの肌に留まっていた。

「行儀よくしてちょうだい、ジャン＝クロード。ディナーの前に彼女を食べてはだめよ」王女はわたしに向き直った。「今夜一番の賓客（ひんきゃく）がまだなのよ。彼女は微妙な感じに遅れてくるのが好きなの」

呼び鈴が鳴った。

「ああ、来たようね」

廊下から低い話し声が聞こえ、わたしたちは耳をすましました。間もなく、いくらか狼狽（ろうばい）した面持ちのメイドがやってきた。「デイヴィッド王子とシンプソン夫人です」

わたしはうんざりして、親戚のデイヴィッドと性根の悪い彼の友人を眺めた。白いネクタイ姿のデイヴィッドはとてもいかしている。彼女のほうは、ザマンスカ王女とよく似た黒いビーズのイブニングドレスという装いだった。王女もすぐに気づいたらしく、面白そうな表情がその顔をよぎった。

「ようこそいらっしゃいました、サー」王女がふたりを出迎えた。

「なにがあろうと来ないわけにはいかないからね。そうだろう、ウォリス？」デイヴィッドが言った。

「シンプソン夫人。またお会いできてうれしいわ。久しぶりよね。ベンダーのヨットで会ったのが最後だったかしら」

「お元気でした？　素敵なドレスね。パリ製かしら」

「あら、こんな古いものが？」王女は低い声でくすくす笑った。「わたしはすっかり忘れていたんだけれど、衣装ダンスの奥に埋もれていたのをクロティルドが引っ張り出してくれたのよ。もう何年も着ていなかったわ」

わたしは感心して王女を見つめた。ほんの短い遠回しの言葉で、王女は見事にシンプソン夫人に身の程を思い知らせたのだ。自分のドレスをけなすことで、同時に彼女のドレスもたいしたことはないとほのめかした。わたしは王女のことが少し好きになった。完璧に整えられたシンプソン夫人の顔を見るかぎり、彼女が気分を害したのかどうかはわからなかった。

王女はそこにいる人々をひとりずつデイヴィッド王子と彼の同伴者に紹介していった。アーネスト・シンプソン氏が来ていないことにわたしは気づいていた。シンプソン夫人は離婚の手続きを進めているという噂だ。いい頃合いだろう。彼がこれほど長いあいだ道化役を務めていたことのほうが不思議だ。これからのことをシンプソン夫人がどう考えているのかはわからない。デイヴィッドはもちろん彼女とは結婚できない。彼女は二度も離婚歴があり、デイヴィッドはいずれ英国国教会の長になる人間だ。教会は離婚を認めていない。

わたしの番がまわってきた。デイヴィッドはにこやかな笑みを浮かべて言った。

「やあ、ジョージー。きみとここで会えるとは思わなかったよ。昨日の疲れは取れたかい？

教会はひどく寒かったが、全般的に見て素晴らしい結婚式だったと思わないか？　弟にはもったいない」

結婚式のことを言っているのか、それとも花嫁のことなのかわたしには判断がつかなかった。「素敵でしたね、サー」親戚ではあるけれど、わたしは正しい敬称で彼を呼んだ。それが作法だ。「バッキンガム宮殿での祝宴はとりわけ素晴らしかったわ」

シンプソン夫人は招待されていなかったから、わたしは彼女に向かって優雅にうなずいて見せた。完璧な化粧が施された彼女の顔にいらだたしげな表情が浮かんだのを見て、めったにないその瞬間を楽しみながらわたしはさらに言った。「祝宴でのあなたのスピーチも見事だったわ、サー。とても面白かったし、あの場にふさわしいものだった」

「バーティにスピーチをさせるわけにはいかないからね」デイヴィッドはくすくす笑った。

「想像できる？」意地の悪そうな目つきでまわりの人々を見まわしながら、シンプソン夫人が口をはさんだ。「ご、ご、ご参列の、み、み、みなさん。彼ったら、本当に恥ずかしい人なんだから」

「彼はとてもいい人よ。ただ人前で話をするときに、あがってしまうだけ」わたしは反論した。

「ぼくたちの父親の前でもね」デイヴィッドが言った。「父とすらすら話ができたためしがない」

「それは国王陛下がすぐに彼にいらだって、厳しい言葉を投げつけるからだわ。わたしや王女さまたちと話をするときは、全然問題ないもの」

「それは、あなたがとても人当たりがいいからよ」シンプソン夫人は、お得意の人を見下すような笑みを浮かべて言った。「元気にしていたの、ジョージアナ？　アメリカ行きの船で会って以来ね。お母さんは離婚できたのかしら？　そのために行ったのよね？」

「ええ、ありがとうございます。あなたも……お仕事がうまく運んだのならいいんですけれど」彼女もまた離婚手続きを進めているという噂だったから、わたしがなにをほのめかしているかはわかったはずだ。

「ええ、とてもうまくいったわ、ありがとう」シンプソン夫人の顔はいたって冷静だった。「すべてがとても順調に進んでいると言っていいと思うわ」彼女はあたりを見まわし、とがった口調で言い添えた。「それなのにわたしの手元には飲み物がないのね。デイヴィッド、ジン・トニックを持ってきてちょうだい」

全員が小さく息を呑んだ。彼をデイヴィッドと呼ぶのは家族だけだ。それも宮殿のなかにいるときだけ。シンプソン夫人のように親しい間柄であっても人前ではサーと呼ばなければいけない。もちろん、飲み物を持ってくるように命じるなど、もってのほかだ。

「それはわたしが」ザマンスカ王女があわてて言った。「ピエール、シンプソン夫人にジン・トニックを。あなたはなににしますか、サー？」

「同じものを。ありがとう。それで、最近はどうしているんだ、ゾゾ？　車のレースは？」

「お天気がひどかったでしょう？　でも新しい玩具があるの。飛行機を買ったのよ。二人乗りの小型機。次は空を飛ぶべきだと思って」

「いいね！」デイヴィッドは熱心にうなずいた。「いずれいっしょに飛ぼう。ぼくは自分で飛行機を操縦するのが好きなんだ。ウォリスはいっしょに乗ってくれないけれどね」

「まだ死にたくはないもの」

「そういうことだから、ぼくたちで曲芸飛行をするのはどうだい？」

「あなたたちってどうかしているわ」シンプソン夫人はあきれたように言った。「わたしたち、ドイツから帰ってきたところなの。あの国はいまとてもいい感じなのよ。ヒトラーのおかげですっかり経済危機から立ち直って、繁栄しているし、よく組織化されているし、みんな自信を持っているわ。あそこに住んでもいいってデイヴィッドには言っているくらいよ。ヒトラーのように山のなかの小さな家で暮らすの。素敵じゃない？」

「長いあいだ暮らすことになったら、それほど素敵だとは思わないでしょうね」ザマンスカ王女が言った。「なにがあろうと、わたしは二度とドイツには足を踏み入れないわ。ポーランド人として言わせてもらえば、祖国が心配よ」

銅鑼（どら）の音が、ディナーの仕度ができたことを知らせた。ル・マルキ・ド・シャンブリーがわたしのエスコートをしてくれることになった。彼はわたしの手を自分の腕にからませたが、いささか熱がこもりすぎているように思えた。

「きみのようにおいしそうな人が、いままでいったいどこに隠れていたんだ？」彼はわたしの隣に腰をおろしながら訊いた。きれいに設（しつら）えられたマホガニーのダイニング・テーブルは、ふたつのシャンデリアの明かりを受けてきらきらときらめいている。

「隠れていたわけじゃないの」わたしは答えた。「スコットランドで過ごす時間が長かっただけ」

「スコットランド？　ライチョウを撃ちに行く人もいるが、ぼくには野蛮で退屈なところだ。だがパリ以外の場所では、なにもかもが退屈だからね。きみのような優しくて、素晴らしい女性と出会うまではそうだった。おかげでぼくはまた、生きていることを実感できる。ぼくのことはジャン＝クロードと呼んでほしい。それできみはロンドンではどこに滞在しているの？　クラリッジズ？　ザ・ドーチェスター？」

「実を言えば、ケンジントン宮殿なの」情熱的なフランス人男性ですら、あそこの寝室に忍びこもうとは思わないはずだから、わたしはそう答えながらほっとしていた。

「きみは宮殿で暮らしているの？　王族だとは知らなかった」

「ただの親戚よ。国王陛下とわたしの父がいとこ同士なの。わたしとは、はとこっていうことになるのかしら？　それともいとこ違い？　血縁関係についてはよくわからなくて」

「でもきみは王女ではないんだね？」

「違うわ。父の母親は王女だったけれど、女性は肩書きを継承しないの。彼女が男の子だったなら、話は違っていたけれど」

「そういう貴族社会のルールは本当にばかげているよね。そう思わないかい？　ぼくはフランスが共和国で、そんなくだらないことに頭を悩ませる必要がなくてよかったと思うよ」

「でもあなたは爵位を名乗っているのね」わたしは彼に笑いかけた。

「便利だからね。それに、なかなかに快適な暮らしを与えてくれる。パリのセーヌ川にほど近いところにとても立派なタウンハウスがあるし、ボルドー近くには居心地のいい小さな城もある。いつか遊びに来るといい。我が家のブドウ園にきみを案内したいよ」

ダーシーがいまここにいたら、さぞ面白がっただろう。テーブルの向こうでウィンクをしている彼が目に浮かぶようだった。だが現実がのしかかってきた。ダーシーはいま、はるか遠くのアイルランドにいる。

一一月三〇日金曜日と一二月一日土曜日

ラノクハウスに戻り、あの手ごわいフィグと再び顔を合わせる。ああ、どうしよう。

食事は素晴らしかった。料理がなんたるかを知っているのは、実のところフランス人だけなのかもしれない。空気よりふんわりしたスフレのあとは、外がかりかりで中身はジューシーな鴨の胸肉が運ばれてきた。けれどわたしは空腹だったにもかかわらず、食べられなかった。恐ろしいことが迫りつつあるという予感を振り払うことができない。そのうえ、差し迫った問題とも闘わなくてはならなかった。ジャン゠クロードの手がしきりにわたしの腿（もも）を撫でようとしていたし、反対側では王女がスカイダイビングやサハラ砂漠をラクダで横断したときのことを語りつつ、ダーシーとわたしの関係にあれこれと探りを入れてくる。彼女には遠慮というものがなかった。

「彼がカトリック教徒だっていうことは心配じゃないの？」王女が訊いた。王位継承者はカトリック教徒と結婚できないことを言っているのだとばかり思ったが、彼女はさらに言葉を継いだ。「避妊を認めていないでしょう？　少なくとも結婚したあとでは。結婚前はまた話がべつだけれど」王女は〝女同士ですもの〟というような表情で言った。「ダーシーは情熱的だから、あなたは毎年子供を産むことになるわよ」

わたしが真っ赤に顔を染めたのを見て、王女はくすくす笑った。「あなたは本当にかわいらしい無邪気な人なのね。きっとこんなことは考えすらしないんでしょうね。わたしはカトリック教徒だから、いつも考えているのよ。わたしたちには、告解という便利な制度があるんですもの。羽目をはずすようなことをしても、告解に行って、お祈りすればすべてが赦されるの。プロテスタントの地獄の業火よりずっと簡単だわ」

王女はメレンゲを口に運び、唇をひとなめしてから再び言った。「実は、ダーシーとはそこで知り合ったのよ。数年前。彼はまだほんの子供だったけれど、そのころからとてもハンサムだった。年の割には大人だったわ。告解を終えて出てきたところで、ばったり会ったたの」

太腿に置かれた手は徐々に上へと移動してきていた。

「ゾゾの銅版画の素晴らしいコレクションを見た？」ジャン＝クロードが囁いた。「寝室のひとつに飾られているんだ。ディナーのあとで、ぜひきみに見せたいよ。ぼくたちがいなくなってもだれも気づかないと思うよ」

わたしは不意に、礼儀正しくしていることにも、わたしにとって大事な事柄をあれこれ詮索されることにも我慢できなくなった。デザート用のフォークをつかむと、メロンの熟れ具合を確かめるかのように太腿をつかんでいる手に突き刺した。ジャン＝クロードは思わず声を漏らした。「あ！」だがもちろん、育ちのいい彼は騒ぎ立てることも、それ以上なにかを言うこともなかった。だが彼の手は引っこんだ。

「失礼しました」わたしは言った。「フォークを落としてしまって。わたしったら、本当に不器用なんです」

王女の顔を面白そうな表情がよぎるのが見えた。わたしがなにをしたのか、よくわかっているようだ。

「それで、ダーシーはどうしているの？」バブルズという女性がテーブルの反対側から訊いてきた。「ずいぶん長いあいだ、会っていないわ」

「あなたったら、聞いていないの？」ゾゾが言った。「彼のお父さまが逮捕されたのよ。ダーシーはあわてて駆けつけたわ」

「なんてこと」ディッキーが言った。「今朝新聞でその記事を見たわ。アイルランド貴族と書いてあったけれど、それ以上細かいところまでは読まなかった。でもあれがダーシーの父親だったのね？　殺人容疑で逮捕されたのよ」

「アイルランド人はすぐに頭に血がのぼるから」銀行家の妻のレディなんとかが言った。

「ちょっと野蛮なのよね。酔うと攻撃的になるし」

「確か今年の初めころ、彼に関するスキャンダルがあったんじゃなかったかな？」デイヴィッドが口をはさんだ。「ゴールドカップで馬に薬物を与えたとかなにかそんなことだった。勝った馬が急死して、薬物を与えられていたことがわかったんだ」

「そうだったわ。オマーラの父親がその馬の調教をしていたのよ」ディッキーがうなずいた。「大騒ぎになったけれど、なにも証明されなかった」

わたしはもうとてもそれ以上耐えられそうになかった。立ちあがって、もうやめてと叫びたかった。天気の話をするみたいに、そんな話をしないで。ダーシーの父親なのよ。わたしのダーシーの将来のことなのよ。早く帰りたくてたまらなかったから、ポートワインを楽しむ殿方はここに残して、女性陣は場所を変えましょうと王女が言ったときには心の底からほっとした。食堂を出たところで、王女を脇に呼んで気分が優れないと告げた。

「運転手に、わたしを宮殿まで送るように言ってもらえませんか？」

王女はわたしを気づかってくれた。

「そうでしょうとも。大変な一日だったし、ダーシーのことが心配よね。でもきっと大丈夫よ。なにもかも恐ろしい間違いだったことがわかって、すべてがうまくいくわ」

わたしがお礼を言おうとすると、彼女はわたしの手を取った。

「また来てちょうだいね。いつでもいいから。アームストロングが必要なときは、好きに使ってくれていいのよ」

彼女の優しさにわたしはいまにも泣きそうになった。唇を噛（か）んでうなずいた。

「ほかの人たちにはうまく言っておくわ。ジャン＝クロードは残念がるでしょうけれどね。でも世界中の女性が自分の魅力になびくわけじゃないことを知るのは、彼にとってもいいことよ」男性たちの笑い声が食堂から響いてきて、王女はそちらにちらりと目を向けた。「でも彼は本当にあれが上手なのよ。驚くくらい楽しいわよ」彼女はわたしの手を握る手に力をこめた。

宮殿に戻ってみると、暖炉で火は燃えていたものの、部屋はたいして暖まっていなかった。クイーニーの姿はない。わたしは苦労してドレスのホックをはずし、冷たいベッドに潜りこんだ。小さく体を丸め、眠ろうとした。けれど眠りは訪れなかった。ダーシーは電話をくれていただろうか？　同じように冷たいベッドに横たわり、不安を抱えながらわたしのことを考えている彼を想像した。

朝になると、固ゆで卵とトーストが運ばれてきた。クイーニーが荷造りを終えたところで、わたしはタクシーを呼んでもらうため階下におりた。軽やかな足音が聞こえたのでそちらに顔を向けたわたしは、一瞬、幽霊が現われたと思った。だがすぐにそれが生きた男性であると気づいた。悲劇的な事故で命を落とした前任者の少佐に驚くほどよく似ている。

「レディ・ジョージアナ」軍人らしい豊かな声だった。「本当に申し訳ありません。まったく知らなかったんです。あなたはすでにここを発たれて、荷物をまとめるためにメイドを残したのだと使用人から聞いていました。あなたがまだここにおられることを知っていたら、ちゃんとお世話もし、食事もできるように手配していたのですが」

「いえ、お気になさらずに。えーと……」

「ハリバートン少佐です。近衛擲弾(てきだん)兵連隊所属です」

「ハリバートン少佐、わたしは実際に発つつもりだったんですが、予定外のことが起きて戻ってきただけなんです。朝のうちに兄の家に移りますから」

「いや、いいんです。どうぞお好きなだけここにいらしてください」

「でもこのアパートメントは閉めるし、使用人たちも今日じゅうにほかのところに移ると聞いていますけれど」

　少佐はあたりを見まわし、声を潜めて言った。

「もうひとりの女性に家に帰ってもらうためですよ。それがどこであれ」少佐は共犯者めいた笑みを浮かべた。「彼女はいつまでもここにいたいようなことを言っていましたし、そもそも扱いやすい客とは言えませんから……」少佐はその先を言わなかった。「でもあなたは話がべつです。あの女性は勝手に来たのだと聞いています。最初からここにいるべきではなかったんです。彼女がやってきたときには、だれもが驚いたんですよ」

「ご心配なく。わたしたちはどちらもこれ以上あなたを煩わせ(アウト・オブ・ユア・ヘア)ませんから」

「こちらの少佐の髪がどうしたっていうんです？」背後で声がした。緑色のオーストリア風ケープを着た旅支度のイルムトラウトだった。「まさかノミやシラミがいるんじゃないでしょうね。ここはあまりきれいに掃除できていませんからね」

「ただの言い回しです、女伯」少佐が言った。「イギリスの慣用句ですよ」

「そのとおりの意味で言葉を使う人たちの国に帰ると思うとほっとしますよ。〝洞窟のなかのヒキガエル〟とか、〝犬や猫みたいに雨が降る〟とか、ばかみたいな言い回しはありませんからね」

彼女はそう言い残すと、玄関を出ていった。

少佐とわたしは笑みを交わした。

やってきたタクシーに荷物をのせ、さほど遠くないベルグレーブ・スクエアに向かった。霧は相変わらず濃いままでほんの数メートル先しか見えなかったから、車はケンジントン・ガーデンズをのろのろと進んだ。

「なんてこった。これ以上ひどくなるようなら、もう家に帰るぞ」ラノクハウスの前に車を止めたところで、運転手はつぶやいた。執事のハミルトンが出迎えてくれた。

「レディ・ジョージアナ。うれしい驚きですよ。お戻りになるとは知りませんでした。上着をお預かりしましょう。お部屋の用意ができているかどうか、すぐに確かめてまいります」

ハミルトンは、鞄と格闘しているクイーニーに気づいて言った。「従僕に荷物を運ばせます」

「兄はいるのかしら？」わたしは訊いた。

「クラブにいらっしゃっています、お嬢さま。ですが奥さまはおられます」

ハミルトンが言い終えると同時に、当の彼女が階段をおりてきた。

「ジョージアナ!」驚きの表情がその顔に浮かんだ。「ここでなにをしているの? ケンジントン宮殿に移ったはずでしょう?」

「それは結婚式までの話よ。マリナ王女のお相手をするために招待されていただけだし、彼女とケント公は新婚旅行に出発したわ。アパートメントは閉じることになったから、しばらくここにいさせてもらおうと思って帰ってきたの。あなたたちさえよければ、だけれど」

フィグは落ち着かない様子で視線をさまよわせた。

「ええ、もちろんですとも。ビンキーが喜ぶわ。彼は例によってクラブに行っているの。毎朝、新聞を読みに行くのよ。あそこで読むほうが好きらしいわ。おかしな話だこと。ここでもまったく同じ新聞を取っているのに」フィグはハミルトンに向かって言った。「モーニング・ルームにコーヒーを持ってきて」彼女は先に立って歩いていくと、暖炉脇に置かれている一番上等の肘掛け椅子に腰をおろした。わたしはちょうどいい具合に彼女から離れた窓際に座った。

「子供たちは元気なの?」わたしは尋ねた。「ふたりとも?」

「ポッジは風邪をひいているわ。ロンドンの空気が合わないみたいね。夜は部屋の窓を閉めたらどうかと子守に言ったのだけれど、彼女はとても保守的なの。なにがあろうと、子供は窓を開けた部屋で眠らなくてはいけないんですって」

「わたしもそうやって育てられたわ。あなたもよく知っているとおり、ラノク城のすべての寝室の窓はいつも開けっ放しよ」

「セントラル・ヒーティングを取りつけたから、少しはよくなるかもしれないわね。来年の夏はぜひ遊びにいらっしゃいね。それで、今度はどこに行くの？　またどこか王家のお屋敷？」

フィグは、わたしが王族の血を引いているのに、自分は結婚でかろうじてつながりができただけだという事実に常々憤慨している。わたしとメアリ王妃が親しいことは、それ以上に気に入らないようだ。さらに、わたしの母親が裕福だということも。

「それとも、またお母さんといっしょにアメリカに行くの？　あなたはずいぶんと刺激的な人生を送っているようね」

「まだ決めていないのよ、フィグ。しばらくはロンドンにいようと思っているの」鞄を二階に運びあげる音が聞こえた。「わたしのことはおかまいなく。クイーニーがちゃんと荷物を片付けているかどうか、確かめなくてはいけないし」

フィグはため息をついた。「どうしてあのとんでもない子をいまだにメイドとして雇っているのか、わたくしには理解できないわ。なにひとつ満足にできないじゃないの。ジョージアナ、彼女は我が家の評判を落としているのよ」

「理由ならわかっているでしょう？」わたしは答えた。「わたしにはお金がないの。手当もなにももらっていない。きちんとしたメイドなんて雇えないのよ。クイーニーは寝る場所と食べるものがあるだけで働いてくれているようなものよ」

フィグは顔をしかめた。「どうしてわたくしにそんな話をするのかしら。ビンキーには独身の妹の面倒を見る義務はないのよ。あなたを社交界にデビューさせるためのお金は出したわ。あなたはもう二一歳を過ぎている。わたくしたちの義務はそこで終わったの。あなたがふさわしい結婚相手を見つけていないのは、わたくしたちの責任じゃない。わたくしたちはあなたのためにするべきことは充分にしたはずよ」

「前にも話したけれど、ひとりとしてふさわしい人はいなかったわ」ジークフリート王子(わたしの友人たちは魚顔と呼んでいる)のことをほのめかした。跡取りを産んだあとは、二度とわたしには触れないとはっきり宣言した男性だ。

フィグは再びため息をついた。「結婚式でよさそうな人に会わなかったの？　ヨーロッパから若くて素敵な男性が来ていたはずでしょう？　もちろんわたくしは宮殿での祝宴には招待されなかったけれど、あなたは招待されていたんだから」フィグは射すくめるようなまなざしをわたしに向けた。

「自分の結婚相手は自分で見つけられるわ、ありがとう、フィグ」

「あのオマーラとかいう人？　この家では二度と彼の名前を出さないでちょうだい。彼の父親は人殺しだっていうじゃないの。犯罪者なのよ、ジョージアナ。彼のことはきれいさっぱり忘れなさい」

「彼のお父さまは殺人の容疑をかけられているだけよ。疑わしきは罰せずって言うでしょう？」

「こんな言葉もあるわよ。この親にして、この子あり」核心をついたとでもいうように、フイグはうなずいた。

「子供部屋に行って、子供たちに会ってくるわ」わたしは言った。

「どれくらいここにいるつもり？」立ちあがったわたしにフィグが尋ねた。

「わからない。いつもそうだけれど、予定がはっきりしないの」

「実を言うと、わたくしたちもここにはあまり長くいないのよ」フィグは薄ら笑いと呼べるような表情を浮かべた。

「ラノク城にセントラル・ヒーティングを取りつけるから、それが終わるまでロンドンにいて、こちらでクリスマスを過ごすんだと思っていたけれど」

「最初はその予定だったの。でも姉のダッキー――覚えているでしょう？」

「もちろんよ」わたしは身震いをこらえながら答えた。フィグの家族はだれもが、彼女と同じくらい感じが悪い。

「ダッキーもおばから遺産を受け取ったのだけれど、彼女はそれでニースに小さなヴィラを買ったの。もちろんあなたのお母さんのものほど立派ではないけれど、冬を過ごすには充分よ。わたくしたちも来ないかって誘われたので、週末には行くことになっているの」

「そうなのね。わたしがしばらくここでひとりで過ごすというのは、無理なんでしょうね？」

フィグはうなずいた。「残念だけれど、それは無理ね。この家は閉じるつもりだから。使用人たちはスコットランドに帰すの。二軒の家を開けておくだけのお金はないわ」

「わたしはひとりでも大丈夫よ」

「でも、光熱費はかかるでしょう？　我が家の家計は厳しいのよ、ジョージアナ。それに石炭の値段はものすごくあがっているの」フィグは燃え盛っている暖炉の火を見つめていたが、やがてわたしに向き直ると、骨ばった指を振りながら言った。「どうすればいいかを教えてあげましょうか？　王妃陛下にお願いするのよ。あなたは陛下ととても仲がいいんだから。王家の年配のおばさまたちのだれかが、きっと同伴者として雇ってくださるわ。ケンジントン宮殿にはそんな方たちが大勢いるっていうじゃないの。山盛りおばさんって呼ばれているのよね？」

「わたしのことなら心配しないで。泊まれる場所ならたくさんあるから」わたしは明るい口調で言った。「いつでも来ていいって祖父が言ってくれているし」

フィグは不安になったときの癖で、ぱちぱちとまばたきをした。「母方のおじいさんのこと？　元警察官の？　エセックスに住んでいる？」

「元ラノク公爵ではないわね。三〇年前に死んでいるんですもの」

「ジョージアナ、それはだめよ。あなたのような身分の人間が、エセックスにある引退したロンドンの警察官の家に泊まるなんて！」

「国王陛下と王妃陛下はサンドリンガムに行かれるわ」わたしは指摘した。「それほど遠くないところよ」

「わたくしが言いたいことはわかっているはずよ」フィグは冷ややかに言った。「王族としての体面を保たなくてはいけないの」

「体面を保つために必要なお金を王家からはまったくもらっていないわ。でも心配しないで。きっとザマンスカ王女がなにか考えてくれると思うから」

「だれですって？　ザマンスカ？　飛行機から飛び降りるとかいう、あのとんでもない女性じゃないでしょうね？」

全体としてみれば、わたしはフィグにも引けを取らなかったと思う。彼女をやりこめることにうしろめたい気持ちを持つことはないのだろう。これまで彼女からは散々ひどいことを言われてきたのだから。けれどフィグとやり合っているあいだも、ダーシーと連絡がつく場所にいなければいけないということだけは、頭から離れなかった。なにかわかったことがあれば、彼はすぐに電話をかけてくるだろう。それが今週中であることを祈った。そしてわたしは彼のところに行くのだ。

ハミルトンがコーヒーを運んできた直後、玄関のドアが閉まる音がして、廊下を足音が近づいてきた。赤い大きなスカーフに顔を半分埋めた兄のビンキーが姿を見せた。

「ひどい天気だよ、フィグ。空気は煤(すす)の味がする。子供たちを庭に出さないように子守に言わなくては」

「彼女が新鮮な空気と運動にとてもこだわっていることは知っているでしょう？」

「そこだよ、問題は。空気は新鮮ではないからね」ビンキーは巻いていたスカーフをほどいて顔をあげ、窓際の椅子にわたしが座っていることに気づいた。「おや、ジョージーじゃないか。うれしいね。結婚式が終わって、家に戻ってきたんだね」

兄はいまでもラノクハウスをわたしの家だと思ってくれているらしい。彼の妻にとっては、歓迎されざる客だけれど。

「こんにちは、ビンキー。そうなの、今朝ケンジントン宮殿を追い出されたから、ここに来たのよ。どこかに行く前に、しばらくひと息入れさせてもらおうと思って」

「いいね。おまえがいてくれるとうれしいよ。そうだろう、フィグ?」

「え? ええ、まあ、そうね。もちろんよ」フィグはあわててコーヒーを口に運んだ。

「ところでジョージー」ビンキーが言った。「もうあのオマーラという青年と付き合ってはいないだろうね? いまクラブから帰ってきたのだが、だれもが彼の父親の噂をしていた。おまえの耳に入っているかどうかは知らないが、殺人容疑で逮捕されたそうだ。家にあった武器で、どこかのアメリカ人男性の頭を殴ったらしい。精神を病んでいたかどうかは知らないが、彼はとことん下劣な人間だったようだ」ビンキーはわたしと向かい合うようにソファに腰かけた。「破産したときに地所を買い取ったアメリカ人の金持ちに雇われて、競走馬の厩舎の管理をしていた。勝ち続けていたそうだよ……いろいろなレースで。だがその勝利は、彼が馬に薬物を与えていたからだということがわかった。馬が速く走るような薬を注射していたんだ。まったくいやな男だ。だがそれも、ある大きなレースで先頭を走っていた馬がゴール前で倒れて、その体内から薬が検出されたことで明らかになった」ビンキーはわたしのほうに身を乗り出した。「罪に問われることはなかったが、そのアメリカ人は即座に彼をくびにした。自分の馬の近くに彼を置いておくことを嫌がったからだ。そういうわけでキレニー卿は腹を立てていて、復讐を果たしたというわけだ」

「なんて野蛮なのかしら。ビンキー、二度と彼の名前を聞きたくはないし、今後一切彼とは連絡を取らないようにジョージアナに言ってちょうだい」

「ちょっと待って」わたしは顔が熱くなるのを感じながら反論した。「ダーシーのお父さまが有罪かどうか、まだわかっていないのよ。それにお父さまがなにをしたにせよ、ダーシーとは関係ないわ」

「残念だが、今回ばかりはフィグの言うとおりだ」ビンキーが言った。「おまえの恋人は信頼できる男かもしれないが、このスキャンダルは彼についてまわる。一生だ」

「そんなときこそ友だちが必要でしょう？　幸い彼には友人がたくさんいるわ。わたしも含めて」

「どんな形であれ、あなたと彼に関係があることがわかったら、それこそ新聞沙汰よ」フィグは明らかに楽しんでいた。「家名に泥を塗る気かしら」

「しばらく離れていたほうがいい」ビンキーはぱっと顔を輝かせた。「そうだ——フィグから聞いているかもしれないが、わたしたちは来週から南フランスに行くことになっている。ダッキーとフォギーがヴィラを買ったんだ。まあ、〝ヴィラ〟という言葉はあの狭苦しい小さな家にふさわしくなさそうだが……」

「ニースにごく普通の小さな家を買ったら、それはヴィラと呼ばれるのよ、ビンキー」

「そうか」ビンキーは肩をすくめた。「とにかく、わたしたちはそのヴィラとやらに行くから、おまえもいっしょに来るといい」

「ちょっと待って」わたしがそう言ったのと、フィグが「だめよ、ビンキー！」と声をあげたのが同時だった。

「フィグ、ジョージーはわたしの妹だ」ビンキーが言った。「彼女が困っているときは、手を貸すのがわたしたちの務めだ」

フィグは落ち着きなく、視線をさまよわせた。

「たったいまあなたは、狭苦しい小さな家と言ったのよ、ビンキー。〝小さい〟というのはもっともな言葉だわ。ジョージアナのための部屋なんてないんだから」

「モードと同じ部屋を使えばいい。このあいだいっしょに過ごしたときは、ふたりはとても仲良くしていただろう？」

ビンキーがどれほどいい人で、けれどなにもわかっていないことをその言葉はよく表わしていた。わたしは言葉につまった。ニースのヴィラで過ごしたとんでもない日々のことはいまも忘れていない。そのときもダッキーの娘モードと同じ部屋を使う羽目になったのだ。モードとわたしは初めて会ったときから、互いを嫌い合った。ダッキーは食べるものに関してものすごくけちで、ひとりにレタスの葉を一枚くらいしか出さないし、夫のフォギーは妻の目を盗んでわたしに何度も迫ってきた。彼女たちといっしょにリヴィエラに行くなど、絶対に考えられない。

「親切にありがとう」わたしは答えた。「でもそんな迷惑はかけられない。フィグにも言ったけれど、行くところならたくさんあるの。いつでもベルリンにいらっしゃいと母からは言われているし、ルガーノ湖にはヴィラもあるのよ」

「彼女はまだあのドイツ人男性と付き合っているのかい？」ビンキーが尋ねた。

「ええ。結婚するつもりらしいわ」

「ジョージアナにとっては悪い考えではないかもしれないわ」フィグは今度はビンキーに向かって指を振りながら言った。「ドイツには若い伯爵や男爵がまだ大勢いるし、ベルリンでの暮らしはきっととても華やかよ。もちろんわたくしは行ったことがないから知らないけれど、考えてみるべきだわ、ジョージアナ。お母さんの恋人はとんでもなくお金持ちだそうね。きっと楽しいわよ。それにようやくいい人に出会えるかもしれない。お金持ちでふさわしい相手に」

「でもわたしはべつにだれとも出会いたくないの、フィグ。わたしのことは心配しないで。ちゃんと自分の面倒は自分で見られるから。あなたたちはダッキーとフォギーといっしょに楽しい時間を過ごしてちょうだい。でも太りすぎないように気をつけてね」

最後の言葉は皮肉だったが、それくらい言わずにはいられなかった。ダーシーを父親とひとくくりにして非難しようとする世間に対して、怒りを感じていた。一方、心の奥底ではそれがすべて事実だったらどうしようという不安もあった。彼の父親が有罪だったらどうする？　ダーシーが社交界から締め出されたらどうする？　そう考えたところで、なにも問題はないと気づいた。社交界から締め出されたら、祖父が住んでいるような小さな家でひっそりと暮らせばいい。

ダーシーといっしょにいられるなら、ほかのことはどうでもよかった。

一二月一日　土曜日
ラノクハウス　ベルグレーブ・スクエア　ロンドン　W1

　そう結論が出たところで、クイーニーがわたしの服をどれほどひどい目にあわせているかを確かめに行くことにした。部屋に入ると、クイーニーはわたしのベッドに腰かけて、真っ赤な顔を拭いているところだった。

「ああ、お嬢さん。もうへとへとですよ」クイーニーは言った。「これだけの荷物を持って、あのいまいましい階段をあがらなきゃいけなかったんですから」

「ハミルトンは従僕をよこしてくれなかったの？」

「よこしてくれましたけど、そのときにはもう運び終わっていたんです」

「そう。でも安心してちょうだい。全部荷解きをする必要はなくなったから。ここには長くはいないことになったの。普段着を数着とディナードレスを一枚出してくれればそれでいいわ」

「今度はどこに行くんです？　どこかきれいで暖かいところですか？」

わたしはためらった。ビンキーとフィグがニースに発ったら、どこへ行こう？　そちらへ行ってもいいかと母に手紙を書くことはできる。王妃陛下に会いに行って、なにかわたしにできることはないかと尋ねてもいい。陛下から興味深い仕事を頼まれたことがこれまで何度かあった。いつでもキングスダウンを訪ねていらっしゃいとアインスフォード公爵未亡人に言われていたことを思い出した。デボンのレディ・ホース＝ゴーズリーも歓迎してくれるだろう。かつて義理の父親だったヒューバート・アンストルーサーは登山の旅を終えて、イギリスに戻ってきているかもしれない。彼はわたしをかわいがってくれて、一度は養女にしようとしたほどだ。わたしを歓迎してくれるところはたくさんある。パニックを起こす必要はないと自分に言い聞かせた。けれど問題は、そのいずれもロンドンではないということだった。わたしは、ダーシーと連絡が取れるところにいなくてはならないのだ。

ベリンダを思い出したのはそのときだった。彼女は学生時代からの親友だ。奔放で刺激的な人生を送っていたけれど、とうとうそのつけを払うときがきたようで、いまはいわゆる〝困った状態〟になっている。そのときが来るまで、所有するヴィラのどこかにベリンダを住まわせてやってくれないかとわたしは母に手紙を書いていた。ベリンダと母は同類で、似たような奔放な人生を送っていたから、母はきっとベリンダに同情して、ルガーノ湖かニースのヴィラを使わせてくれるはずだ。そしてもしベリンダが留守にするのなら、彼女の馬小屋コテージはわたしにとってもっとも都合がいい。

「昼食には戻るわ」わたしはクイーニーに言うと、コートとスカーフを身につけて濃い霧のなかに歩み出た。ベリンダが暮らす、ナイツブリッジの居心地のいい馬小屋コテージはここからさほど遠くない。今日のようなお天気の日にベリンダが出かけているとは思えなかった。ドアをノックすると、階段をおりてくる足音が聞こえた。ドアを開けたのは、シルクのパジャマを着て、いつものように魅惑的ではあるけれど見るからに体調の悪そうなベリンダだった。わたしは椿姫を連想した。

「ジョージー！」ベリンダの顔がぱっと明るくなった。「うれしいわ。結婚式が終わったから、あなたはどこかに行ってしまったのかと思っていたところよ。どうぞ入って」それ以上霧が侵入してくる前に、ベリンダはわたしを引きずるようにして家へと招き入れた。

「出かけていたのよ」わたしは言った。「でもダーシーが急にアイルランドに行かなくてはならなくなったの。あなたも知っていると思うけれど」

ベリンダは驚いて振り返った。「知らないわ。どうしたの？」

「新聞を読んでいないの？」

「読んだことがないわ。悪いニュースばかりなんですもの。違う？」彼女は先に立ってこぢんまりした居間に入っていくと、ソファに腰をおろした。わたしはガス式の暖炉のそばの椅子に座った。

「いずれあなたの耳にも入ると思うけれど、お父さまが逮捕されたのでダーシーは急いで駆けつけたの」

「ダーシーならそうするでしょうね。でもあなたたちにとっては大変なことね」

「なんとか切り抜けるわ。心配しないで。それより、あなたはどうなの？　あまり顔色がよくないみたいだけれど」

「そうなの。ひどく気分が悪いのよ。つわり（モーニング・シックネス）って呼ばれているけれど、昼も夜も吐きどおしよ。なにも食べたくないの。もうすぐ収まるらしいんだけれど。本当にそう願うわ。どうして自分から望んで子供を産もうなんて思う人がいるのか、さっぱりわからない。ひどい気分なのよ」

「母から連絡はあった？」

「まだよ。でも、もう必要なくなったのよ、ジョージー。あなたのお母さんに助けてもらわなくてもよくなったの」

わたしは戸惑った。お腹の赤ちゃんがいなくなったわけではないだろう。まだつわりがあるのだから。子供の父親の気が変わって、彼女と結婚する気になったのだろうか？　けれどそんなことを尋ねるべきではないと思ったので、わたしは黙って待った。

「いい知らせが届いたの」ベリンダは窓の外で渦巻く霧を眺めつつ言ったが、そのあとは腹立たしいくらいためらっている。さっさと話してと言いたくなったが、ぐっとこらえた。

「本当は悪い知らせなんだけれど、わたしにとってはいい知らせだった」

とうとう我慢できなくなった。「いいから話してちょうだい」

「祖母が亡くなったの」

「残念だったわね」

ベリンダは顔をしかめた。「悲しむべきなんでしょうけれど、でも悲しくないのよ。優しい人だとは言えなかったわ。きちんとしなさいっていつも言っていた。どうして結婚しないのかってしょっちゅう訊かれた。すごく心が狭くて、すごく人に厳しかった。お腹に赤ちゃんがいることを知っていたら、わたしには一ペニーも遺さなかったでしょうね」ベリンダは満面に笑みを浮かべた。「ちょうどいいときに死んでくれて、そのうえかなりの額の財産を遺してくれたのよ。祖母はわたしと同じくらい、義理の母のことが嫌いだったみたいで、父にはほんのわずか財産を分けただけで、あとは全部わたしにくれたの。いまのわたしは相当なお金持ちなのよ、ジョージー」

「よかったじゃないの。それで、これからどうするつもり?」

「すべてが片付くまで時間がかかるらしいんだけど、あらかじめいくらかのお金をくれるって弁護士が言っているの。それがあればヨーロッパに行って、だれもわたしが知らないところで家を借りられる。もちろんリヴィエラはだめよ。知っている人が多すぎるもの。イタリアがいいと思うの。イギリス人が行かないようなところ」

「それじゃあ、ポジターノはだめね。フィレンツェも」

「当然よ。どこかの湖がいいんじゃないかしら? それとも小さな海辺の村とか? そこで時期が来るまで過ごして、スイスのいいクリニックで赤ちゃんを産んだら養子の手続きをして、そして戻ってくるの」

「すいぶん簡単に言うのね。赤ちゃんの顔を見たらかわいくてたまらなくなって、手放せなくなったらどうするの？」

ベリンダは笑顔で首を振った。「わたしに母親らしい資質はないと思うわ。でもそのときが来てみなければ、わからないわね。大事なのは、なにも心配する必要がなくなったっていうことよ。わたしは好きなことができるわ。小さなヴィラを見つけて、地元の女性を雇っておいしいイタリア料理をうんと作ってもらうの。向こうにいるあいだに新しい服をデザインして、戻ってきたら自分のサロンを開くのよ」

「わたしもうれしいわ、ベリンダ」

ベリンダはうなずいたが、心から喜んでいるようには見えなかった。「それ以上は望めないっていうことよね」

ベリンダは自分を裏切った男性を本当に愛していたのだとわたしは悟った。愛する人を心から追い出すのは難しい。

「それで、いつ出発するの？」

「クリスマス前には行こうと思うの。ロンドンでひとりのクリスマスを過ごすのは辛すぎるんだもの。かといって、家には帰れないし。意地の悪い義理の母に絶対に気づかれるわ。昨日はズボンがはけなかったのよ。どれほどショックだったか。なにもかもが突然現実になってきたのよ。だからクリスマスはイタリアで過ごそうと思っているの」ベリンダはわたしに手を伸ばした。「いっしょに行かない？　楽しく過ごしましょうよ。昔みたいに」

「楽しいでしょうね」わたしはうなずいた。「でもダーシーから連絡があるかもしれないから、ロンドンを離れるわけにはいかないの」

「どうしていっしょにアイルランドに行かなかったの？」

わたしは暖炉の炎を見つめた。「来てほしくないって言われたの。彼のお父さまは、こんなときにわたしに会いたがらないだろうって」

「かわいそうなダーシー。たったひとりで辛い思いをしているのね。お父さんはなんで逮捕されたの？」

「殺人の容疑よ」

「なんてこと。だめよ、いまは距離を置いていたほうがいいわ。あなたにできることはなにもないし、新聞は鵜の目鷹の目で面白いネタを探しているんだから。王家の人たちがものすごく怒るわよ」

「どうして？　ダーシーはなにも間違ったことをしていないのよ。お父さまがなにをしようと、彼に責任はない」

「新聞がどんなふうだか、あなたも知っているでしょう？　国王陛下の親戚が殺人犯と関わることになるのよ？」

「ダーシーは頭のいい人よ。なにもかも間違いだったことをきっと突き止めるわ」わたしは自分自身を納得させるように言った。「それで、あなたが留守のあいだ、この家はどうするの?」

ベリンダは今日初めて、心からの笑みを浮かべた。「いいことを考えついたのよ。かなりの額でここを貸すことができたの。ロンドン大学で教えているアメリカ人の教授なの。祖母のお金とここを貸したお金があれば、今度ばかりはいい暮らしができるわ。どうやってお金の算段をしようって心配しなくてもいいの」ベリンダは言葉を切り、わたしを見つめた。

「ごめんなさい、軽率なことを言ったわね。あなたはいまもお金の心配をしているんですものね」

「いまは少し蓄えがあるから大丈夫よ。それに、お金がすべてじゃないわ」わたしはそう言ったあとで、言わなければよかったと後悔した。

「そうね、お金がすべてじゃない」

わたしは立ちあがった。「もう帰らないと。あなたがどうしているかと思って、ちょっと寄ってみただけなの」

「いまはお兄さんのところにいるの?」

「ええ。兄のところに」

わたしたちは抱き合った。「住むところが決まったら、手紙をちょうだいね」わたしは言った。「このあとどこに行くかはわからないけれど、ラノク城に送ってくれれば、いずれはわたしのところに届くから」

「書くわ。ダーシーのお父さんの件が片付いたら、会いにきてね」わたしを見つめるそのまなざしから、ベリンダが見かけ以上に不安を抱いていて、友人を必要としていることがわかった。

「できたらそうする」

「チケット代は送るわ。きっと楽しいわよ」

「そうね」わたしたちはしばし見つめ合った。スイスの教養学校レゾワゾで過ごした最初の日のことを思い出した。わたしが学校と呼べる場所に足を踏み入れた初めての日だった。わたしはそれまで同世代の少女たちと付き合ったことが一度もなく、無知で単純だった。ベリンダはシルクのストッキングをはいて、バスルームで煙草を吸っていた。わたしとはまったく住む世界が違うのだと思ったけれど、規則を守ることにひたすら熱心ですぐに告げ口をするとんでもないドイツ人の少女と三人で同室になり、わたしたちはその少女と対抗するため団結せざるを得ず、その結果親しい間柄になった。

「体に気をつけてね」わたしは言った。「できるだけ早く会いましょうね」

「あなたも」

馬小屋コテージを出て振り返ると、カーテンが揺れるのが見えた。ベリンダが帰っていくわたしを眺めている。身を引き裂かれる思いだった。ダーシーがわたしを必要とするときにはそこにいたいし、わたしたちはもう少しで結婚するところだった。すべてがうまく運べば、今年中にミセス・オマーラになりたいといまでも思っている。ひょっとしたらその頃にはどこかのアパートメントか、アイルランドのコテージでいっしょに暮らしているかもしれない。

けれどそれは、ベリンダがわたしを必要としているときにそばにいられないことを意味していた。人生はどうしていつもこんなに複雑なんだろう？

その後は一日じゅう、部屋のなかをうろうろ歩きまわって過ごした。じっと座っていることも、心配ごとを頭から追い払うこともできなかった。どうしてダーシーは連絡のつく電話番号を教えてくれなかったのかしら？　どうして電話をくれないの？　彼が向こうに着いて一日しかたっていないことは、もちろん承知している。きっとまだなにも新しいことはわかっていないのだろう。わたしと同じように惨めな気持ちなのかもしれない。わたしはビンキーの机から便箋を取り出したが、手紙を送ろうにも宛先を知らないことに気づいた。〝アイルランド　キレニー城〟だけでは届かないだろう。ダーシーの家や生い立ちのことをこんなになにも知らないなんて。

ビンキーの書斎に行って地図帳を探し出すと、アイルランドの地図をじっくりと眺めた。大邸宅とお城は小さな赤い字で記されていて、ダブリンからほど近いキルデアという町の近くにキレニー城という文字を見つけ、わたしは興奮のあまり声をあげた。

これでとりあえず、彼に手紙を書くことはできる。わたしの手紙を読めば、きっと彼の気分も上向くだろう。そこでわたしはペンを取り、書き始めた。ロンドンまでのドライブはなんの問題もなかったこと。ザマンスカ王女と過ごした時間は楽しかったこと。ディナー・パーティーや、シンプソン夫人や、フランス人侯爵が太腿を触ってきたのでその手にフォークを突き刺してやったことも書いた。ダーシーが例によって、目尻にしわを寄せて笑っている様子が脳裏に浮かんだ。わたしがどれほど彼を愛しているかも、いつでも彼のところに駆けつけるつもりだということももちろん書いた。万一、彼が忘れているときのことを考えて、ラノクハウスの電話番号も記した。玄関ホールのお盆に置いておけば、使用人が郵便配達員に渡してくれるが、わたしはわざわざ出かけて行って郵便ポストに投函した。

帰ってきたときには、いくらか気が楽になっていた。お茶の時間で、両親と共に過ごす毎日の儀式のために子供たちが子守と共にやってきていた。ポッジはビンキーになにやら複雑な話をしているし、幼いアデレイドを膝に抱いているフィグは落ち着かない様子だ。アデレイドも同じくらい居心地が悪そうだったが、わたしに気づくと興奮した様子で手を振りまわした。駆け寄ってきたポッジはわたしの脚にしがみついた。「ジョージー叔母さん、帰ってきたんだね！　今度はずっといっしょにいてくれる？　公園に行って、鴨に餌をやったりできる？」

「あなたたちは来週からフランスに行くんでしょう？」わたしはそう言いながら敷物の上に座り、フィグからアデレイドを受け取った。アディはほっとしたような笑みを浮かべ、喜んでわたしに抱かれた。

「ぼくたちといっしょに来ればいいよ」ポッジが言った。「ねえ、いいでしょう、父さん？」

「わたしのための部屋がないのよ」ふたりのどちらかが口を開く前に、わたしはあわてて答えた。「寝る場所がないの」

「ぼくの部屋で寝ればいいよ」

「あなたの部屋にはアディと子守がいるでしょう？」幼い真剣な顔に向かってわたしは微笑んだ。「それにわたしには、ここで大事な用事があるの。わたしがいなくても、海岸できっと楽しく遊べるわ」

「海岸は石だらけなんだよ」ポッジはぼそりと言った。

「子供たちはそろそろ部屋に戻る時間よ」フィグが言った。「ポッジ、上着が食べかすだらけよ。アデレイドも着替えさせなければいけないわね。あなたのスカートが濡れてしまうわよ、ジョージアナ」

子守が即座に近づいてきたかと思うと、わたしからアデレイドを奪い取った。

「もっとここにいてジョージー叔母さんと話がしたいよ」ポッジは訴えたが、子守がしっかりと彼の手をつかんだ。

「明日、子供部屋に来てもらいましょうね」子守は言った。

「あの子は泣き言ばかり言っているわね」フィグが言った。「お食べなさい、ジョージアナ。ミセス・マクファーソンがジンジャーブレッドを焼いたのよ」

再度勧めてもらう必要はなかった。ふた切れ目を食べ終えたちょうどそのとき、ホールで電話が鳴る音が聞こえた。ハミルトンがスコットランドなまりの穏やかな声で応対している。

「ラノクハウスです」やがて彼が言った。「すぐにお取り次ぎします、サー」

ハミルトンが部屋に入ってきたとき、わたしはすでに立ちあがっていた。

「お電話です、お嬢さま」

電話に向かってダッシュしたくなるのをこらえて、できるかぎり落ち着いた足取りで歩いた。受話器に伸ばした手は震えていた。「もしもし」

「ジョージー、ぼくだ」ダーシーが言った。

「ダーシー、よかった、あなたの声が聞けて。ずっと心配していたのよ。どうなったの？なにかわかった？　問題ないんでしょう？」

「ジョージー、ぼくの言うことをよく聞いてほしい。残念ながら、悪い知らせだ。父が有罪であることは間違いない。裁判にかけられて、おそらく縛り首になるだろう」

「なんてこと」わたしは言いかけたが、ダーシーはそれを遮って言葉を継いだ。

「よく考えてみた。だがきみとぼくはこれ以上関わるべきではないという、辛い結論に達したんだ。このままいっしょにいれば、ぼくの人生だけでなく、きみの人生まで台無しになってしまう。だから婚約は解消しよう、ジョージー。もうきみには連絡をしないから、きみも連絡しないでくれ」

「いやよ！」悲鳴のようなわたしの声が階段に反響した。「絶対にいや。愛しているのよ、ダーシー。いいときも悪いときも、って言うでしょう？　わたしはあなたから離れない、なにがあろうと」

ダーシーはあたかも天気の話をしているように、どこまでも冷静な声で言った。

「きみを愛しているからこうするんだ。幸い、ぼくたちはまだ結婚したわけじゃないから、誓いの言葉に縛られることはない。きみには幸せでいてもらいたいんだ。辛い思いをさせたくない。これっきりにしよう。さようなら、ジョージー。きみの幸せを祈っている」

「いやよ、ダーシー。行かないで。こんなのばかげている。愛しているのよ。別れないから」わたしは叫んでいた。レディにあるまじき振る舞いだ。そのうえ泣いていた。

「さようなら、ジョージー」カチリという音がして電話が切れた。

一二月一日　土曜日
ロンドン　ラノクハウス

人生最悪の日。

わたしは流れる涙を拭おうともせず、寒い玄関ホールに立ちつくした。

「いやよ」だれにともなく繰り返した。

ビンキーやフィグとはとても顔を合わせられない。ビンキーはわたしを慰めようとして、これが一番いいんだ、少なくとも彼は正しいことをした、とまったく中身のないことを言うだろう。フィグは意地悪そうに目をきらめかせながら、彼の一家については悪い話ばかりしか聞かなかったけれど、それが本当だったことがこれでわかったと言うに違いない。わたしは罠にかかった動物のようにあたりを見まわした。逃げなければ。だれかに話をしなければ。

でもだれに？　ベリンダは男性との関係がうまくいったためしがない。きっと、いまの状況を考えればそれが一番いいと、ビンキーと同じようなことを言うだろう。そうすると残るのはふたりだ。祖父とザマンスカ王女。王女のことはほとんど知らないけれど、社会のしきたりといったものを少しも気にしていないことはわかっている。それにダーシーのことも好きらしい。

　けれどいまのわたしは抱きしめられ、慰めてもらう必要があった。王女に会うのはあとでいい。いまだれにそばにいてほしいかはわかっていた。急いでコートと帽子を身に着けると、だれかが廊下に出てくる前に逃げるようにして家を出た。霧に覆われた人気のない通りを一番近い地下鉄の駅に向かって歩く。一時間後、ひっそりしたアップミンスター・ブリッジ駅で降りたときには、煙のようなロンドンの霧は、じっとりと体にからみつく河口からの靄に変わっていた。祖父の家のある通りを目指して坂道をのぼっていくと、足音が反響した。この世界にわたし以外、だれもいないような気がした。

　祖父は静かな裏通りに立つ、こぢんまりした二軒長屋で暮らしている。ハンカチくらいの大きさの前庭には、真面目な顔をした三体の小像が飾られていた。夏のあいだはとてもきれいな薔薇の茂みはすっかり葉を落としていたが、玄関のドアに作られた鉛枠の窓からは明かりが漏れ、なかから話し声が聞こえていた。いまは祖父以外のだれとも会いたくないのに。祖父に首ったけでどうにかして結婚にこぎつけようとしている隣人のミセス・ハギンズならなおさらだ。彼女は詮索好きで噂好きだから、彼女の前ではなにも話せないことはわかっていた。けれどこのままベルグレーブ・スクエアに帰る気にもなれなかった。ノッカーを叩くと、喉にからんだような咳に続いて、祖父の声が聞こえた。「ちょっと待っておくれ。いま行くから」そしてドアが開いた。

祖父は外をのぞき、顔をしかめ、そして驚いたように眉を吊りあげた。「こいつは驚いた。まさかおまえだとは思わなかったよ。うれしいじゃないか。さあ、入って。ちょうどお茶にしようとしていたところだ」

「お客さまなの？」狭い廊下に足を踏み入れたところでわたしは尋ねた。祖父がドアを閉める。「もしそうなら……」

「なんだって？　ああ、あの声か。いいや、ただのラジオだよ。お茶のお供だ。すぐに消す」わたしはコート掛けに帽子とコートを掛けると、祖父について台所に入った。聞こえていた声が突然消えた。テーブルの上では、ステーキ・アンド・キドニー・プディングらしきものがお皿の上で湯気をあげていた。

「まあ、食事中だったのね」下流階級の人たちの食事の呼び方にはいまだに慣れない。昼食がディナーで、わたしたちが早めのディナーと呼ぶものがお茶になる。「わたしのことは気にせずに食べてちょうだい。冷めてしまうわ」

「隣のばあさんが持ってきたんだ。ステーキ・アンド・キドニー・プディングだ。わしの好物だよ。たっぷりある。おまえも食べるか？」

わたしは首を振った。「お腹は空いていないわ。でも用意ができているようなら、紅茶をいただく」祖父のような人たちについてわたしが学んだことのひとつが、ポットには常に紅茶が入っているということだった。彼らは一日に何リットルも紅茶を飲むし、隣人が訪ねてきたときのために、ケトルにはいつもお湯が沸いている。

「もちろんだとも。好きなだけお飲み。ミルクは食品庫にある」

わたしはカップに紅茶を注ぐと、プディングを食べている祖父の向かいに腰をおろした。

「食欲があるみたいでよかったわ」わたしは言った。

祖父はうなずいた。「隣のばあさんはちょっとばかりうるさいが、料理はうまいんでね。で、彼女の親戚はどうしている？」ミセス・ハギンズはクイーニーの大おばだった。

「ここだけの話だけれど、やっぱりあの子はどうしようもないわ」わたしはかろうじて笑顔を作った。「クイーニーがよくなることはないでしょうね。でもわたしにはメイドが必要で、彼女には仕事が必要。わたしたちはお互いにふさわしいのかもしれない」

祖父はフォークにキドニーを刺したまま、わたしを見た。

「ロイヤル・ウエディングでのおまえの写真を見たぞ。とてもきれいだった。式は言われているとおり、よかったのか？」

「いい式だったわ。マリナ王女は美しかった」

「彼女はどんなだ？　外国人だろう？」

「英語は完璧だし、気持ちのいい人よ。いっしょにいて楽しかったわ」殺人事件が起きたこと以外は。わたしの人生は次から次へと厄介な事件に見舞われていて、その度合がどんどん増しているようだ。

「で、おまえはこのあとどこに行くんだ？　なんだって、わざわざこんなところまで来た？ただわしの顔を見に来ただけじゃないだろう？」

「おじいちゃんとはいつだって会いたいわ。わかっているでしょう？　でもそのとおりなの。逃げ出してきたのよ。とても悪い知らせがあって、家にいられなくてまっすぐここに来たの。だってわたしが話せるのはおじいちゃんだけなんだもの」

「悪い知らせとは？」

「新聞で読んだかもしれないけど、ダーシーのお父さまが殺人容疑で逮捕されたの」

「なんてこった。あそこに書いてあったアイルランド貴族というのがそうなのか。戦斧でだれかの頭を殴ったんだったな？」

「戦闘用の棍棒よ」わたしは大きく息を吸った。「わたしとの関係は終わりにしたいって、ついさっきダーシーから電話があったの。こんなことになったから、わたしを巻きこみたくないって」

祖父はうなずいた。「彼は思慮深い男だと思っていたよ。それが正しいことだと考えているんだろう」

わたしは顔を引っぱたかれたような気分だった。

「おじいちゃんならわかってくれると思ったのに」わたしは憤然として言った。「彼を愛しているのよ。グレトナグリーンに行って、こっそり結婚するつもりだった。そうしたらこんなことが起きたの。彼のいない人生なんて考えられない」

「だが彼の考えは理解できるだろう？」祖父は穏やかに訊いた。「彼はおまえのために言っているんだ。ハゲタカのような記者たちにまとわりつかれるのがどういうものか、彼にはわかっている。これから一生、ゴシップが彼についてまわることも。世間の人々は〝彼が人殺しの息子よ〟と噂し合って、彼から離れていくだろう」

「そんなの不公平よ。ビンキーは一度、間違って逮捕されたことがあるわ。でも人生が台無しになったりしなかった。それにダーシーは素晴らしい人よ。きっといま、すごく傷ついている。わたしは彼といっしょにいたいの。彼のそばにいて、これを乗り越える手助けがしたいの」

「どうやって助けるつもりだ？」祖父は優しい口調で訊いた。「おまえがいると、マスコミからおまえを守ろうとして、余計に彼を心配させるだけだとは思わないのか？」

考えてみた。わたしは本当に彼の力になれるだろうか？　わたしの顔を見て、なにがあろうとわたしが隣にいると思えば、彼は勇気づけられるだろうか？　もしわたしの家族が逮捕されたとしたら、わたしはダーシーにそばにいてほしいと思った。ほんのわずかでも希望があるなら、ほんのわずかでも彼の父親が無実だという可能性があるのなら、ひとりよりはふたりで考えるほうがいい。

「もしも逆の立場だったなら、わたしはダーシーにそばにいてほしい」わたしは言った。

「それならなにをぐずぐずしているんだ？」

「え？」

「彼のところに行くんだ。彼がおまえを帰らせようとしたら、こんなときにあなたを見捨てたりしないと言ってやればいい」祖父は指を振った。「だが覚悟はしなきゃいかん。簡単じゃないぞ。記者ってやつは、狼の群れみたいにおまえに張りついて離れない。どこへでもついてくるだろう。それに、おまえが殺人事件の裁判に関わることを、家族は嫌がるだろうな」

「家族なんてくそくらえよ」わたしの言葉に祖父が噴き出したので、わたしも思わず微笑んだ。

「おまえの口からそんな言葉を聞くとは思わなかったぞ。家庭教師に教わったとは思えんな。義理の姉の前でそんなことを言ってみろ、間違いなく卒倒するだろうな」

「普段はこんな言葉遣いはしないわ。でもいまの状況では、ふさわしい言葉じゃない？　わたしはたいして特別な存在じゃないんですもの。デイヴィッド王子はシンプソン夫人とこっそりつきあっているし、ケント公にはいかがわしい過去があるし、新聞がそれほどわたしに興味を持つとは思えない」

「王家の人間に関わることとなると、あいつらがどんなふうだか知っているだろう？　世間はそういう話が好きだからな。とりわけ、スキャンダルは」

「それじゃあ、わたしは行くべきじゃないと思うの？　おばあちゃんの家族がなにか問題を起こしたら、おじいちゃんはどうしていた？」

祖父は体を揺らしながら、あえぐようにして小さく笑った。「わしがどこで彼女と会ったと思う？　酔っ払ってナグズヘッドの外で騒いでいた彼女の弟を捕まえたんだ。まだほんの子供だったから、家まで送っていった。そのときドアを開けたのが彼女だ。まあ、たまげたね。とんでもない美人だった」

「会ってみたかったわ」

「おまえの母親は彼女に似たんだ。わしのほうの血を引かなかったのは幸いだったな。でなきゃ、ステージに立つことはできなかっただろう。最近、なにか連絡はあったか？」

「ドイツに帰ってからはないわ」

「あのドイツ人の男と結婚しないといいんだがな」

「するつもりだと思う」

「いい結果にはならんだろう。ドイツ人どもはきっとまた戦争を始める。わしの言ったことを覚えておくんだぞ。あいつらは先の戦争で屈辱を味わった。だがプライドばかり高いやつらだからな、復讐をしたがっているんだ。おまえの母親は自分が間違った側に立ったことに気づくはずだ」

「そんなことにならないといいんだけれど。でもおじいちゃんは、わたしの質問に答えてくれていないわ。同じ立場になったら、おじいちゃんはどうする？」

祖父は自分の皿をしばし見つめていたが、やがてまっすぐにわたしの顔を見て言った。

「わしなら行くだろう。そもそも、なにか失うものがあるのか？　彼がおまえに会おうとせず、そのまま家に帰れと言ったとしても、少なくともおまえはできることはしたわけだ。おまえがどれほど彼のことを大事に思っているのかは伝わる」

「そのとおりね。おじいちゃんはいつも正しいアドバイスをくれる。本当に来てよかったわ。小さな鞄に荷物をつめて、明日の朝、列車に乗るわ」あることに気づいたのはそのときだった。「ああ、どうしよう。クイーニーがいる。あの子をどうすればいい？　アイルランドに連れていくわけにはいかない。それでなくても事態は複雑なんだもの。かといってラノクハウスに残していくこともできない。フィグが怒って追い出すに決まっているわ。それに一週間後にはあの人たちはリヴィエラに行ってしまうの。クイーニーの家族はしばらく彼女を置いてくれると思う？」

「ほんの短いあいだなら大丈夫だろう。クイーニーが台所を燃やしかけたあとは、早く出ていってほしくてうずうずしていたもんだが。だがわしから隣のばあさんに話をしておく。事情を説明すれば、置いてくれるさ。だがあまり長くならないようにするんだぞ」

「どれくらいになるのかわからないわ。とにかくやってみるしかない。でもクイーニーがここで安全に暮らしていると思えば、心配ごとがひとつは減るわ」

「そのことはもう気にしなくていい。クイーニーをここによこせば、あとはわしらでちゃんとするさ」

わたしはテーブルの向こう側にまわり、祖父の禿げた頭の天辺（てっぺん）にキスをした。

「おじいちゃんは世界で二番目に好きな人よ。ダーシーの次に。わたしがいつか結婚して、お城かお屋敷で暮らすようになったら、おじいちゃんには近くのロッジに住んでもらうの。そして毎日どちらかが訪ねていくのよ」

「そいつはいいな」祖父は悲しげに微笑んだ。「なにもかもがうまくいくことを祈ろう」

一二月一日　土曜日と一二月二日　日曜日

大きな決断をした。それが正しいことをいまはただ祈るだけ。

ラノクハウスに戻ってみると、フィグとビンキーはディナーのための装いで食前酒のシェリーを飲んでいるところだった。フィグは険しいまなざしでわたしをにらんだ。

「どこに行っていたの、ジョージアナ？　出かけるなんて言っていなかったじゃないの。いまにもディナーが始まるのに」

「ごめんなさい。祖父に会いに行っていたのだけれど、帰りの列車に思いのほか時間がかかって」

「おじいさんに会いに行っていたですって？」オスカー・ワイルドの喜劇『真面目が肝心』に登場するブラックネル夫人のあの有名な台詞〝手提げ鞄ですって？〟と、まったく同じ調子でフィグが言った。

「親戚に会いにいくのに、あなたの許可がいるのかしら？」神経が張りつめているせいで、わたしはいらだちを抑えきれなかった。

「もちろん必要ないわ。でもあなたはこの家に滞在しているのだから、食事に遅れるかもしれないのなら、そう言い残していくのが礼儀というものじゃないかしら」

「どうぞわたし抜きで食事をしてくださいな。お腹は空いていませんから」

ビンキーがわたしに近づいてきて言った。「ずいぶん動揺しているようだね、ジョージー。ゆっくり風呂に入っておいで。そのあとでミセス・マクファーソンに、オムレツかなにかあっさりしたものを作ってもらうといい」

「ミセス・マクファーソンを煩わせる必要は……」フィグが口を開きかけたが、ビンキーはそれを遮って言った。「ミセス・マクファーソンはジョージーのことがとても好きだから、喜んで作ってくれるさ」

「優しいのね」わたしはビンキーにそれだけ言うと、唇をきゅっと結んだ。いまにも泣き出してしまいそうだ。

「まさかと思うけれど、しばらく泊めてほしいなんておじいさんに頼んでいないでしょうね、ジョージアナ」

ビンキーは驚いてフィグを見た。「どうしておじいさんのところに泊まる必要があるんだ？ロンドン郊外の不便なところなのに」ビンキーはじっとわたしの顔を見つめた。「ここにいるのがいやなのかい、ジョージー？」

「ビンキー、あなたって時々本当に鈍いのね」わたしが答えるより先に、フィグが言った。「わたくしたちがフランスに行ったあと、ジョージアナにはどこか泊まるところが必要でしょう？」

「どうしてここじゃだめなんだ？」

フィグはビンキーをにらみつけた。「この家は閉めるし、使用人たちは全員スコットランドに帰すからよ」

「以前にもジョージーは使用人なしでここで暮らしていたことがあるじゃないか。わたしの朝食にゆで卵を作ってくれた」

「殺人の濡れ衣を着せられたときだったわね」わたしは言った。

「そうだ。おまえは素晴らしかった。すべてを解決したんだ」ビンキーはフィグに向かってうなずいた。

「ダーシーのお父さまもいま、まったく同じ苦境にいるのよ」ふたりが気づいていないといけないので、わたしはあえて指摘した。

「まったく同じではないわ」フィグが言った。「ビンキーは無実だったし、だれもがそれをわかっていたもの」

ダーシーの父親も無実かもしれないと言いかけたところで、ダーシー自身がそうではないと考えていることを思い出した。絶望の波にさらわれかけたわたしに、ビンキーが明るい口調で言葉を継いだ。

「それにジョージーはとてもよくわたしの面倒を見てくれたんだ、フィグ。最初から最後までどれほど頼りになったことか。ジョージーはわたしの命の恩人だ。彼女がここにいてはいけない理由がわからないね」

「ピンキー、言わせてもらいますけど……」フィグが切り出したが、わたしは遮った。

「いいの、わたしのことは心配しないで。明日の朝には出ていくから。友だちのところに泊まることになっているの」

そう言い残し、わたしは急いで自分の部屋に戻った。お風呂に入り、クイーニーが運んできたスープとオムレツを食べた。食欲はなかったが、どちらもきれいにたいらげると、ぐっと気分がよくなった。明日はダーシーのところに行くのだ。気持ちをしっかりと強く持って、決して彼にノーとは言わせない。

「まったく、ここの階段をあがったりおりたりするのはうんざりですよ」トレイを階下に運んで帰ってきたクイーニーが文句を言った。

「そうね、あなたはここのところよく働いたわ。だからお休みをあげようと思うの」

「どこか暖かくていいところに行くんですか？」クイーニーはうれしそうに訊いた。

「わたしはひどいところに行くのよ。でもあなたは来なくていいから、家に帰っているといいわ」

「いやですよ、お嬢さん。とんでもない」クイーニーは顔をしかめた。

「家族が嫌いなの？」

「そういうわけじゃないんですけどね。でもあたしを歓迎してくれませんから。あんなことがあったあとじゃ。あたしがまたコンロを爆発させたらどうしようって思ってますよ。父さんからはずっと、あたしはとにかく役立たずで、首の上にのってなかったら頭をどこかに忘れてただろうって言われ続けてきましたからね」

「もっともだと思うわ、クイーニー。あなたって本当にどうしようもないもの。でも大おばさんのミセス・ハギンズが、わたしが戻るまであなたを置いてくれるって言っているの。ゆっくりしてくるといいわ」

クイーニーはあまりうれしそうではなかった。「でもあたしはお嬢さんといっしょにいるほうがいいです」

「残念だけれど、わたしが行くところにはメイドのための部屋がないのよ。それにどれくらいかかるかわからない。数日かもしれないし、もっと長くなるかもしれない。あなたが親戚といっしょにいてくれたほうが、わたしは安心なの」

「わかりました。お嬢さんがそう言うのなら」〝合点です（ボブズ・ユア・アンクル）〟と言わなかったところを見ても、クイーニーが気乗りしていないことがよくわかった。ミセス・ハギンズはわたしよりも人使いが荒いのかもしれない。

「鞄には一週間分ほどの服を入れてちょうだい。タータンチェックのスカートと、上等のカシミアのセーター、それからツイードのスーツもね。下着と寝間着も忘れないで」

「イブニングドレスはいらないんですか?」

わたしは首を振った。「今回行くところでは、ディナーのために着替えはしないと思うわ」

「とりあえず、いまいましい薄葉紙は探さなくていいってことですね」クイーニーはぶつぶつ言いながら、荷造りを始めた。

アイルランドへの旅は幸先よく始まったとは言えなかった。朝、着替えをしようとしたところで、着たいものすべてをクイーニーが旅行鞄に入れてしまったことに気づいた。残っていたのは、ストッキングが片方だけだ。そのため、大きな旅行鞄を再び開いて服のほとんどを取り出さねばならず、クイーニーとわたしはどちらもいらだち、不機嫌になった。いまにも切れそうなくらい神経が張りつめていたから、クイーニーに対するわたしの態度はいつもより厳しかったかもしれない。旅立ちが現実味を増したところで、これは正しいことなのだろうかとわたしは改めて自分に尋ねた。ダーシーが本当にわたしに来てほしくないと思っていて、わたしがいることで事態が複雑になるだけだとしたら、彼は喜ばないだろう。〝ぼくもきみなしでは生きられない〟と言いながら、彼が両手を広げて駆け寄ってきてくれることを、わたしは心の底で期待していた。けれど、どういう結果になろうとやり通すという決心は固かった。

出発の準備ができたところで、またもや問題が起きた。きっとなにか恐ろしいことが起きて、これっきりもうわたしとは会えないと思いこんだクイーニーがめそめそしだしたのだ。

霧笛のような音をたてて赤と白の大きなハンカチで洟をかみながら、クイーニーはわたしのあとをついてまわった。涙にくれているクイーニーがタクシーに（わたしからのプレゼントだ）乗りこむのを見届けたところで、ビンキーが書斎から出てきた。

「おまえも出発するんだな？　本当に大丈夫か？」

わたしは目頭が熱くなるのを感じながらうなずいた。

「大丈夫。それに、荷物を置いていかせてくれてありがとう。おかげで心配ごとがひとつ減ったわ」

余分な荷物は部屋に残していくことでビンキーと話はついていた。戻ってきたときか、あるいは滞在先が決まったときに取りにくるつもりだった。

ビンキーはじっとわたしを見つめた。

「オマーラのところに行くんだな？」

「ええ。こんなときにひとりにしておけない」

「辛い思いをすることになるぞ」

「そうでしょうね。でも、お父さまがなにかしたからといって、彼をあきらめるつもりはないの。殺人の容疑をかけられたときのことを覚えているでしょう、ビンキー？　どれほど恐ろしかったかを？」

「あのときもおまえはそばにいて、わたしを助けてくれた。あれ以来ずっとわたしはおまえに感謝しているんだ」

「ダーシーのためにもできることをしたいの」

ビンキーはわたしの肩に腕を回した。「おまえは素晴らしい女性だよ、ジョージー。本当に頼りになる。信頼できる。オマーラにおまえのよさが理解できることを祈るよ」

「ええ、わたしも」

ビンキーはポケットを探った。「おまえの懐が苦しいことはわかっている。これが少しは役に立つだろう」彼が差しだしたのは、折り畳んだ数枚の五ポンド札だった。

「だめよ、ビンキー。こんなものは受け取れない。しばらくやっていけるくらいのお金はあるから」

「いいから、受け取ってくれないか、ジョージー」ビンキーはわたしの手に紙幣を押しつけた。「ほら。わたしにできるのはこれくらいだ」

「まあ。本当にいいの？　お金がないっていつもフィグは言っているのに」

「おまえと門柱にしか聞かせられない話だが、フィグのおばの遺産でかなり助かっているんだ。新しくアンガス牛を買ったんだよ。それで利益を出そうと思っているんだ」

「よかったわ、ビンキー。幸運を祈っているわね。フランスで楽しく過ごせるといいわね」

「問題はそれだよ。だが、ポッジと海岸で過ごせるのは楽しみだ。あの子はいい子だよ、そう思わないか？」

「ええ、本当に。わたしはポッジが大好きよ」あたりを見まわした。「そろそろ行かないと。それじゃあ。泊まらせてくれてありがとう」

「いつでもおいで」ビンキーはぎこちなくわたしを抱きしめた。わたしたち一家はあまり体で愛情表現をしない。「おまえがいつでも荷物を取りにこられるように、ハミルトンに玄関の合鍵を作らせておくよ」

「なんですって？」背後から鋭い声がした。

「戻ってきたときにいつでも荷物を取りに来られるように、ジョージーに玄関の鍵を渡すと言ったんだ」

「我が家の家の鍵を彼女に渡すですって？　好きなときに来られるように？」

「だめな理由がわからないね」

「それはあなたがなにも考えていないからよ、ビンキー」フィグはそう言うと、わかったような顔で彼を見た。子供の前で口にしたくないことがあるとき、親が互いに見交わすような表情だ。

わたしは義理の姉にいい加減うんざりしていた。

「フィグ、いったいなにを疑っているの？　あなたが背を向けたとたんに、わたしが応接室で乱痴気騒ぎをするとでも思うの？　それとも銀のスプーンを持ち出して売るとか、貴重な石炭を盗むとか？　あら、わたしがあなたの紅茶を飲むのが心配なのかしら？」

「ジョージー、いくらなんでも言い過ぎよ。言ってやってちょうだい、ビンキー。あなたの妻が侮辱されたのよ」

フィグはビンキーをにらみつけた。ビンキーの頬が赤く染まる。

「いいかげんにしないか、フィグ。それはあまりに不作法だろう。ここは我々の家だが、ジョージーの家でもあるんだ。たまたまわたしが男だから受け継いだが、ここはラノク家のものので、ジョージーはいつでも好きなときに来る権利がある。それにここはわたしの家で、ジョージーはわたしの妹なんだから、いいかげんきみも彼女と仲良くするよう努力すべきだろう。きみの陰気な親戚たちとうまくやっていくために、わたしがどれだけ努力していることか」

「わたくしの陰気な親戚ですって？」フィグの声は、ガラスでも切れそうなほど鋭かった。驚いたことに、ビンキーはひるまなかった。

「わかっているはずだ、フィグ。きみの姉さんと義理の兄さんはとんでもなく退屈な人間だ。それでもわたしは鷹揚だから、ひと冬を彼女たちといっしょに過ごすことに同意したんだぞ。だからわたしたちにフランスに行ってほしければ、きみもわたしの妹にもう少し礼儀にかなった態度を取ったほうがいい。でなければ、フランス行きはなしだ」

触れそうなほど張りつめた沈黙が広がった。わたしは拍手したくなるのをこらえた。ビンキーがわたしに向けた顔は真っ赤だったが、そこには勝ち誇ったような笑みが浮かんでいた。フィグに立ち向かったのは、これが初めてなのかもしれない。

「まあ！」フィグの顔は蒼白だった。「まあ！」再び長い沈黙があった。「なにか用があったら、わたくしはモーニング・ルームにいますから」そして部屋を出ていったが、サイドテーブルの角に骨ばった腰をぶつけたので、堂々とした退場というわけにはいかなかった。それでも彼女は痛い素振りは見せなかった。

ビンキーとわたしは見つめ合った。「よく言ったわ」

ビンキーは恥ずかしそうな顔をした。

「あとで大変な思いをするかもしれないが、それだけの価値はあったよ」

「もっと前に断固とした態度を取るべきだったのよ。彼女がまた偉そうにしたら、兄さんの膝の上に腹ばいにさせて、ヘアブラシでお尻を叩いてやるといいわ」

ビンキーはおかしそうにくすくす笑った。

「そうしよう。そいつはいい考えだ」

ベルグレーブ・スクエアの階段をおりたときには、霧は細かい雨に変わっていた。タクシーを拾い、アイルランド郵便鉄道に乗るためにユーストン駅に向かった。だが切符売り場に行ってみると、次の列車は夜の八時四五分発だということがわかった。どうしてあらかじめ調べておかなかったんだろう？　いまさらラノクハウスに帰りたくはない。かといってそれまでじっと駅で座っているのもごめんだ。スーツケースを預けて、ロンドンを散策しようかとも思ったが、とてもそんな気分にはなれないし、そもそもそうしたいようなお天気でもない。いまはただ、少しでも早く目的地に着きたいだけだ。

「アイルランドに行くにはそれしかないのかしら？」わたしは尋ねた。「とても急いでいるんですけれど」

「フェリー乗り場まで直行する列車はそれだけです」切符売り場の係員が答えた。「でもチエスターに行って、そこから北ウェールズ線に乗れば、ホリーヘッドに行けますよ。そうすればもう少し早いフェリーに乗れるかもしれない。冬のあいだ、どれほど頻繁にフェリーが出ているのかは知りませんが」

「試してみるわ。ここで待っているよりはましだもの」

「そうかもしれませんね」係員は自信なさげな顔をした。

「どれくらいかかるのかしら？」

「郵便列車なら一二時間ですが、そのルートだともっと時間がかかります。フェリーを待たなければならないかもしれませんし」

「それが一番速いルートなんですか？」

「唯一のルートですよ。リバプールから海を渡ってベルファストに向かうなら話は別ですが。でもそれも時間がかかります」

もちろんベルファストは論外だった。そういうわけでわたしは仕方なくホリーヘッド行きの次の列車の切符を買った。チェスターで乗り換えるのだ。ホームに行き、列車に乗りこんだ。四時間後、列車はチェスターに到着した。あたりはすでに暗い。ホリーヘッド行きの北ウェールズ線の次の列車が出発したのは、一時間後だった。ホリーヘッドまでこれほど時間がかかる理由をわたしはすぐに悟った。ウェールズの海岸線のすべての駅に止まるからだ。列車が進むにつれ雨は激しくなり、ホリーヘッドに着くころには土砂降りになっていた。そのときになってようやく、傘を持ってこなかったことに気づいたが、持っていても役にはたたなかっただろう。この風では、あっという間に引っくり返ってしまったに違いない。そういうわけで駅から波止場まで歩いただけで、わたしはびしょ濡れになっていた。フェリーの出航まで二時間あった。祖父の暖かい台所に、あるいはケンジントン宮殿に帰りたいと思いながら、わたしは寒くてわびしい待合室にひとりで座っていた。ラノクハウスでビンキーとフィグといっしょにいてもいいとすら思ったのだから、どれほど惨めな気分だったかわかってもらえると思う。

九時になってフェリーに乗りこんだときには風はうなりをあげていて、暗闇のなかでさえ、アイリッシュ海に白波が立っているのが見えた。こんな荒れた天候ではとても眠れないだろうと思ったので寝台は取らず、ラウンジの隅に腰を落ち着けて楽な体勢になろうとした。だが簡単にはいかなかった。港を出たとたん、船は木の葉のように激しく揺れた。ボルトで留められていないものはことごとく滑り、転がり、ぶつかった。ほかの乗客はほとんどおらず、アイルランド郵便列車を待って昼間のフェリーに乗らなかったことをわたしは心から後悔した。そうしていれば、少なくとも生きてダブリンに着ける可能性はおおいにあっただろうに。一時間がたつ頃には、とても無事に到着できるとは思えなくなっていて、ここで死んだらダーシーの力になれないと考えながらわたしは船酔いに耐えていた。

暴風雨帽をかぶった大柄な男性が近づいてきたときには、船から退避するようにと言われるのだとばかり思った。だが彼は切符を確認しに来ただけだった。真っ青になったわたしの顔をひと目見て、彼は言った。

「なにか食べものと温かい飲み物をお腹に入れたほうがいいですよ。船酔いにはそれが一番だ」

いま向かうべきはライフボートではなくレストランだと思うと、安堵のあまり笑いたくなった。食べもののことなどとても考えられなかったが、よろめき、這いずるようにしてスナック・バーまで行き、それほどこぼすことなく熱いココアを飲んだ。

「確かに荒れているね」カウンターの向こうで、穏やかな声のアイルランド人女性が言った。いささかも心配している様子はない。

「こんなひどいお天気のなかをよく出航したものだと思うわ」

わたしの言葉を聞いて、彼女は笑った。

「おやまあ。悪天候の日に港に留まっていたら、永遠に出発できないよ。アイリッシュ海を渡ったことがないの？」

「ええ」

「アイルランドに行くのは初めてだってことだね？」

うなずいた。

「初めてアイルランドに行くのが春じゃなくて残念だったね。この時期は殺風景なんだよ。ダブリンに滞在するの？」

「ダブリンの近くに。友人がいるので」それ以上くわしいことは言いたくなかった。

「クリスマスをその人たちといっしょに過ごすんだね」彼女は励ますように微笑んだ。「楽しいよ。きっと楽しく過ごせる。アイルランドではクリスマスを盛大に祝うんだ」

ココアのおかげで体が温まり、船員の言ったとおり、いくらか気分がよくなった。ティーケーキを食べられるくらいだった。それからわたしは近くの暖かい場所に腰を落ち着け、奇跡的に眠りに落ちた。

一二月三日　月曜日

今朝早くアイルランドに着いた。怖くてたまらないけれど、もうあと戻りはできない。勇気を出すのよ、ジョージー。ラノク家の人間は逆境にあっても決してあきらめないのだから。

うつらうつらしていたわたしは、ごとごとという低い音となにかにぶつかるような衝撃に目を覚ました。つかの間、自分がどこにいるのかわからなかったが、こわばった首が船のラウンジの壁にもたれて眠っていたことを思いださせてくれた。姿勢を正し、耳をそばだてる。なにかにぶつかったのだろうか？　船が沈むの？　そのときになってようやく、もう足元が揺れていないことに気づいた。立ちあがり、窓の外を眺めた。まだ暗いけれど、雨に濡れたガラスごしにところどころ明かりが見えている。安堵した。船は港に着岸していて、さっきの物音は渡り板がかけられたときのものだろう。腕時計を見た。朝の四時。舷門は船の中央部にあることを告げる放送が流れた。わたしは荷物をまとめ、この船に乗る勇気のあったわずかな人たちと共に、風が吹きつける雨の波止場に降り立った。なにもないところだ。町の明かりも、文明を思わせるものもなにひとつなく、雨が地面とほぼ平行になるくらいの風が吹き荒れている。この手の天気が当たり前だとされるラノク城で育ったのでなければ、この場で引き返し、イギリスに舞い戻っていただろう。ただし、あの航海は二度とごめんだけれど。

「ここはダブリンですか？」自分の行き先はわかっているとでもいうように、自信に満ちた足取りで降りてきた男性に尋ねた。まさか、間違ったフェリーに乗ってしまったということはないわよね？

「ダン・レアリーだ」彼が答えた。その意味はさっぱりわからなかったけれど、自分の無知をさらすつもりもない。そこでほかの乗客について、殺風景な鉄道のホームに向かった。彼らといっしょに待ち、小さな列車に乗った。やがてようやく町の道路や大きなビルといったものが見えてきて、ほどなく列車はダブリンの駅に到着した。まだ朝の五時だ。キレニー城に行くには早すぎる。それどころか駅にはまだ人気（ひとけ）がなく、レストランも閉まっていた。わたしは寒さと惨めさと家から遠く離れたところまで来たことを感じながら、ベンチに座っていた。

六時になると駅はようやく活動を始め、カフェが開いた。わたしはひどく空腹だったので、たっぷりした朝食を頼んだ。満足したところで、キレニー城にはどうやって行けばいいのかを係員に尋ねに行った。列車でキルデアまで行き、そこからなんらかの輸送手段を探す必要があるらしい。

「今週、キレニー城に行きたがった人は大勢いますよ」係員はわたしに切符を渡しながら、笑って言った。「数日前まではそんな名前を聞いたこともなかったのに、いまやだれもかれもがあそこに行きたがっているみたいだ」

わたしは無言のまま彼に代金を支払うと、ホームに向かった。スーツケースがとんでもなく重く感じられたし、疲れて、怖くて、吐き気がした。だれもかれもがキレニー城に向かっているのだとしたら、距離を置くようにとわたしに警告してくれた人たちは正しかったことになる。マスコミのだれかがきっとわたしに気づくだろう。いまならまだ間に合う。このままイングランドに帰ることができる。けれど、わたしとダーシーの関係はだれも知らないのだと自分に言い聞かせた。近くの友人を訪ねてきて、好奇心からちょっと城を見てみようという気になったのだと言えばいい。列車が駅を出たときには、わたしの気持ちはいくらか楽になっていた。外はまだ暗かったが、やがて灰色の空に少しずつ明かりが差し、雨に煙る緑の田園風景が見えてきた。列車はなだらかな起伏のある丘陵と緑の野原のなかを走っていく。あちらこちらの野原に馬がいた。見事なサラブレッドが列車の警笛に驚いて顔をあげ、走り去っていくのが見えた。

いくつかの駅を経て、列車はキルデアに到着した。雨は霧雨に変わっている。まだ朝早い時間だった。町が目を覚ますのはしばらくあとだろうと思っていたが、列車から降りる人はかなりいて、あたりはすでにざわついていた。市の立つ日だったらしい。いくつもの屋台が並び、牛たちは囲いに入れられ、地方からきた人々は農産物を運びおろしている。イングランドにも同じような村がある。ここは違う国なのだと思うと妙な感じがした。聞こえてくるアイルランド語を除けば、イングランドのどこであってもおかしくなかった。通りかかった男性にキレニー城の近くまで行くバスがあるかどうかを尋ねると、笑みが返ってきた。

「雨のなかを三キロ歩くつもりがあるならそれもいいが、バーニーのタクシーを使ったほうがいいんじゃないかな。ベッドから出てさえいれば、喜んで連れていってくれるさ」

タクシーを使うほかはないようだ。ようやくバーニーを見つけて出発したときには、町役場の時計が九時を知らせていた。バーニーはお喋り好きな、大柄で赤ら顔の男性だった。

「あんたも記者のお仲間か。だが言っておいてやるが、城には近づけないぞ。警察が目を光らせているからな。そもそも、あのアメリカ人は客を歓迎しなかったんだ。キレニー卿のころにはなかった、どでかい鉄の門を作ったくらいだからな。親しみやすいとはとても言えないだろう？　噂によれば、使用人が侵入者を撃ったことがあるらしい」

長い沈黙のあと、彼はさらに言った。「まあ、キレニー卿もここいらで人気者だったというわけじゃないがね。ひどい癇癪持ちだからな。短気なのは昔からだが、スペイン風邪で夫人が亡くなってからは普通に話をするのも難しいって話だ。機嫌が悪いときは、喧嘩腰で怒鳴りつけるそうだ。おれは会ったことはないけどな。貴族と親しいわけじゃないからな」バーニーはそう言って笑った。

　わたしは黙ったままでいた。

「あんた、村に泊まるつもりじゃないだろうな？　パブはどっちも満員だし、キルデアでもニューブリッジでも、泊まれる部屋はないと思うぞ。アメリカからも記者が来ているんだ。一週間かそこら前、おれはアメリカ人女性をキレニーまで乗せたんだが、チップとして一ポンドもらった。一ポンドだぞ！　びっくりだろう？　この国の金の価値がよくわかってないんじゃないかと思ったが、教えてやる気にはなれなかったね」

　彼はまたくすくす笑った。夏には緑が生い茂るのだろうが、いまはただ曲がりくねった枯れ枝が連なるばかりの低い生垣が道の両側に続いている。その向こうはところどころに水たまりがある雨に濡れた野原で、牛や馬が辛抱強く立っていた。葉を落とした木立ちや、緩やかな起伏の丘や、石橋の下を流れる小川があり、何度か石造りの農家や小屋の脇を通り過ぎたところで、数軒の店と〈ザ・ハープ〉という名のパブと墓石に囲まれた教会がある小さな村にたどり着いた。ミヤマガラスがカーカーと鳴きながらイチイの木から飛び立ったが、それ以外に人の気配はない。

「ここらがあんたの目的地だ」バーニーが言った。

「お城はどこにあるの？」だれかを訪問するには早すぎる時間だった。「歩けないくらい遠いのかしら？」

「あんたが、ハイヒールを履いた女性記者でなければ大丈夫だ」彼は笑いながら答えた。

「あの小道を四〇〇メートルほど行けば入り口に着く。城を囲う塀はすぐに見えてくるが、門はかなり先だ」

「そこまで連れていってもらえない？　見てみたいの」

「払うのはあんただからな。おれには時間だけはたっぷりあるし」

バーニーはギアを入れ、狭い小道を進み始めた。さほども行かないうちに背の高い煉瓦の塀が右手に現われた。左側ではなにかの発掘作業が行われているようで、土の山や防水シートが見えた。

「あそこになにか作っているの？」わたしは訊いた。

「いいや、考古学者たちさ。古い遺跡らしくて、墓だかなんだかを掘りだしている。いったいなにが楽しいんだかおれにはわからんよ。宮殿だとか金の山だとかいうなら話は別だが、古ぼけた陶器のかけらでも見つけたら大騒ぎなんだから。時間と金の無駄だとおれは思うね」

「発掘はいつから始まったの？」

「数カ月になるかな。そんな時期に始めるなんてどうかしてる。寒いし、雨も降るのに」

「その人たちはこの近くに泊まっているの？」

「城に泊まらせてもらえないかと頼んだら、アメリカ人にとっとと失せろと言われたそうだ。人当たりのいい男とは言えないと言っただろう？　なんで隣村のオマーラ・アームズに泊まっているよ。さあ、ここだ」

心臓が高鳴っていた。右側に城への入り口がある。上部に槍のような形の飾りがついた新しい金属の門で、崩れかけた石のライオン像がのった古い石の門柱が両側に立っていた。門の向こうにはイチイの並木にはさまれた私道がまっすぐに延び、遠くに城が見えている。小塔のある灰色の石造りの堂々とした建物だ。どこかラノク城を彷彿とさせた。子供のころのダーシーがこのあたりを走りまわっているところを想像した。母親と弟たちが亡くなって、父親が心を閉ざしてしまうまでは、幸せな少年時代だっただろう。

「そのアメリカ人男性はお城に住んでいるのね。キレニー卿はここを出たあと、どこで暮らしているのかしら？」ロッジの場所が知りたかったが、わたしがどれくらい事情に通じているかということをバーニーに悟られたくはない。

「そいつはわからないな。おれもほかのやつらといっしょで、新聞で読んだだけだから。で、このあとはどこに行く？」

「村でおろしてもらおうかしら」わたしは言った。

「泊まるつもりじゃないだろう？　ここにいてもなにかつかめるとは思えないし、関係者に話を聞ける可能性もなさそうだしな。まあ、おれがとやかく言うことじゃない」バーニーは門の前で車の向きを変えた。エンジンの音を聞きつけた警察官が木立ちから姿を現わし、わたしたちの車が離れていくのを確認している。

「ガーダはまだここを見張っているらしいな」バーニーがつぶやいた。

「警備員？　警察官かと思ったわ」

「ここの警察はガーダと呼ばれているんだ。あんた、アイルランドは初めてだね？」

「ええ、そうよ」振り返ると、警察官はまだこちらを見つめていた。城のなかに入り、ダーシーを見つけ出すのは簡単ではなさそうだ。村に戻ってみると、あちらこちらで人の気配が感じられるようになっていた。とぼとぼと歩く老馬が引く荷馬車で、牛乳配達人が家々の戸口に牛乳を配達している。新聞販売店が店を開け、朝刊を外に出している。青果物店の店主がぽたぽたと雨粒の滴る張り出し屋根の下にキャベツを並べている。バーニーは〈ザ・ハープ〉の外にタクシーを止めた。

「ここがいいだろう。パブには電話があるし、またあとで迎えに来てほしければ、パブでそう言えばおれのところに連絡が来る」

「ありがとう」わたしはタクシーを降り、スーツケースを受け取ると、彼に料金を払った。かなりの金額を請求されたが、先週、記者たちが文句も言わずに払ったせいで、料金が跳ねあがったに違いないとわたしは思った。タクシーが走り去り、わたしはこのあとなにをすべきかもわからずキレニーの村にひとり立ちつくした。帽子のつばから雨が滴る。どうすれば村じゅうの噂になることなく、ロッジを見つけられるだろうと考えながら、わたしはあたりを見まわした。スーツケースをひきずりながら、またあれだけの距離を歩かなくてはならないのだろうか？　ダーシーはロッジにいないかもしれないと気づいた。父親がどこかの――ひょっとしたらダブリンの――留置場に勾留されているとしたら、彼はそばにいてやりたいと思うんじゃないかしら？　今回の旅は入念に計画したとはとても言えない。こんな荒野のど真ん中にあわてて駆けつけるのではなく、ダブリンにとどまって、そこでまず調べられることを調べるべきだったのだ。

けれどもう来てしまったのだし、バーニーに迎えに来てもらわないかぎり、わたしはここから動けない、パブの曇りガラスのドアにはしっかりと鍵がかかっていたが、そこへ牛乳瓶二本を手にした配達員が近づいてきた。彼は挨拶代わりにわたしにうなずくと、パブの横手から裏口に回った。そこに牛乳瓶を置いてくるつもりだろう。

「だれかを待っているのかい、お嬢さん？」戻ってきた彼がわたしに尋ねた。

「いいえ、いま着いたところなの。これからどうしようかと考えているところ」

彼はにやりとした。「あんたも記者の仲間だな。部屋を探しているなら、あいにくだ。このパブにはすでにふたり泊まっているし、ミセス・オシアもふたりを滞在させている。それにしても、なんだってここでなにかをつかめると思うんだろう？　裁判はダブリンであるんだろう？」

わたしはうなずいてから、大きく息を吸った。

「息子さんは帰ってきて、キレニー卿のそばにいるんでしょうね」

「かもしれないな」

「今回のことがあったとき、キレニー卿はどこで暮らしていたのかしら？」

「ほかのみんなといっしょでおれも噂でしか知らないが、アメリカ人に城を売ったあとは、かつての猟場の番人のロッジで暮らしていたらしい。だいたいキレニー卿には、あそこを売る権利なんてなかったんだ。オマーラ家は一三世紀からあそこで暮らしていたんだぞ。アメリカ人に売ったりしたら、ろくなことにならないのはわかっていたんだ。たとえそいつにアイルランド人の祖先がいたとしてもな。そうしたら案の定、こんなことになっちまった。アメリカ人は城を買ったあと使用人を全員くびにして、世捨て人みたいにして暮らしていた。だれとも付き合わず、出かけるときはでかい黒の車に乗っていく。挙げ句の果てが、この有様だ」

「そのロッジを見てみたいわ」わたしは言った。「それって、お城の敷地のなかにあるの？」

「いいや。農場と厩舎のある道路沿いだ。一九世紀にいまの私道ができる前は、その道路が城への入り口だったんだ」

「新しいゲートの向こう側ということ？」

「いいや、こっち側だ。城の塀に突き当たったら、小道に曲がるんだ。塀に沿って歩いていくと、厩舎の屋根が見えてくる。そうしたら、右手の小さな雑木林のなかにロッジが建っているのがわかるさ」

「ありがとう。しばらくスーツケースを預かってくれるところはないかしら？」

「パブのミセス・マーフィーが預かってくれると思うよ。ドアをノックして、訊いてみるといい」

牛乳配達人は空の瓶をぶらぶら振りながら、荷馬車に戻っていった。ドアをノックすると、花柄のエプロンをつけた親切そうな女性が現われた。「スーツケースですか？　喜んでお預かりしますとも。泊めてあげられなくてごめんなさいね。でももう満室なんですよ」彼女は溺れたネズミのようなわたしの格好を見てかわいそうに思ったらしく、紅茶をいれてくれ、まだしばらく村にいるのなら昼食を食べさせてくれると言った。

わたしはトイレを借りて、とりあえず見苦しくない程度に身だしなみを整えた。再び雨のなかに出ていこうとしたところで階段をおりてくる足音が聞こえ、女性がこちらに近づいてきた。ひと目でアメリカ人だとわかった。細かなウェーブのかかった鮮やかな金色の髪に紫色のスカーフを巻いて、唇には真っ赤な口紅を塗っている。わたしを見て興味を引かれたらしかった。

「まさかあなたも同業者なの？　どこの新聞社の人？」アクセントを聞いて、やはりアメリカ人だと確信した。

「わたしは記者じゃないわ。ダブリンに滞在しているのだけれど、ここへは友人を訪ねてきただけ」最大の防御は攻撃だ。「あなたはどうなの？　アメリカの新聞社の人？」

「雑誌よ。女性向けの雑誌。わたしたちの読者は公爵や伯爵の話が大好きなの。とりわけ、スキャンダルが。地元の人たちからなにかゴシップを手に入れようとしているところなのよ。あなたの友人ってどの人？　いっしょに行ってもいい？」

「悪いけど無理だと思うわ」わたしはあわてて言った。「友人はあまり具合がよくないのよ。知らない人を連れていったりしたくないの」

わたしが出発しようとすると、彼女がうしろから呼びかけてきた。「名前を聞いていないわ」

最初に頭に浮かんだ名前を口にした。「パウンスフット＝スミスよ。ベリンダ・パウンスフット＝スミス」

彼女は笑って言った。「イギリス人の名前って本当に変よね。笑わせてもらったわ」

「あなたの名前は？」わたしは訊いた。

「コニーよ。コニー・ライト」

「お会いできてよかったわ、ミス・ライト。さあ、わたしは雨のなかを出かけていかないと。友人の家はここから遠いのよ」

「タクシーがあるわよ。宿屋の主人に呼んでもらえばいいわ」

「歩いていくからいいわ。ありがとう」わたしはパブを出ると、彼女があとをつけてきたときのことを考えて、違う方向に歩き始めた。しばらく進んだところで家の横手に入りこみ、菜園のあいだの通路を通って引き返した。雨はごく弱い霧雨になっている。お城の塀に行き当たったところで、さらに細い小道を右へと進んだ。緩やかにのぼっているその道を歩いていくと不意に目の前が開け、緑の野原のなかに厩舎の赤い屋根が見えてきた。なにかが丘をのぼってくるのが見え、それが朝の運動中の馬だと気づいた。馬たちはひづめの音を響かせながらこちらに近づいてくると、やがて丘の向こうに消えていった。持ち主も訓練士もいないにもかかわらず、厩舎は活動を続けているらしい。それともアメリカ人はダーシーの父親をくびにしたあと、だれかを雇ったのかもしれない。

馬に気を取られるあまり、道の反対側がどうなっているかにわたしは気づいていなかった。そちらに顔を向けると、高い塀はなくなっていて代わりに密集した林が広がっているのがわかった。木々の合間に、家と呼ぶよりは小屋というほうがふさわしい建物が見えた。灰色の石造りだったが、小さな窓と張り出したひさしのあるその小屋はずいぶんと暗い雰囲気だ。グリム兄弟の魔女の家を想像した。住みたいと思うような家ではない。けれど煙突から煙が出ていたので、だれかが住んでいることは間違いない。わたしはひとつ深呼吸をすると、木々のあいだを玄関まで延びている敷石の道を進んだ。

この二四時間、言うべき言葉は幾度となく練習してきた。「こんにちは、ダーシー。来たわ。あなたを愛しているし、帰るつもりはないから、帰らせようなんてしないでね。あなたを助けるために、できることはなんでもするつもりよ」

玄関に近づきながら、その台詞をもう一度頭のなかで繰り返した。大きな黒いノッカーを持ちあげて落とすと、大きな音が響いた。その音に驚いたのか、近くの木から数羽のミヤマガラスが鳴きながら飛びたった。やがてドアが開いたが、そこに立っていたのはダーシーではなく、彼が老いたらこうなるだろうという姿の人物だった。癖のある黒い髪は灰色になり、眉の上には深いしわが刻まれ、口角はさがっている。わたしを見ると、さらに眉間にしわが寄った。

「いったいなんのつもりだ？　わたしがここに戻ったことをどうして知っている？　まったく記者というやつはいまいましい輩（やから）だ。いますぐにわたしの視界から消えないと、二度目の殺人を犯すかもしれないぞ。どっちにしろ、縛り首には一度しかならないんだからな」

頭のなかが空っぽになった。怒りで目をぎらぎらさせた彼は心底恐ろしく見えた。躊躇することなく人を殺せるに違いないと思えるほどだ。

「違うんです、キレニー卿」わたしはしどろもどろになりながら言った。心臓が激しく打っている。「わたしは記者じゃありません。それどころかあなたがここにいらっしゃることも知りませんでした。わたしはあなたの息子さんに会いに来たんです」

「ダーシー？　息子になんの用だ？」

なんて答えればいいのだろう？　ダーシーとわたしは結婚しようとしていたなどと言えるはずもない。なにかもっともらしいことを言おうとしたが、頭が働いてくれなかった。だが幸いなことに、答える必要はなくなった。奥の暗い廊下から足音が聞こえ、尋ねる声がした。

「ジョージー？　ここでなにをしているんだ？」

一二月三日
ようやくアイルランド　キルデア州　キレニー城

　ダーシーとわたしはその場で見つめ合った。彼の濃い青の瞳の奥にどんな感情が隠されているのか、わたしにはわからなかった。怒りではない。恐怖だろうか？　わたしはありったけの自制心をかき集めると、にこやかな笑みを浮かべた。

「こんにちは、ダーシー！　あの人たちの言っていたことは本当だったのね。あなたをアイルランドで見かけたって聞いたのよ。いま、ダブリンの友だちのところに滞在しているのだけれど、こんなに近くにいるのにあなたに会わないまま帰るわけにはいかないと思ったの。ロンドンの悪友たちがあなたによろしくって」とりとめのないことを口走っているのはわかっていたが、止まらなかった。

　ほんの一瞬、彼の目に面白そうな光を見たような気がした。

「会えてうれしいよ」ダーシーはわたしと同じような口調で言った。「きみがダブリンに来ているとは知らなかった。歓迎したいところだが、いまはちょっと都合が悪くてね」

「都合が悪い？」ダーシーの父親は怒鳴りつけるように言った。「おまえがいきなりやってきて、わたしにまとわりついているだけでもうんざりなんだ。おまえのロンドンの知り合いどもに押しかけられるのはごめんだ」彼は苦々しい顔をわたしに向けた。「で、あんたはいったいだれだ？」

「あら、大勢いるダーシーのロンドンの友人のひとりです」わたしは答えた。「わたしたちみんな、ダーシーが大好きなんです」

ダーシーの父親が怒鳴ったり、わたしにつかみかかったりするより早く、ダーシーが素早く前に出てわたしの腕をつかんだ。「落ち着いてくれないか、父さん。彼女はよかれと思って言っているんだ。なかに入っていてくれ」

ダーシーはわたしを戸口から押し出しながら言った。「来てくれてうれしいよ。でもいまはきみを村まで送っていって、帰る手段を探そう。車を運転してきたわけじゃないんだろう？」

「ええ、タクシーで来たのよ。バーニーっていう親切な人だったわ」わたしはこちらをにらみ続けているダーシーの父親を振り返った。「お邪魔してしまって、本当にごめんなさい、キレニー卿。申し訳ありませんでした」

キレニー卿はもう一度怒りの表情でわたしをにらみつけると、くるりと背を向け、暗い廊下へと姿を消した。ダーシーはしっかりとわたしの腕をつかんだまま、敷石の通路へと歩いていく。ロッジが見えない位置に来るまで、わたしたちは無言だった。ダーシーがわたしに向き直った。その目は怒りをたたえている。「どうして来たんだ、ジョージー？　来るなと言っただろう。ぼくたちの関係は終わりにするとはっきり言ったはずだ。それなのにこんなところまで来て、頭がどうかしたのか？」ダーシーは痛いくらいにわたしの腕をつかんでいた。

「放して。痛い！」わたしは叫んだ。「あなたを愛しているから来たの。こんなときに、あなたをひとりにしておくつもりはないから」わたしは挑むように彼を見つめた。雨が再び激しくなっていた。彼が着ている古いセーターとコーデュロイのズボンはすぐにびしょ濡れになってしまうだろう。黒髪はすでに額に貼りつき、雨粒が顔を伝っていたが、彼は気づいていないようだ。

「ぼくたちはもう終わったんだ。終わりにしなきゃいけない。わからないのか？」叫ぶような声になっていた。わたしはそこに絶望の響きを聞き取った。「ダブリン行きの次の列車に乗って家に帰るんだ。いいね」

「わたしに無理強いはできないわよ。ここは自由の国だもの。行くのも帰るのもわたしの自由よ。あなたが望もうと望むまいと、わたしはあなたの近くにいると決めたの」自分の声が震えているのがわかった。

ダーシーはため息をついた。「ばかなことを言うんじゃない。いまここは記者連中でいっぱいなんだ。だれかがきっときみに気づく」

「気づかれたらどうだというの？　あなたのお父さまに言ったのと同じことを言うだけよ。わたしはダブリンの友人のところに滞在していて、近くにいる友人のひとりに会いに来たの。なにを心配することがあるの？　わたしたちが婚約していることはだれも知らないのよ」

「ぼくたちはもう婚約を解消したんだ」切羽詰まったような口調だった。「だめなんだ。わかるだろう？　結婚はできない。きみをこんな目にあわせるわけにはいかない。ぼくの人生がそうなるように、きみの人生まで台無しにするわけにはいかないんだ。この一件が片付いたら、ぼくはどこか遠くに行く――オーストラリアか南アメリカに」

「それならわたしもいっしょに行くわ。ブーメランの投げ方を覚えたほうがいいわね。それともスペイン語を勉強し直すか」

ダーシーは冷ややかに笑い、今度はわたしの肩をつかんだ。「ジョージー、ぼくがきみにそばにいてほしくないと考えているとでも思うのか？　いっしょにいてほしいに決まっているじゃないか。きみと離れるなんて考えられない。だがどこに行こうと、ぼくには人殺しの息子というレッテルがついてまわる。きみをそんな目にあわせたくない。そんなことは耐えられない」

「お父さまが有罪だと本当に考えているの？」わたしは尋ねた。「自白なさったの？」

ダーシーはわたしから手を放し、背を向けた。「自白はしていない。だが証拠は決定的だ」

「お父さまにはっきりと訊いてみた？」

ダーシーは顔をしかめた。「父はぼくとは話さない。だがいまも言ったとおり、決定的な証拠があるんだ。父とミスター・ローチは言い争いをしていて、いつか殺してやると父が言ったのを聞いた人間がいる」

「殺してやると脅す人は大勢いるわ」わたしは言った。「ほかにはどんな証拠があるの？」

ダーシーは首を振り、わたしのうしろに視線を泳がせた。「山ほどある。あの夜はほかに来客はなく、ミスター・ローチの従者以外、城にはだれもいなかった。料理と掃除にやってくるミセス・マクナリーは、もう帰ったあとだった。ミスター・ローチの従者が床に入る前になにか用事はないかどうかを確かめようとして書斎に行き、争ったあとがあることに気づいた。そこにはミスター・ローチが後頭部を砕かれて倒れ、近くには壁に吊るされていた戦闘用棍棒が血にまみれて落ちていた。警察が棍棒を調べたところ、父の指紋が検出された。ほかの人間のものはなかった。決定的だろう？」

「お父さまはなんておっしゃっているの？」

ダーシーはため息をついた。「問題は、父がなにも覚えていないことなんだ。前にも話したと思うが、母が死んだあと、父は酒を飲むようになった。翌朝、食卓に空のジェムソン・ウィスキーのボトルが転がっていたところを見ても、あの夜も前後不覚になるまで飲んだようだ。その前にミスター・ローチと言い争いをしたことも、いつか殺してやると言ったことも覚えているんだが、そのあとのことは真っ白だ。ミスター・ローチを殺したどころか、城に行ったことすら記憶にないらしい」

「だったら無実なのかもしれないわ」

ダーシーは苦々しげに笑った。「酒に酔っていたとか、記憶がないことを弁明として認めてくれる陪審員がいると思うかい？　棍棒には父の指紋があったんだ。父だけの指紋が」

「お父さまの服に血はついていた？」

「わからない」

「ミスター・ローチが相当な力で殴られたのだとしたら、犯人の服に少なくとも一滴は血が飛んでいるはずよ」

ダーシーは信じられないというように首を振った。「きみがそんなことを口にするのを聞いたら、王家の親戚たちはその場で卒倒するだろうな」

「わたしはあなたを助けようとしているのよ、ダーシー。あなたのお父さまがはめられた可能性はないかと考えてみたの」

「はめられた？　どうして父がはめられたりするんだ？」ダーシーの大声に反応して、ミヤマガラスが鳴き声をあげた。

「犯人に仕立てあげるには、お父さまは最適だもの。違う？　先祖代々の家を追い出された。馬に薬物を与えたと非難された。厩舎の訓練士としての地位を追われた。そのうえ、殺してやるとミスター・ローチを脅しているのを聞かれている。彼の死を望むには充分な動機だわ」

「そのとおり。どんな陪審員でも有罪とするには充分だ」

「でもそうじゃなかったら？」わたしは静かに尋ねた。

ダーシーはわたしのうしろ、野原を駆ける馬たちが遠くに見えるあたりに視線を向けた。彼は長いあいだ黙ったままだった。はるか彼方のひづめの音が沈黙に呑みこまれていくようだ。

「お父さまは有罪だと本当に信じているの？　あなたが知っているお父さまはこんなことをする人なの？」

「もちろん信じたくはない。正直言って、ぼくは父のことをほとんど知らないんだ。七歳のころから寄宿舎に入っていたからね。父は昔から癇癪持ちだったが、ぼくや弟たちが叩かれたことは一度もない。怒りのあまり爆発して怒鳴りはするが、それで終わりだった。だがそれも、酒を飲み始める前のことだ。アルコールは人間から理性を奪う」

「バランスだって奪われるわ。お父さまがそれほど泥酔していたのなら、転ばせるのは簡単だったんじゃない？　棍棒を振り回したとしても、相手が逃げることはできたんじゃないかしら？」

「つまりきみは、父が無実だと思っているのかい？」ダーシーが尋ねた。

「わたしはお父さまを知らない。でも味方になってくれる人間がいてもいいと思う。もちろん身勝手な理由からだけれど、彼が無実であってほしい。あなたのために。わたしたちふたりのために」

「愛しいジョージー」ダーシーはわたしを抱き寄せた。「こんなことにきみを巻きこみたくなかった。でもいまきみはここにいてくれる。本当にうれしいよ」

つかの間の平穏を味わいながら、わたしは彼の肩に頭をもたせかけた。

「あんなふうにお父さまのところに押しかけることになってしまってごめんなさい」わたしは彼から顔を離して言った。「お父さまがいるとは思わなかったの。まだ留置場のなかだとばかり」

「昨日釈放されたんだ。役立たずの弁護士だが、なんとかそれだけはやってくれた。一家はこの千年あまり、コミュニティの中心的存在だったとか、逃亡のおそれはないとか、そういったことを並べ立ててね。判事が納得したらしい。もちろん父は警官や弁護士の付き添いなしには、このあたりから出られないんだが。それでもダブリンの留置場よりはましだ」

「あなたったら、びしょ濡れだわ」わたしは頰に当たる濡れたウールの感触と、濡れた羊のにおいに気づいて言った。「風邪を引く前に、家に戻って着替えないと」

「いまは風邪なんて心配している場合じゃないさ」ダーシーはかろうじて笑みを浮かべ、わたしを抱きしめていた手を離した。「まずはきみをどうするかを考えないといけない。きみはここにはいられない。たとえ父がこんな状態じゃなかったとしても、あのロッジは狭すぎるんだ。村まで送っていくよ。一番いいのは、ダブリン行きの列車に乗ることだ」ダーシーはすぐに言い直した。「いや、一番いいのはロンドンに帰ることだ」

「そのつもりはないってあなたもわかっているでしょう？　ここであなたといっしょにいたいの。あなたの力になりたいの。だれもお父さまの味方をしてくれる人がいないのなら、わたしたちが味方にならなければいけないわ。ふたつの頭はひとつよりも役に立つのよ、ダーシー」

ダーシーはため息をついた。「そうだろうか。ぼくにはもうわからなくなった。きみを守ることを考えつつ、どうやって父の役に立てるというんだ?」

「わたしを守る必要なんてないわ。わたしは大人ですもの。それに、もしこんなことになるのが一日遅かったら、ヨークシャーが吹雪でなかったら、わたしはあなたの妻になっていたのよ。そうしたら、わたしがいるべき場所はあなたの隣になっていた。だから、もうわたしをロンドンに帰す話はやめましょう。わかった?」

「この点については、きみはなんとしても譲るつもりはないようだな」

「そういうこと。そう簡単にわたしを追い払ったりできないんだから。初めて会ったときから、わたしはあなたと結婚したかったの。ロンドンのカフェであなたが話しかけてきて、結婚式に無断で押しかけるから上等なドレスを着てくるようにって言われたときから」

「あのとき、きみはぼくを拒絶するべきだったんだ。そうしたらいろいろなごたごたに巻きこまれずにすんだのに」

「あら、そして魚顔の王子と結婚するべきだったの? そのほうがよかった?」

わたしたちは顔を見合わせて笑った。

「ああ、ジョージー。まったく厄介なことになったよ」

「大丈夫、切り抜けましょう」わたしたちは手をつないで歩いた。

「それで、どこから始めればいいかしら？」無言のまましばらく歩いたところで、わたしは切り出した。

「引きこもりのアメリカ人の死を願う人間がほかにいたのかどうかを、まずは考えるべきだろうな」

「彼の従者は？」

「アメリカで雇った男で、とても忠実らしい。雇い主の死でかなり落ちこんでいる」

「ミスター・ローチってどういう人なのかしら？」

「あまりよく知らない。父が破産して、借金を返すために城と厩舎を売ったとき、ぼくはここにいなかったんだ。アメリカの金持ちだと聞いている」

「それだけ？」

「遺産を相続した引きこもりがちな男で、アイルランドの祖先のところに戻ってきたかったらしい。興味があるのは本と馬だということだ。この城を買った理由のひとつが、その両方があることだったそうだ」

「それだけのお金はどこから？」

「遺産だ。彼の一族は今世紀の初めにシカゴで財産を築いたんだが、いま残っているのが彼ひとりだったために、すべてを相続したらしい」

「お城になにか価値のあるものはあるの？」

ダーシーは眉間にしわを寄せた。「書斎の希少本はそれなりに価値があるはずだ。肖像画の一部も。だが、フランス・ハルスやゲインズバラ（どちらも著名な肖像画家）が描いたものというわけじゃないからね」

「盗まれたものはないの？　ミスター・ローチが強盗と遭遇したということはない？」

「なにも盗まれたものはないと思う。警察が調べていたが、怪しいものは見つからなかった」

「従者はなにも聞いていないの？」

「厨房でローチの遅い夕食のあと片付けをしていたそうだ。厨房は書斎の二階下にあるし、壁もかなり厚いからね。だれかが来ているとは知らなかったらしい。書斎にあがっていって、死体につまずいたんだ」

「お父さまはいい弁護士と契約している？」

わたしの質問にダーシーは笑って答えた。「顧問弁護士を使っているよ。リーチ・アンド・リーチだ。一七〇〇年頃からずっと我が家の顧問弁護士なんだ。父親のほうのミスター・リーチは八〇歳くらいだし、息子のほうがそろそろ六〇歳だ」

「それなら一流の法廷弁護士を雇うように言わないとだめよ」

「一流の法廷弁護士は金がかかるし、ぼくたちには金がない。そもそも、そんなことをしてなにになる？　検事が父さんの指紋のついた武器を見せれば、陪審員は全員一致で父を有罪にするだろう」

わたしは足を止め、彼を正面から見つめた。「あなたは本当にお父さまが有罪だと思っているの？　あなたの実の父親なのよ。絞首刑にしたくないとは思わないの？」

「もちろん思っているさ」ダーシーは怒ったように言い返した。「だが事実は直視しなくちゃいけない。きみだってそうだ。問題は、ほかのだれに犯行が可能だったかということだ」

「それをこれから見つけるのよ」わたしは言った。

一二月三日　月曜日
キレニーにて

村が近づいてくると、ダーシーはつないでいた手を離した。

「注意しすぎるくらいに注意したほうがいい」彼は言った。「おいしい情報を求めて、〈ザ・ハープ〉に記者たちが滞在しているんだ。悲運の恋人たちなんていうのは、まさに彼らが探しているネタそのものだ。片方が王家の親戚とくれば完璧だ。見出しが想像できるだろう?」

うなずいた。村の大通りは活動を始めていた。泥炭(ピート)をうずたかく積んだ荷馬車がゆっくりと走っていく。主婦がふたり、パン屋から出てきた。焼き立てのパンのそそられる香りが漂ってくる。シープドッグを連れた農夫が通り過ぎていく。彼はダーシーに向かって素っ気なく会釈をしたが、なにも言おうとはしなかった。

「アメリカ人女性記者には気をつけたほうがいいわ」わたしは言った。「わたしがだれを訪ねてきたのか、どうしてここに来たのかを探り出そうとしたのよ。病気の知人を訪ねてきたミス・パウンスフット＝スミスだって嘘をついたけれど」

「チャムリー＝ファンショーじゃなくて？」ダーシーはにやりと笑った。開いた戸口に姿を見せて以来、彼が初めて見せたリラックスした表情だった。

「とっさに頭に浮かんだのがその名前だったの」

「だからこそ、きみはすぐにここから出ていかなくちゃだめだ」ダーシーは小声で言った。「マスコミの人間はばかじゃない。遠からず、きみの正体を突き止めるだろう。そうなったら、きみに付きまとって離れないぞ」

「イングランドに戻るつもりはないわ」わたしも小声で答えた。「ダブリンのどこかで泊まるところを見つける。そうすればなにかできるでしょう？　警察の人たちはダブリンにいるのよね？　なにかつかめるかもしれない」

「あまりいい考えだとは思えないな」ダーシーは不安そうな顔つきだった。「この事件の捜査を担当しているのは、カラハン警部だ。自分のことをアイルランドのシャーロック・ホームズだと思いこんでいるような男で、父以外の容疑者がいるという可能性を考えてみようともしない。それに熱心な共和党支持者で、父以外の容疑者がいるという可能性を考えてみようともしない。それに熱心な共和党支持者で、アイルランドの自由のために戦った。イングランドを支配する一族の人間がこの事件に首を突っこもうとしていることを知ったら、その場で父を縛り首にしかねない」

「わかったわ。それじゃあ、キルデアでどこか滞在できるところを探してみる」

ダーシーは苦々しい顔になった。「ぼくはもう、押しつぶされてしまいそうだよ。ほんの三日前には、なんの悩みもなくスコットランドに向かっていたのが嘘みたいだ」

「本当ね。でもきっと最後はよくなるわよ、ダーシー。いまはただ、目の前の困難を乗り越えなければいけないだけ。それにわたしたちだって辛い思いをしているけれど、お父さまはもっと大変なはずよ」

「それなんだ」ダーシーは言った。「ゆうべ何杯かウィスキーを飲んだあと、銃で脳みそを吹き飛ばせば万事丸く収まるだろうと言っていた。幸いなことに、父は銃を持っていないけれどね。だが自分でなんとかしようという気持ちはなさそうだ」ダーシーは辛そうな顔をした。

「パブにスーツケースを取りに行かなくちゃ。店主の女性がとても親切で、預かってくれているのよ」

ダーシーはうなずいた。「彼女はいい人だ。彼女の息子とぼくは子供のころ、いい友だちだったんだ。実際――」パブが近づいてきたところで、ダーシーは言葉を切った。「噂をすればなんとやらだ」

若い男性が通用口から現われた。がっしりした体格で、戸外で多くの時間を過ごしてきたらしく、顔がよく日に焼けている。ツイードの上着にツイードの帽子をかぶり、ダーシーに気づくとその顔がぱっと輝いた。

「戻ってきていると聞いていたよ、ミスター・ダーシー」彼は近づいてくると、ダーシーと握手を交わした。

ダーシーは彼の肩を叩きながら言った。「その〝ミスター・ダーシー〟っていうのはやめてくれ、パディ。ぼくときみの仲じゃないか」彼はわたしを振り返った。「こちらはミス・ジョージー、ロンドンの友人のひとりだ。彼はぼくの古い友だちのパディ・マーフィー。パディとぼくは昔、いろいろとばか騒ぎをしたんだよ。そうだったね？」

「そのとおり」パディは笑顔で応じたが、やがてその笑みが消えた。「お父さんのことは聞いたよ。とても残念だ。このあたりの人間の多くは、ひどく不名誉なことだと考えている」パディはあたりを見まわした。「そもそも、城がオマーラ家以外の人間の手に渡ることを喜んだ者はひとりもいなかったんだ。そのうえ、あのアメリカ人はここらでは歓迎されていなかった。この地域と一切関わりを持とうとしなかったからね。食べるものはすべてダブリンから運ばせていた。パンのひと切れさえ、ここでは買おうとしなかったんだぞ。村にも一度も顔を見せたことはないんだ。アイルランドの祖先のもとに帰ってきたかったという話だが、〈ザ・ハープ〉に来たこともなければ、地元の人間と会おうとしたこともない」

ダーシーはうなずいた。「パディ、どこか車を貸してくれるところを知らないか？　父の車は城のガレージのなかなんだ。警察がだれも入らせてくれない」

パディは顔をしかめた。「ぼくのを貸してやりたいところだが、いまはだめなんだ。妻のモーリーンが三番目の子の出産を控えていてね。もういつ生まれてもおかしくないし、二番目の子のときはなかなか大変だったんだよ。キルデアの病院に駆けこむことになるかもしれない」

「もちろん、そっちのほうが大事だ」ダーシーが言った。「三人目か。いいね」

「きみはなまけていたらしいな。これから遅れを取り戻すわけか」パディは笑いながら言ったところで、指を立てた。「ちょっと待てよ。車を借りるあてがありそうだぞ。このあいだきみのおじさんのドーリーが、年老いた執事の運転する車に乗っているのを見た。近頃はめったに外出しなくなったから、時々車を動かす必要があるんだと言っていた」

「ドーリーおじさんか。そうだ、どうしてすぐに思いつかなかったんだろう。あそこまでなら歩けるが、いまはちょっと天気が怪しいな」

「用事が終わるまで待っていてくれるなら、ぼくが送っていくよ。鶏の餌とフェンス用のワイヤーを買わなきゃいけないんだが、どうせマウントジョイは通るから」

「それはありがたい」ダーシーが言い、わたしは彼の言葉にアイルランドなまりが交じり始めたことに気づいた。「いまはあのあたりに住んでいるということかい?」

「そうなんだ。祖父の小作地を受け継いだ。数頭の牛と鶏がいるだけのささやかなものだけれどね。あとは、大麦を育てているよ」

「確か以前は厩舎で働いていたんじゃなかったかな?」

「あそこが乗っ取られるまではね。やり方に気になることがあって尋ねたら、ミスター・ローチに出て行けと言われた。逆にほっとしたよ。あそこの雰囲気が好きじゃなくなっていたからね」

ダーシーの表情が険しくなった。「やり方に気になることがあった？　例の馬への薬物投与だが、ミスター・ローチは知っていたと思うか？」

「彼が自分で命じていたとしても、驚かないね。だいたいきみのお父さんは、そんな最新の薬物をどうやって手に入れることができたんだ？　それに彼は馬をとても大切にしていた。きみだって知っているだろう？　レースに勝つためだけに、馬が死ぬような危険を冒すはずがない」

「確かに」ダーシーはうなずいた。「きみの言うとおりだ。ここ数年、父が愛情を示していたのは馬に対してだけだ。だがローチは、競馬場で馬が死んだのは父のせいだと公言して、父をくびにした。元々は父のものだった厩舎から。これ以上の侮辱はない。残念だが、父の有罪を決定づけるさらなる証拠でしかないよ」

パディは困惑した様子だった。「ローチを殺したいと思う理由のひとつという意味かい？　正直に言って、きみのお父さんにとってあまりいい状況じゃないことは確かだ。だがなにがあろうと、ぼくたちはお父さんの味方だよ」パディはダーシーの腕に触れた。「バンは精肉店の外に止めてある。きみたちさえよければ、いっしょに農園の店に行こう」

「ジョージーはきみのお母さんに預けてあるスーツケースを取ってこなきゃいけないんだ。先に行っていてくれないか。ぼくたちはあとで行くから」

「女性記者がうろついているといけないから、わたしから離れていて」わたしが小声で言うと、ダーシーはうなずいた。わたしは彼と距離を置いて歩いたが、パブにたどり着くより早くミセス・マーフィーがドアから出てきた。ダーシーに気づくと、彼女の顔に笑みが浮かんだ。「まあまあ、うれしいこと。元気そうじゃありませんか、ミスター・ダーシー。パディと会ったでしょう？　今週には三人目が生まれるのよ」

「そうらしいですね」ダーシーが言った。「あなたが親切に預かってくださっていた、こちらの女性のスーツケースを受け取りに来たんです」

「あら、そうだったの。すぐに取ってきますね」

スーツケースを持って戻ってきたミセス・マーフィーは好奇心に満ちたまなざしをわたしに向けた。「こちらのお嬢さんがあなたのお友だちだとは知りませんでしたよ、ミスター・ダーシー」

「ええ、彼のロンドン仲間のひとりなんです」わたしはまた〝陽気な若者〟らしい口調で言った。「ダブリンに遊びに来たら、彼がここにいると聞いたんで顔を見に寄ったんです」

ミセス・マーフィーは、ただ顔を見るためだけにわざわざダブリンからスーツケースを引きずってやってきた理由を解明しようとでもするように、スーツケースを眺めた。

「もう行かないと。パディが車で送ってくれるんですよ」

「お父さんのことは本当に残念に思っていますよ」彼女が言った。「さぞ辛いことでしょうね」

ダーシーはうなずき、なにか言おうとしたようだったが、言葉にはならなかった。わたしのスーツケースを手にすると、彼女に背を向けた。

村の大通りを歩きながら、わたしは言った。「おじさまとおばさまが近くに住んでいるの？」

「大おじと大おばだ。ドーリーおじさんとウーナおばさん。父のおばなんだ。村の反対側にある古い館に住んでいる。もちろんどちらも変わり者だよ。それにもう何年も父とは口をきいていない」

「どうして？」

「父がふたりの犬を殺したせいで、仲たがいしたんだ」

「犬を殺したの？」わたしの声は悲鳴に近かったかもしれない。ダーシーの父親はこれまでにもいろいろと殺してきたのだろうかと考えずにはいられなかった。

「もちろん、わざとじゃない。あのばかな犬は、夜に道の真ん中で寝るのが好きだったんだ。黒い犬だったから、父には見えなかった。本当は死なせてしまったことにショックを受けていたくせに、父は自分の感情を言葉にするのが得意じゃない。心の内を隠すために、冗談にする癖があるんだ。だから、あの犬はおいぼれてにおうようになっていたから、処分する手間を省いてやったと不真面目な言葉を口にした。だがウーナはあの犬をとてもかわいがっていたから、それ以来父とは口をきかなくなった」

「悲しい話ね」

「アイルランドの家にはこの手のドラマがたくさんある。きみも心の準備をしておかないとね」

彼がいまもふたりの未来の可能性を信じていることがわかって、わたしはふっと心が明るくなった。

「ねえ、ダーシー」わたしは常々疑問に思っていたことを口にした。「あなたはアイルランド人なのに、時々イングランド政府のために仕事をしているでしょう？　どうしてそんなことができるの？」

ダーシーは笑みを浮かべた。「きみも知っているとおり、ぼくの母はイングランド人だったし、ぼくはイングランドで教育を受けた。ぼくは自分のことを英国人だと思っているよ。アイルランドが共和国になったとき、ぼくはイングランドのパスポートをそのまま保持することを選んだ。父は嫌がったけれどね。だから、ぼくたちは時々、敵対する立場になることがある」

「カトリック教徒というだけじゃなくて、外国人と結婚することにならなくてよかったわ」わたしは冗談めかして言った。

ダーシーはいさめるような険しい顔になった。「結婚の話はご法度だ、ジョージー。ここではだめだ。ひとことも。ぼくたちがここにいる理由を忘れてはいけない」

彼はそう言うと、スーツケースを手にきびきびした足取りでわたしの前を歩いていった。

一二月三日
サー・ドーリーとレディ・ホワイトの家であるマウントジョイにて

　少し気持ちが上向いた。混乱状態には変わりないけれど、ここなら安全かもしれない。

　大おばウーナと大おじドーリーの家までは少し距離があった。わたしはパディのおんぼろのバンの前部座席で、パディとダーシーにはさまれて座っていた。村の外へと続く道を走る車はがたがた揺れ、わたしは気分が悪くなってきた。そういえばゆうべは荒れる海でもみくちゃにされながら夜を過ごし、ほとんど寝られなかったのだと思い出した。そしていままた別の乗り物で激しく揺られている。ダーシーとパディはわたしをはさんで、思い出話やいっしょにしたいたずらのことや村人たちの噂話などに夢中になっていた。

「そういうわけで、彼女が身ごもったことは一目瞭然だったわけだ」パディが言い、ダーシーは笑った。

「それで彼は責任を果たしたのか？」ダーシーが尋ねた。

わたしはそっと彼を盗み見た。これまでに見たことのない一面だ。上流社会に属する洗練された男性ではなく、生まれ故郷に戻ってきた田舎の少年。ふたりはわたしがいることを忘れているようだったので、わたしはただじっと前を見つめていた。やがて家並みが途切れ、起伏のある田園風景が取って代わった。道の両脇は生垣のある高い土手で、車は急斜面の丘をくだると、川にかかる橋にやってきた。雨のせいで川の水は泡立ち、岩の上で渦巻いている。両側に溝があって車がようやく通れるくらいの幅しかないものの、長くまっすぐな私道に入ったときは、わたしは心から安堵した。

「パブで一杯やったあとは、ここを運転したくはないな」パディが言った。

「若いころはドーリーも、ここを引っぱりあげてもらったことが何度もあるんじゃないかな」ダーシーが応じた。

前方に、いまにも崩れ落ちそうな大きな石造りの建物が見えてきた。様々な時代に様々な様式で建て増しされてきたようだ――こちらには切妻屋根、あちらには八角形の小塔といった具合だ。

「ここだ、マウントジョイだよ」ダーシーが言った。

あまりふさわしい名前とは思えなかった。山（マウンテン）の上に建っているわけでもなければ、とりたてて楽し（ジョイフル）そうにも見えない。それどころか、周辺は平坦だったし、小さな窓と雨に濡れたタイルの屋根のその館はまさに陰鬱を絵に描いたようだ。車が前庭に入っていくと、鶏たちが四方に逃げていった。犬の一団が吠えながら駆け寄ってきて、バンに飛びついた。ほどなく大柄な女性が戸口に現われた。腰に手を当ててわたしたちを眺めている。

「おまえたち、おどき、そこをおどきってば」彼女はその体格にふさわしい轟（とどろ）くような声で叫んだ。「こっちへおいで。聞こえないの？」

それでも犬たちは吠えながらぴょんぴょんと跳ね続けていたが、尻尾を振っていることにわたしは気づいていた。

「まったくどうしようもない子たちなんだから」彼女は手を叩きながら言った。「わたしがなにか言っても、好きなようにするばかり。まったくしつけができてないったら」

パディが運転席のドアを開けて車から降りると、犬たちが彼を取り囲んだ。

「あら、あなただったのね、パディ。いったいなんの用事？　老夫婦がまだ死んでいないかどうかを確かめに来たわけじゃないでしょう？　なにかを届けに来たわけでもないわよね？　配達を頼んだ記憶はないし、もちろんあなたに払うお金もないわよ」

「だれかを届けに来たんですよ、レディ・ホワイト」パディの言葉とほぼ同時にダーシーがドアを開けて降り立った。

その女性がウーナおばさんなのか家政婦なのかわたしは確信が持てずにいたが、彼女はダーシーを見るなり、両手を広げて言った。「おやおや、まあまあ！　だれかと思ったら。なんてめずらしい。大おじさんと大おばさんのことなんてすっかり忘れてしまったのかと思い始めていたところよ。それとも、あの頭のおかしい父親に忠義立てして、うちに近づかないようにしていたとか？」

「こんにちは、ウーナおばさん」彼女に歩み寄ったダーシーは、すっぽりとその胸に抱き寄せられた。「べつに近づかないようにしていたわけじゃありませんよ。イングランドで手が離せない用事があったんです。元気そうでよかった」

「なんとか生きていますよ、おかげさまでね。ドーリーは時々リウマチでうなっているけれど、ふたりとももうしばらくはこの世にしがみついているつもりよ。いずれここを受け継ぐのはあなたなんだから、なおさらよね。ひとしきり戦ってからでなきゃ、明け渡すつもりはないから」彼女はそう言うと、喉の奥のほうで笑った。

ダーシーがわたしをどう言って紹介するつもりなのか、そもそも紹介しようと思っているのかどうかもわからず、車を降りるべきかどうしようかわたしはためらっていた。けれどウーナおばさんは彼の肩ごしにわたしを見て言った。

「彼女はだれなの、ダーシー？　家族にも話していない秘密の花嫁じゃないでしょうね？」

「ロンドンの友人のひとりです。ぼくがどうしているかをダブリンから見に来てくれたんですよ。名前はジョージー」

わたしは前に出て彼女と握手をかわした。「初めまして」

「苗字のないミス・ジョージー、恐怖の館にようこそ」ウーナはわたしの手を上下に振りながら笑った。鉄灰色の髪を後頭部でお団子に結っていて、顔にしわはなく、目は明るい青色だ。年齢を推測するのは難しい。鮮やかだけれど不揃いな色の服を重ね着した上に、粗末なエプロンをつけている。大柄ではあるものの、たるんではいない。威厳があるというのがふさわしい言葉かもしれない。

「ほら、そんなところに突っ立ってないで。なかにお入りなさい。犬のことは気にしなくていいからね。全然しつけができていないし、できるとも思えないけれど、意地の悪いところはかけらもないの。泥棒が来ても、死ぬまでなめ倒すだけでしょうね。泥棒がうちに来ることはないでしょうけれどね。盗む価値のあるものなんてないんだから」

彼女はわたしの手を離すと、家に向かって歩きだした。

「ぼくはもう行かないと」パディが言った。「しなきゃいけないことがあるし、モーリーンを長いあいだひとりにしておきたくない」

「もちろんだ。送ってくれてありがとう」

「じゃあ、ここでいいんだね？」

「このあとはなんとかするさ」バンのうしろからわたしのスーツケースをおろしているパディに向かってダーシーが言った。「そのうち〈ザ・ハープ〉でゆっくり昔話でもしよう」

「いいね、ぜひ」パディが応じた。「元気そうでよかったです、レディ・ホワイト。サー・ドーリーによろしく」

「奥さんの安産を祈っていますよ」運転席に向かうパディにウーナが呼びかけた。「無事に生まれたら、もうこれっきりにするのよ。このご時世、子供が三人もいれば充分。九人だの一〇人だのなんてとんでもないし、神父さまがなんて言おうと関係ない。いずれこの星は人であふれて、立っているだけの空間しかなくなるでしょうね」

パディはぎこちない笑みを浮かべながら、車のドアを閉めた。

「ほら、そんなところに突っ立ってないで」ウーナは再び言った。「なにかあなたたちのお腹に入れるものを用意するから。たいしたものはないけれどね」わたしのスーツケースを持っているダーシーを見て、尋ねた。「それとも、もっと長くいるつもりなの？」

「とんでもない」ダーシーが答えた。「ジョージーがスーツケースを持ってきたのは、このあたりにしばらく滞在しようと思ったからなんですよ。でも、いまはどこもかしこもいっぱいで泊まるところがなくて」

「それはまたどうして？」ウーナは薄暗い廊下にわたしたちを招き入れながら振り返った。コート掛けが、山のようなコートや帽子やマフラーや雨具の下に埋もれてしまっているのが見えた。そのまわりには様々な種類のブーツが散乱していて、あいだを縫うようにして進んでいくのはなかなかに難しかった。犬たちがわたしたちを追い越して、廊下を駆け抜けていった。

「もちろん裁判のせいですよ。あなたたちが世間とは切り離された暮らしをしていることは知っていますが、父の話は聞いていますよね？」

「ああ、あのこと？　小耳にはさんだわ。またあのばかが、まずいことに首を突っこんだんだそうね。きっと都合の悪いときに、都合の悪いことを言ったんでしょうね」

「殺人容疑で逮捕されたんです。縛り首になるかもしれない」

「キレニー城を買ったアメリカ人を殺したんでしょう？」

「そういうことになっていますね」

ウーナは憤然として鼻を鳴らした。「あの不愉快な男には当然の報いよ。あの男が越してきて間もないころ、一度訪ねたことがあるの。ドーリーがアイルランドの泥炭湿原についての本を書いていてね、アレン湿原で泥炭を掘っている古い写真がお城に何枚かあるのを知っていたから、見せてもらおうと思ったの。なのにあの鼻持ちならない男は、わたしたちの祖先の写真を見せてくれないどころか、なかに入れてもくれなかった。生まれ育ったキレニー城に入れなかったのよ！　城とそこにあるものを手に入れるために大金を払ったんだから、散弾銃で撃たれる前にさっさと失せろですって」彼女は廊下を歩いているあいだずっとしゃべりづめで、その声が右手にある階段に反響した。振り返った彼女の顔は、まさに憤りを絵に描いたようだった。「どう思う？　あなたの父親が彼を殺したのも当然よ。あのとき手元に武器があったなら、わたしが自分で殺していたわね」

ダーシーはちらりとわたしを見た。笑って見せるべき？　それともショックを受けるべきだろうか？　ウーナがドアを開け、わたしたちは〝居間〟へと足を踏み入れた。座るところがあったなら、そこを居間と呼んでもよかったかもしれない。ソファには本が山のように積まれ、肘掛け椅子のひとつで猫が眠っている。もうひとつの肘掛け椅子には大きなキャンバスがのっていて、あたりには新しい絵の具のにおいが充満していた。じゃがいもの入ったバケツとおしゃれな帽子と子ヤギの革の手袋が低いテーブルの上に置かれていた。

「置いてあるものをどけて、そこにお座りなさい」彼女が言った。「でも絵の具は乾いていないから気をつけるのよ。いまその絵を描いているところなの。わたしの最新作よ。我ながらなかなかのできばえだと思うわ」

ダーシーはキャンバスの縁を持った。派手な絵の具を塗りたくっただけのように見えたが、ウーナはさらに言った。

「だれだかわかるでしょう、ダーシー？　わからない？　そっくりに描けているのに。ドーリーよ。ヨガで逆立ちをしているところ。急いで仕上げなくちゃならなかったの。その姿勢で長いあいだポーズを取っているのは辛いってドーリーが文句を言うものだから」

ダーシーはその絵を壁にもたせかけながら、わたしにウィンクした。わたしは胸がいっぱいになった。わたしたちはひとつ。なにがあっても離れない。

「ミスター・グラッドストーンには気をつけるのよ」ウーナが警告した。「引っ掻くからね。とんでもない生き物なの。あなたの間抜けな父親よりひどい癇癪持ちなのよ、ダーシー」

わたしは絵が置いてあったところに腰をおろし、クッションから舞いあがったほこりに思わず咳きこみそうになった。ダーシーはもうひとつの椅子から猫をおろそうとしたが、猫がうなって襲いかかってこようとしたので、仕方なくわたしの椅子の肘掛けに腰かけた。

「それじゃあ、だめ」ウーナが言った。「だれが主人かを教えてやらないと」彼女は猫の首をつかんで持ちあげると、自分の顔の前にぶらさげた。「だれに餌をもらっていると思っているの。感謝おし」そう告げてから、そっと床におろしてやる。猫は彼女に背を向けると、まったく気にかけていない様子で自分の体をなめ始めた。犬たちはわたしたちのまわりに座った。猫を完全に無視しているのは賢明だ。

「紅茶？　それともコーヒー？」ウーナが尋ねた。「それとももっと強いもの？　ウィスキーかシェリーとか？」ウーナは呼び紐を引っ張った。遠くでベルが鳴るのが聞こえた。「どこにいるのかしら。人参を掘っているのかもしれない」

「ここでは庭師が飲み物を持ってくるんですか？」

「ばかを言うんじゃないの。執事が人参を掘っているのよ。ここではなんでも屋にならなきゃいけないの。最小限の人数しかいないから。もうちゃんとした使用人を雇うだけの余裕はなくてね。トレッドウェルがほとんどの仕事をしていて、わたしたちがそれを手伝っているの」

「トレッドウェル？　トレッドウェルがここで働いている？　知らなかった」

「あなたはもう長らくここに来ていなかったものね。あなたの父親が彼を必要としなくなって、あのアメリカ人も彼を雇おうとしなかったから、マウントジョイに来てもらったのよ。彼がこれまでしていたような仕事とは違うけれど、救貧院よりはましだから」

ダーシーはわたしに説明した。

「トレッドウェルはキレニー城の執事だったんだ。ぼくが子供のころですらかなりの年だった。とんでもなく保守的で、融通のきかない男だったよ」

「そうそう。でもここでは、いろいろと目をつぶることを覚えなくちゃならなかった。最初のうちは、わたしたちをなんとかしようと思っていたようだけれど、いまではあきらめたみたいね」ウーナは再び呼び紐を引いた。「わたしが自分でコーヒーをいれたほうがよさそうね。料理人をくびにしなくちゃならなくなって、わたしも家事はずいぶんと上達したのよ」

彼女が部屋を出ていくと、ダーシーとわたしは面白そうに顔を見合わせた。

「変わり者だと言っただろう？」ダーシーがささやくように言った。

だがウーナはすぐに戻ってきた。

「ちょうどトレッドウェルが人参を持って戻ってきたところだったの。彼がすぐにコーヒーを持ってきてくれる。でも彼のことだから、まずはフロックコートに着替えに行くんでしょうね。こんなところでは無駄なのに」

ウーナは猫がいたところに腰をおろした。「で、こちらのお嬢さんは泊まるところを探しているって？　それならここに泊まればいいわよ。数えきれないくらい空いている部屋があるんだから。あなたもよ、ダーシー。あなたなら大歓迎。若い人たちがいてくれれば、退屈な年寄りの暮らしも明るくなる」

ダーシーはわたしの顔を見てから答えた。

「親切にありがとう、ウーナおばさん。ジョージーは喜んで泊まらせてもらうけれど、ぼくは父から目が離せない。いまひどく落ちこんでいるんです。ゆうべも脳みそを吹き飛ばしたいと言っていたくらいだ」

「いつも大げさだったものね。子供のころは、指にとげが刺さっても大騒ぎしていたものよ」

「ウーナおばさん、今回はとげよりずっと深刻な事態なんです。殺人の容疑をかけられていて、実際に有罪の可能性が高い」

「ばかばかしい」ウーナが言った。「あなたの父親に人は殺せない。わたしたちの犬を殺したけれど、あれは事故だった。でも悪意を持って、故意に人を殺す？　いいえ、ありえない。初めて狩りをしたあとの彼を見せたかったわ。キツネを猟犬に食べさせたときには、管理者のブーツに盛大に吐いていたくらいよ。それがなんであれ、彼は殺すことを嫌った」ウーナは首を振った。「もちろん彼が怒鳴り散らすことは知っているわ。ほんのささいなことで怒りだす。だけど口先だけ。アメリカ人を一発殴るくらいのことはしたかもしれないけれど、殺しはしない。彼はどうやって殺されたの？」

「壁に吊るしてあった古い武器で頭を殴られたんです」

ウーナはしばし考えこんだ。「なるほどね、それならありうるかもしれない。かっとなって近くにあったものを手に取り、それで殴った可能性はあるわね。あら、トレッドウェル。コーヒーね」

ウーナの予想どおり、フロックコートを身に着けた老いた執事が現われた。

「コーヒーをお持ちしました、レディ・ホワイト」彼女が低いテーブルから帽子と手袋を移動させるのを待ってトレッドウェルはトレイを置き、じゃがいものバケツを手に取った。

にか使う予定でも？」

「コーヒーを注ぎましょうか？　それともこれを台所に持っていきましょうか？　ここでな

ウーナはしげしげとじゃがいもを眺めた。「なんでこんなものがここにあるのかしら。昨日、掘ってきたことは覚えているけれど、そのあとなにかほかのことに気を取られたみたい。きっと新しい絵を仕上げたくなったのね。台所に持っていってもらえるかしら？」

「承知しました、奥さま。こんな状況ではありますが、お会いできてうれしゅうございます、ミスター・ダーシー。お父さまにぜひよろしくお伝えください。お力になれるのであれば、いつでも旦那さまの人となりについて証言させていただきますと」

「ありがとう、トレッドウェル」ダーシーが応じた。「伝えておくよ」

トレッドウェルは小さくお辞儀をして部屋を出ていった。

「トレッドウェルに裁判で証言させちゃだめよ」ウーナが言った。「彼はばかがつくくらい正直だから。検察は彼を厳しく追及して、あなたの父親が癇癪を起こしたときのことを一から一〇まで聞き出すでしょうね。二歳のときに駄々をこねたことまで」

「でしょうね。でもトレッドウェルが証言しなくても、そういったことはすべて裁判で明らかにされると思います」

「いい弁護士がついているんでしょうね？」

「いまのところ、リーチ・アンド・リーチだけです。まだ法廷弁護士は雇っていません」

「ドーリーの手を借りるといいわ」ウーナは両手を振り回しながら熱心に言った。

「ドーリーおじさん？」

「そうよ。彼は法律を学んでいたの。しばらく開業していたこともあったくらい。次男だから、なにも受け継ぐものがなかったの。でもとても弁が立ったから、ある若者を刑務所行きにさせたんだけれど、あとになって本当に有罪だったのかどうか疑問を抱いた。それで、弁護士の仕事をやめたのよ。裁判に出る気にはなれないけれど、弁護士事務所で一日中座っているのもいやだと言っていた。そうしたら、わたしたちが結婚するときに父がマウントジョイをくれたの。ここで暮らしていくのに充分なお金もね」

「そのお金はどうなったんです？」

「父が死んだときに相続税を払わなきゃならなかったし、あなたのおじいさんが死んだときにはさらに土地を売らなきゃいけなかった。そしてあなたの父親はお金に困ることになった。いまもそうなんでしょう？　でもドーリーの頭は冴えているから、あなたが考えもつかなかった弁護ができるかもしれない」

「話し声が聞こえた気がしてね」戸口から小さな声がして振り向くと、小柄でやせた男性が立っていた。真っ赤なベストに赤い蝶ネクタイを締め、白い髪はあらゆる方向に突っ立っている。ウーナ同様、彼の顔にもしわはなく、その目はきらきらと輝いていた。「お客さんか。いいね。近頃は訪ねてくる人もいないからね。頼むから、エホバの証人の勧誘だなんて言わないでくれ」

「甥の息子のダーシーとお友だちよ、ドーリー」ウーナが言った。「その目は節穴？」

「こんにちは、ドーリーおじさん」ダーシーは立ちあがって、彼と握手を交わした。「こちらはロンドンから来た友人のジョージーです」

小柄なその男性は目をしばたたいてから、にこやかな笑みを浮かべた。

「ちょっと根を詰めすぎたみたいだ。だが喜んでくれ、ウェリントンがようやく勝利を収めつつある」

「ウェリントン?」ダーシーが訊き返した。

「ワーテルローの戦いだよ!」ドーリーは熱い口調で答えた。

ダーシーがふたりを〝変わり者〟と呼んだのは、決して大げさではなかったらしいとわたしは考え始めていた。もちろんダーシーのそばにはいたいけれど、このおかしな家に滞在したいかしら?

「ドーリーは、おもちゃの兵隊でワーテルローの戦いを再現しているのよ」ウーナが言った。

「ミニチュアだ、ウーナ。おもちゃの兵隊じゃない。わしは縮尺どおりに戦場を作って、連隊のミニチュア全部を制服どおりの色に塗ったんだよ。小さな弾を発射する大砲まで作ったんだぞ。時間のあるときに、ぜひ見てほしいね。ようやく、この戦いのドラマチックな場面にたどり着いたんだ。ターニングポイントだ。ナポレオンは我々を追いつめたと考えたが、彼はそこで戦術的なミスを犯した」

彼は誇らしげに指を振った。ウーナは手を伸ばし、ごくごく薄手の陶器のカップにコーヒーを注いだ。この家で、よく割れずに残っていたものだとわたしは感心した。

「何日かここにいるようなら、勝利の瞬間が見られるぞ」ドーリーが言った。「しばらくいるつもりかね？」

「こちらのお嬢さんはいるみたい」ウーナが答えた。

「そいつはいい！」ドーリーはわたしに微笑みかけた。「かわいらしいお嬢さんは大歓迎だ」

ウーナはたしなめるような顔をした。「でもダーシーは、父親といっしょにいる必要があると考えているらしいの。力を貸してあげてちょうだい、ドーリー。ワーテルローの戦いはちょっとおいておいて、あなたの法律の知識でサディの無実を証明してあげて」

ダーシーの目に警戒するような光が浮かび、コーヒーを飲み干すと立ちあがった。

「ぼくは父のところに戻ります」ダーシーが言った。「新聞記者に付きまとわれて、これ以上事態を悪くするようなばかなことを口走ったりしたら大変だ」

「家にいるのか？」ドーリーが訊いた。「ダブリンの留置場じゃなくて？」

「昨日保釈されたんです。なんとかだれにも気づかれることなく、連れて帰ってくることができました」

「警察はどうして彼を警護していないの？」ウーナが憤ったように言った。

「城の敷地は警護していますが、父が無防備のまま猟場番人のロッジにいることはどうでもいいみたいです。それで、ひとつお願いがあるんです。ぼくが借りられるような車はありませんか？　父の車は城のガレージのなかに入ったままで、あそこにあるものはどれも証拠になる可能性があるので持ち出せないいんですよ。でもぼくはダブリンの警察に行く必要があるかもしれないし、ジョージーがここに滞在するのなら彼女を迎えにも来なきゃいけない」

「もちろんだとも」ドーリーが言った。「ここにロールスロイスを置いておかなきゃならない理由はない。そうだろう、ウーナ？　めったに使うこともないからな。わしはもう運転できるほど目がよくないし、ウーナはまっすぐに車を走らせたためしがない。トレッドウェルも時々キルデアまで買い物に行くだけだ。いまのところ必要なものは揃っているし、わしらは自分でなんでもできるだろう、ウーナ？」

「ええ、ええ。たいていのことはできますし、満足もしていますよ」

犬たちが立ちあがり、尻尾を振りながらあたりを駆けまわるなか、ふたりは互いにうなずき合った。ダーシーがわたしを見て微笑んだ。わたしはおおいに満足していた。

一二月三日
アイルランド　キルデア州　マウントジョイ

　ドーリーとウーナはふたりして、古いロールスロイスが止めてある厩舎までダーシーを案内した。ダーシーは車のエンジンをかけると、犬や鴨や鶏を避けてそろそろと前進させながら手を振った。

「いい考えがあるわ」ウーナはそうつぶやくと、車を追いかけてドアの取っ手に手をかけた。「お父さんをディナーに連れてくるのはどう？　そろそろ過ぎたことは過ぎたことにしてもいいころよ。親戚同士、仲良くするのよ。そう伝えてちょうだい。ブランソンに鴨を絞めさせるからって」

「ブランソンってだれです？」

「ここの農場で働いている人間のひとりよ。使用人のほとんどは解雇しなくてはならなかったけれど、いまでも何人かは農場で働いてもらっているの。家賃はないし、農作物の一部を自分たちのものにしているから、それほどお給金を払う必要はないのよ」

ダーシーはうなずいた。

「それじゃあ、今夜お父さんを連れてきてくれるわね？」

「話はしてみます」ダーシーは答えた。「約束はできませんが」彼はわたしに向き直った。「あとでまた来るよ」わたしは長い私道を走り去るロールスロイスを見送った。

ウーナがわたしの肩に腕をまわした。「なかに入りましょう。今日はずいぶん寒いわ。どの寝室がお客さまにふさわしいかを見に行きましょうか」

「わしが案内しようか」ドーリーが言った。

ウーナは首を振った。「だめよ、ドーリー。あなたを彼女といっしょに寝室の近くに行かせるわけにはいかない。あなたが悪さをすることはわかっていますからね」ウーナはわたしを見た。「彼には気をつけなきゃだめよ。相手が女性となると、向こう見ずな若者みたいになるんだから。手は悪さをするし、妙なことを考えるし」けれどそう言いながらも、彼女の顔には笑みが浮かんでいる。「最後のメイドがいなくなってからは、物足りなくて仕方がないのよ。そうでしょう？」

ドーリーはきまり悪そうににやりとした。「大げさなんだよ、ウーナ。ちょっとばかりお尻をつかんだことはあるかもしれないが、わしは危険な男じゃない」

「同じことよ。ミス・ジョージーの荷物はわたしが運ぶから、あなたはウェリントン公のところに戻るといいわ。あら、それよりも書斎に行って、義理の甥をどう弁護すればいいのかを考えたほうがいいかもしれない」

ウーナはダーシーが玄関ホールに置いたスーツケースを手にすると、階段をあがり始めた。わたしはそのあとを追った。編み物が入った籠や、干からびたリンゴのボウルや階段の一番上に陣取っている猫の脇を通り過ぎる。ウーナは家の前方へとまっすぐに歩いていき、フロントポーチの上にある小さな部屋のドアを開けた。シングルベッドと小さなタンスが置かれているだけの殺風景な部屋で、ぞっとするほど寒くじっとりしていた。

「いまのところ、ここが一番ましな部屋だと思うの」ウーナは言った。「少なくとも、このベッドにネズミはいないから。でも幽霊は出るのよ。あなたが気にしないといいんだけれど。若い女性の幽霊なの。気に入らない人間が寝ていると、ベッドのシーツをはぐのよ。家族に対してはそんなことはしないんだけれど。家族同様の人も大丈夫なはずよ」

ウーナはわたしの驚いた顔を見て笑った。「ロンドンから来た友だちのひとりだなんていうダーシーの言葉は、はなから信じてなかったわ。ただの友だちが、わざわざアイルランドの真ん中まで会いにきたりしませんよ」ウーナは問いかけるようなまなざしで長々とわたしを見つめていたが、やがて言い添えた。「あなたを見る彼の目つきにも気づいていたしね」

「彼はわたしに来てほしくなかったんです」わたしは言った。「記者に気づかれるのを恐れていて。それどころか、わたしに辛い思いをさせたくないからって、別れようとしたくらいです」

「でもあなたはそんなことではあきらめなかった。いいことね」ウーナは満足そうにうなずいた。「彼はいい人を選んだわ。でもどうして記者があなたを追いかけるの？」

「わたしが国王陛下の親戚だからです」わたしは顔をしかめた。

ウーナは手を打った。「どこかで見たことがあると思っていたのよ。ラノク家の人ね。わたしはドーリーと結婚する前、あなたのおばあさんの女官をしていたことがあるの。あなたはよく似ているわ」

わたしの祖母はヴィクトリア女王の娘たちのなかでも一番器量が悪いと言われていたから、あまりうれしい言葉とは言えなかった。

「そういうことなら、ダーシーの言いたいこともわかるわ。来ないほうが賢明だったかもしれない」

「でもこんなときにダーシーをひとりにはしておけません。彼のお父さまはまったく役に立たないんですからなおさらです」

「そうでしょうね。もしこれがドーリーだったなら、わたしも同じことをしていた。さあ、スーツケースはここに置いておいて、ブランソンには鴨といっしょに泥炭も持ってきてもらいましょう。そうすればこの部屋も気持ちよく暖まるわ」

ウーナは再びわたしを階下へといざなった。彼女ほどの体格にしては、その動きは驚くほど機敏だ。わたしたちは台所のテーブルでたっぷりした昼食をとり、午後のなかばになるころにはわたしの部屋もぬくぬくと暖まっていた。荷解きをしながら、わたしはここでなにをしているのだろうと自問した。ダーシーの役に立つことができるのかしら？　事件についてわかったことを改めて考えてみても、残念ながらダーシーの言うとおり、彼の父親の有罪は間違いないように思えてきた。いま考えなくてはいけないのは、ミスター・ローチの死を望み、城に侵入して彼を殺し、キレニー卿に罪をかぶせるくらい頭の切れる人間がいるのかどうかということだ。見知らぬ人間を見かけなかったかと村で訊いてまわることくらいはできそうだと、わたしは思った。村の人間はよそ者には敏感だ。田舎には、他人の言動に目を光らせている人が多い。ここ最近、記者以外の人間を城まで乗せたかどうかをバーニーにも尋ねてみよう。すぐ近くにもよそ者がいることを思い出したのはそのときだった。城のゲートから小道を隔てたところで、遺跡の発掘をしている人たちがいる。事件が起きた日、雨があがって作業を再開していたのかどうかを調べる必要があった。あそこは、城で起きていることを監視するには最適の場所だ。けれどまた同じ疑問に戻ってくる――馬と本に夢中で、人と交わろうとしないアメリカ人を殺す理由があるだろうか？

その答えはすぐに浮かんだ。彼は金持ちだ。城と競走馬の厩舎を買えるくらいに。その財産は受け継いだものだという。一家で残っているのは彼ひとりだということだった。けれど、もしほかにも相続する権利のある人間がいるとしたら？　彼が死んだら、その富を手にできる人間がいるとしたら？　けれどそれなら、どうしてもっとうまい方法で殺さなかったのだろう？　生垣の陰から一発銃弾を撃ちこめばそれですむことだ。棍棒で殴り殺せば人目を引いてしまう。もし、ローチ家の人間がアイルランドにいたのなら、ダーシーの父親以外にももっともな動機がある人物が存在したことになる。

そんなことを考えていると、いくらか気持ちが上向いた。調べることがあると思うとほっとした。ここの警察はアメリカの警察に連絡を取って、ミスター・ローチの家庭状況を調べただろうか？　警察に進言してもいいかもしれない。あるいはダーシーの父親の弁護士に。

午後はのろのろと過ぎていった。せっかくここにいるのだから、なにか役立つことがしたくてたまらない。わたしは膝にノートを広げて座り、思いついたことをかたっぱしから書き記していった。〝相続した財産？　近親者？　城の訪問者？　目撃した人間？　従者に話を聞く？〟どれもたいして重大ではなさそうだったけれど、少なくともそこから始めることはできる。それにこれまでも、ごく小さな手がかりや事実が新たな手がかりにつながったことは何度もあった。

夕方になると、わたしたちはみな車の音が聞こえてくるのをいまかいまかと待った。ようやく車がやってきたが、降りたのはダーシーひとりだった。また雨が激しくなっていたので、ダーシーは玄関まで走ってきた。

「父は来ませんでした」ダーシーが言った。「ぼくがなにを言っても、無駄でした」

「いらつく人だこと」ウーナが言った。「いい鴨が無駄になったじゃないの」

「ジョージーとぼくがいますよ。ぼくたちに食べさせるのは無駄ですか？」

「もちろんそんなことはないわよ。でも……まあ、いいわ。あの人の最大の敵は自分ね。差し出された手をすべて振り払っているようじゃ、だれにも助けてもらえない」

「それなんです」ダーシーは濡れたレインコートを脱ぎながら言った。「父は助けを期待していないんです。助けてもらいたくないんですよ。自分の運命をすっかりあきらめているみたいです。愛しいメアリーのところに行く、なんていうばかげたことを口走っていますから」

「あら、それはいい兆候なんじゃない？　愛しい人は天国にいると考えているわけだから、自分もそこに行くつもりでいるということよ。もし本当に人を殺していたなら、彼が行くのはべつのところだもの」

わたしたちは広々とした食堂に入った。三〇人は楽に座れそうな長いマホガニーのテーブルの一方の端に、席が設えてある。そのあたりだけほこりがはらわれていて、磨いた木の上で蠟燭の炎が揺れていた。トレッドウェルが濃厚な野菜スープの深皿を持ってやってきた。その後、ローストポテトと小さな芽キャベツを添えたローストダックが運ばれてきた。

「これはきみが作ったのかい、トレッドウェル？」ダーシーが尋ねた。

「最近は、レディ・ホワイトがほとんどの料理をなさいます」トレッドウェルが答えた。

「ずいぶん腕をおあげになりました」

「珍しいほめ言葉だったわね」トレッドウェルがいなくなったところでウーナが言った。「いつもは、自分の基準からするとこの家のレベルはあまりに低いとしか言わないのに」

食事の締めくくりはアップルパイとカスタードだった。最後が上等のチェダーチーズとビスケットだ。

「こんな簡単な食事でごめんなさいね」ウーナが言った。「いまはもう農民のような暮らしをしているのよ」

「とてもおいしかったです、レディ・ホワイト」わたしは言った。

「お願いだから、わたしのことはウーナおばさんと呼んでちょうだい。みんなそう呼ぶのよ」ウーナは知ったふうな顔でダーシーを見た。

「それで、あなたのお父さんのことだけれど、どうすればいいかしらね？」居間に移動し、トレッドウェルがコーヒーとブランデーを運んできたところで、ウーナが切り出した。「なにか考えてみたの、ドーリー？　どう弁護するのが一番いいと思う？　精神障害？　あの家にはその傾向があるし」

「いや、精神障害はだめだ」ドーリーは即座に答えた。「死ぬまで精神科病院に閉じこめられることになる。それは避けたい」

「考えていたことがあるんです」わたしは言った。「ふたつ。ミスター・ローチの財産のことをだれか調べていますか？　彼が死んだら遺産を受け取る人間はいますか？」

「ここの警察がシカゴ当局に問い合わせているはずだ」ダーシーが答えた。「近親者に連絡が行くだろう」

「それじゃあ、そのうちのだれかが最近アイルランドに来ているかどうか、警察はわかっているのね？」

「いいところを突いたわね」ウーナが言った。「わたしの経験からすると、多くの殺人の裏

「新聞っていうものがあるでしょう」ウーナはつんと顎をあげて応じた。「わたしたちが口をはさんだとき、ミス・ジョージーは話の途中だったわ。この家の人間は口数が多いっていうことを、彼女にも知っておいてもらわないといけないわね。続けてちょうだい、ジョージー。なにを言おうとしていたの？」

「彼は後頭部を殴られて殺されたと聞きました。でも、争ったあとがあったと使用人は言っているそうですね。このふたつは矛盾しませんか？」わたしは蠟燭の明かりに浮かぶ顔を見まわした。「だれかと争っていたら、その相手の後頭部を殴るのは難しいです。どちらかが倒れたにしても、普通は仰向けになります。後頭部の傷は、背後からこっそり近づいて気づかれないうちに殴ったことを示唆しています」

「あなたは頭が切れるのね」ウーナが言った。

ダーシーはうなずいた。「ぼくもそれは思いました。でもローチに気づかれないように忍び寄って背後から殴ったというのは、彼と争いになってたまたま殺す結果になったよりも始末が悪い」

「もっともだわ。争っているあいだに思いがけず死んでしまったなら、殺人ではなく過失致死になる。それにもし、争いを引き起こしたのがアメリカ人のほうで、彼が先に手を出したことを弁護士が証明できれば、正当防衛が認められるかもしれない」ウーナは夫に顔を向けた。「ずいぶん静かね、ドーリー。その鋭い小さな頭でなにを考えているの？」

「棍棒のことを考えていた」ドーリーが答えた。「本当に棍棒だったのか、杖だったのか、それともなにかの武器だったんだろうか？」

「壁にかかっていた武器のひとつだと聞きました」ダーシーが答えた。

ドーリーは興奮した様子で指を振った。「だとすると、それはブルダクラブだろう。それが疑問だったんだ」

「ブルダクラブ？」

「貴重な遺物だよ。遠い昔のオマーラ一族が持っていた、ケルトの武器だ。お父さんに見せられたことはないのかい？　沼から掘り出されたもので、奇跡的によく保存されていた。アイルランドの沼の本を出したとき、そのこともたっぷり書いたが、ダブリンの博物館じゃなくて、キレニー城の壁に無造作にかけられていることを知ったときは驚いたよ」

「それじゃあ、価値のあるものなんですね？」わたしは尋ねた。

「貴重だよ。とても値段がつけられない」ドーリーが答えた。「ケルトの時代の木の人工物が、どれほど残っているか知っているかい？　ほぼゼロだ」

「人を殺す動機になるっていうこと？」ウーナが訊いた。

「その価値を知っている人間がいればね。そのへんのコソ泥じゃ無理だ」

「でも辻褄が合いませんよ、ウーナおばさん」ダーシーが言った。「もし盗みに入って、たまたまだれかを殺してしまったとしたら、棍棒を持って逃げるでしょう。死体の横に残しては行かない」

「確かに」ウーナはため息をついた。「ドーリーにはいつも、わたしには考える頭がないし、まっすぐに運転もできないと言われているの。でもかまわない。ここには優れた頭が三つもあるんだもの。あなたたちで解決してちょうだい」

一二月四日
アイルランド　マウントジョイ

ダーシーがそばにいるので気分はいくらか上向いている。

食事のあと、わたしは驚くほどぐっすり眠った。部屋は暖かく、たとえ幽霊が夜のあいだに訪れていたとしても、わたしを起こそうとは思わなかったようだ。射しこむ太陽の光に目を覚ますと、真っ青な空にふわふわした雲が浮かんでいた。窓の下では、ウーナが鶏に餌をやっている。どこから見てものどかな田舎の風景で、ひとりの人間の命が危険にさらされていることを忘れてしまいそうだ。ゆうべ、古代の棍棒の話を持ち出したことを考えても、ドーリーはあまり役に立ってはくれそうもない。ダーシーの父親を救うことができるかどうかは、ダーシーとわたしにかかっているようだ。お風呂に入り、寝室に戻ろうとしたところで、踊り場をうろうろしているドーリーに会った。

「やあ、おはよう」彼が言った。「よく眠れたかね？」

「はい。ありがとうございます」

「それはよかった。夜中に幽霊は訪ねてこなかった？」

「だと思います」

部屋に戻ろうとすると、彼がついてきていることに気づいた。困った事態だ。たとえなにか不適切な行為をしようとしたとしても、滞在している家の主人を殴るわけにはいかない。首筋にかかる彼の息が感じられる気がした。間に合うように、寝室のドアを閉められるだろうか？　あのドアに鍵はついていた？　幸いなことに、彼が妙なことを考えていたのかどうかを確かめる事態にはならなかった。助けの手は轟くような声となって現われた。

「ドーリー？　なにをしているの？　そのお嬢さんを困らせているんじゃないでしょうね。これから着替えるところなんだから、邪魔をしないの」階段の上にウーナが姿を見せ、ドーリーは気まずそうに笑った。

ウーナが笑顔で言った。「よかったこと。本当によかったわ。ドーリーじいさんがまた元気になったみたい。もう何年もこんなふうにはつらつとしていたことはなかったのよ。あなたのおかげよ」

ドーリーじいさんがはつらつとしていることをどう受け止めればいいのかよくわからなかったけれど、害はないだろうと考えることにした。着替えを終え、卵とベーコンとソーセージのたっぷりした朝食を終えるころ、ダーシーがやってきた。ダーシーはわたしと並んでテーブルにつき、同じ朝食をとった。

「まずなにをするべきだと思う？」ふたりきりになったところでわたしは尋ねた。

ダーシーは顔をしかめた。「改めて考えてみたんだが、やっぱりきみを巻きこみたくはないよ、ジョージー。父がキレニー城に戻っているという噂が広まっていて、村はすでに記者たちでいっぱいだ。きみはここから出ないようにして、ウーナとドーリーと三人で頭を絞っていてもらったほうがいいと思う」

「でもなにかしたいのよ、ダーシー。だれもわたしには気づかないわ。訊かれたら、『ホース・アンド・ハウンド』の記事を書いているって答える」

わたしがそう言うと、ダーシーとウーナはくすくす笑った。

「村を通るときには、隠れるようにするわ」

「いっしょに行きなさい、ダーシー」ウーナが言った。「彼女は聡明よ。あなたのばかな父親は、かなうかぎりの手助けを必要としている。ゆうべあなたに持たせた鴨肉は喜んでいた？」

「どうでもいいようなふりをしていましたが、今朝見たら、食べていましたよ」ダーシーが答えた。

「ほらね、本当に頑固なんだから。でもいずれ、白旗をあげさせるから。そうよね、ドーリー？」ウーナは、ドアの隙間から顔をのぞかせたドーリーに向かって言った。

「今日はウェリントンにとって記念すべき日になるぞ。屋根裏に来て、自分の目で見てみないか？　世紀の戦いを目撃できるチャンスはそうないんだから」

「ふたりにはふたりの戦いがあるのよ、ドーリー。それよりも、わたしの甥の潔白が証明できるまでワーテルローの戦いはお預けにして、その優れた頭脳を彼を助けることに使ってちょうだい」

ドーリーはため息をついた。「わかったよ。おまえがそう言うなら。わしもいっしょに行って、直接彼と話をしたほうがいいだろうか？　彼がどう言っているのかも聞いておきたい」

「いま父はあなたと話をしないと思います、ドーリーおじさん。問題は、父が自分は有罪だと半分信じていることなんです。あの夜はかなり酒を飲んで、へべれけだったんです。なにひとつ覚えていない」

「そいつは困ったな」ドーリーが言った。「いくらわしでも、自分がやったと思っている人間の弁護は難しい。実際、彼の仕業かもしれないし」

「違うに決まっているでしょう」ウーナが反論した。「サディのことはあなただってよく知っているじゃないの。彼が暴力をふるうのを一度でも見たことがある？」

「あいつはしばしば癇癪を起こす。トランプで負けるのを嫌うし、笑われるのも嫌がる」

「だからといって、あなたの首を絞めようとしたことがあるわけじゃないでしょう？　彼女たちにも言ったけれど、サディは口先ばかりで実際はなにもしないのよ」

「とにかく、彼と直接話がしたいね」ドーリーが言った。「いまは、親身になって話を聞いてくれる人間が必要なんだと思う」

「父はぼくとは話をしません」ダーシーが言った。「まあ、母が死んで以来、ぼくが近くにいることすら嫌がるんですが」

「よく言い聞かせるのよ。ドーリーがかつて法律関係の仕事をしていて、これほど情にもろくなければおおいに成功を収めていただろうっていうことを説明するの。そうすれば彼と話をする気になるかもしれない。そうしたら、なにかわかるかもしれないわ」

「やってみます」ダーシーは形ばかりの笑顔を作った。

わたしはオーバーを着て、顔が隠れるように帽子を深くかぶるとロールスロイスの助手席に座った。

「犯行現場を見るのはとても無理よね？」

ダーシーはうなずいた。「警察がいまも現場を警護しているからね。それにダブリンから来た警部は、ぼくたちが嗅ぎまわっていることを知ったらいい顔をしないだろう」

「従者はいまもあそこにいるの？」

「だと思う」

「ということは、彼に対する疑いは晴れたか、彼が証拠になりそうなものを処分したかのどちらかね」

「どうして従者が雇い主を殺すんだ？　給金はたっぷりもらっていたはずだ。アメリカ人は必要以上に支払うものだからね。だがこんなことになって、彼は不況のまっただなかにある国に帰らなければならなくなった。それに、もし使用人が雇い主を殺そうと思ったなら……」ダーシーは言葉を切った。

「時間をかけて毒を飲ませる？　それとも事故に見せかけてもいいわね」

ダーシーは笑った。「きみは犯罪者の心理がよくわかっているね」

「まさにそれよ。この犯行現場。ミスター・ローチが倒れているそばに凶器が残されていた。もしあなたが犯人だったなら、凶器を処分するでしょう？　少なくともきれいに拭って、ほかの武器といっしょに元通り壁に飾っておくんじゃない？　そうすればだれにも気づかれない」

ダーシーは考えこみながらうなずいた。「ひどく酔っていたなら、父はまともにものが考えられなくなっていただろう。それとも、騒ぎに気づいた従者が様子を見に来る前に、できるだけ早くあの場を離れようと思ったのかもしれない」

「それほど酔っていたのなら、足元がふらついてなにかを倒したり、血のついた手でどこかに触ったりしたんじゃないかしら？　足取りを確かめる必要があるわね。それにミスター・ローチがそれほどプライバシーにこだわっていたのなら、従者が案内しなければあなたのお父さまはお城に入れなかったんじゃない？」

「あいにく、そうとも言えない。使用人の出入り口はめったに鍵がかかっていなかったそうだし、そうでなくても父はまだ鍵を持っていたらしい。これまでにも、勝手に入ったことが何度かあったそうだ」

「あの大きなゲートは鍵がかかっているの？　門番がいるの？」

「ここ最近はいない。だが新しいゲートは常に鍵がかかっていて、訪れた人は電話で城に連絡を取ってからでなくては入れなかったと聞いている。いまはすぐ内側で巡査が警護しているよ」

「タクシーで行ってみたとき、見かけたわ。それじゃあ、あなたのお父さまはどうやって敷地に入ったの？」

「簡単だよ。ロッジのうしろの塀に小さな通用門があるんだ。その先に、建物に続く小道がある」

「そこは鍵がかかっていないの？」

「蔦に隠れているから、存在を知らなければ見つけられない。ぼくが子どものころは、いつも開いていたよ。だがあのころはゲートそのものがなかったからね」

「つまり、秘密の通用門のことを知っていれば、だれでもなかに入れたということね？」

「そういうことだ。それにどうしてもなかに入りたければ、塀をのぼることだってできる。すぐ近くに木が生えているところがあるからね」

車は私道を出て、一般道に入った。今日はお天気がよかったから、景色がまったく違う——野原は輝いて見えるくらい鮮やかな緑色で、白しっくい塗りの小屋はきらきらときらめいて見えたし、羊たちですら緑の野原を背景にした真っ白な点のようだ。気分がどんどん上向きになっていくような、そんな日だった。

「ローチはどうしてあれほど頑丈なゲートを作って、鍵をかけておく必要があったのかしら？　なにか隠したいものがあったの？　それともお城のなかに盗む価値があるものが存在すると考えていたとか？」

「あるいは、だれかに追いかけられているという被害妄想があったのかもしれない。こんな辺鄙（へんぴ）な場所を選んだのも、それが理由だったのかもしれない。アイルランドに来てから、医者に診てもらっていないかどうかを調べてみよう」

「もしなにか精神に障害があったのなら、あなたのお父さまなら知っているはずよ。馬の事件が起きる前は、しばらくいっしょに仕事をしていたんだもの」わたしはちらりとダーシーを見た。「馬と言えば、厩舎に行って、薬物投与事件についてもっと調べなくてはいけないわ。なにか知っている人がいるかもしれない」

「真相がわかったとしてなにになる？」ダーシーの表情がまた翳（かげ）った。「それが、父の無実とどう関係があるんだ？　父が自分の馬に薬物を与えたりしないことをぼくは知っているが、世間の人はそう思っていない。それに、不当にクビになったと父が考えているとしたら、それもまた動機のひとつだ。検察はそこを追及してくるだろう」

わたしはハンドルを握る彼の手に手を重ねた。「まったく望みがないように見えることはわかっているけれど、でもきっとなにか見つかるわ。ひとつ考えていることがあるの。ドーリーが言っていた、あの棍棒よ。あれが彼の言うとおりとても価値のあるものなら、盗もうとしてだれかが忍びこんだのかもしれない。ローチにそれを見つかって、棍棒で殴ったのかもしれない」

「だが、だとしたら棍棒にはほかの人間の指紋があったはずだ。父の指紋だけじゃなくて」

「それも変だとは思わない？　お父さまの指紋だけ？　これまで何人もの人がその棍棒に触れているはずなのに」

「警察は古い不鮮明なものは無視して、はっきりした新しい指紋のことだけを言っているのかもしれないな」

「敷地内に入れたら、お父さまの足取りを追いたいわね。本当にそれほど酔っていたのなら、なにかにぶつかっているはずよ。どこかに血のついた指紋が残っているかもしれない」

「ここ何日か雨続きだったことをきみは忘れているよ。なにか残っていたとしても、雨で流されてしまっているんじゃないだろうか？」

わたしは彼の手をぴしゃりと叩いた。「ずいぶん悲観的なのね、ダーシー。あなたらしくないわ。わたしの知っているダーシーはどんなときも前向きで、どれほど困難な事態にだって立ち向かっていく人よ。それなのにいまは、わたしがなにを言っても否定するのね。わたしはあなたの手助けをするためにここにいるのよ」

ダーシーは弱々しく微笑んだ。「ごめんよ。確かに悲観的になっていた。希望が見つけられないんだ」

「わたしがいるのに？　なにがあろうとわたしはあなたのそばにいる。それで少しは気持ちが明るくはならないの？」

「明るくなるはずなんだろうが、いまはきみをこんな目にあわせたくないとしか考えられない。きみがどこか遠くにいてくれればよかったのにと思うよ」

わたしは黙りこんだ。わたしは身勝手で、彼に余計な心配を与えているだけなのかしら？　あきらめてロンドンに戻り、この事態に彼ひとりで立ち向かわせるべきなの？

「わかった」わたしはようやく口を開いた。「あなたが本当にそれを望むなら、荷物をまとめてロンドンに帰るわ。でも思い出してほしいんだけれど、わたしはこういったことに経験があるの。有罪だという反論できない証拠を突きつけられるまでは、あなたのお父さまの無実を信じるつもりよ」

再び沈黙があり、やがてダーシーは声をうわずらせながら言った。「きみは素晴らしい人だよ、ジョージー。いまのぼくは自分がどうしたいのかがわからない。きみに安全でいてほしいし、スキャンダルに巻きこみたくない。きみの人生を台無しには……」

「ちょっとしたスキャンダルにはなるでしょうね。でもだからといって、どうしてわたしたちの人生が台無しになるの？　わたしたちはなにもうしろ指を差されるようなことはしていない。少なくともわたしは。あなたは時々怪しいかもしれないけれど——」ダーシーがにやりとした。「噂にはなるかもしれないけれど、世間はいずれありのままのわたしたちを受け入れてくれるわ。あなたはなにも悪いことはしていないのよ、ダーシー。責められることはなにもない。だからそういうばかばかしいことはさっさと忘れて、お父さまの無実を証明することだけを考えましょうよ」

ダーシーがわたしの手を握った。「きみがいてくれてよかった。本当によかった」ダーシーがわたしにキスをしたので、車は危うく溝に落ちるところだった。

一二月四日　火曜日
キレニー城を探る

キレニー城に近づいたところでダーシーが言った。「大通りに人が集まっているようだ。きみは見えないように、頭を低くしたほうがいい」

わたしは言われたとおり、小さく体を丸めた。だがさほども進まないうちに、ダーシーがつぶやいた。「まずいな」

「どうしたの?」わたしはダッシュボードの下から尋ねた。

「ミセス・マクナリーに見つかった」

「ミセス・マクナリー？　お城で働いているという人？」

「ぼくたちの料理人だったんだが、いまもそのまま残ってアメリカ人のところで働いている。でも父のロッジでも、掃除と料理をしてくれているんだ。ああ、困ったな、こっちに来るぞ」

ダーシーが窓を開けて声をかけた。「おはよう、ミセス・マクナリー。気持ちのいい日だね」

「ああ、いいところで会えましたよ」彼女が応じた。「ふた袋も買い物をしたっていうのに、リウマチが急にひどくなってしまって。乗せてもらえませんかね」彼女は、そう言いながら、ロールスロイスの後部座席のドアを開けた。「ロッジまで送ってくださいね」

彼女がうめきながら後部座席に乗りこんだのがわかった。

さて、どうしよう？　このまま隠れている？　それとも体を起こして挨拶をする？　きっと彼女はわたしの存在に気づいていて、膝のあいだに頭を埋めているのはなぜだろうと不思議がっているに違いないと思ったので、わたしは心を決めた。体を起こすと、彼女はぎょっとしたようだった。

「あったわ」わたしはわざとらしく手を振りながら言った。「あら、こんにちは。落としたイヤリングを探していたんです。ジョージーと言います。ダーシーのロンドンの友人です」

「お会いできてうれしいですよ」彼女が言った。「ロッジに滞在するつもりじゃないですよね？　あなたのような若いお嬢さんが泊まるにはふさわしいとは言えませんからね」

「とんでもない」わたしは〝ロンドン社交界の華やかな女性〟らしい笑い声をあげた。「近くの友人のところに泊まっているんですけれど、恐ろしい知らせを聞いて、ダーシーを慰めるために急いでやってきたんです。彼にとっては、とても辛いことだろうと思ったので」

「そうなんですよ。わたしたちだってそうです。わたしは旦那さまのご家族のところで四〇年近く働いてきました。台所の下働きから始めて、料理人になったんです。ですが、いまの仕事はとても楽しいとは言えませんよ。あのアメリカ人がどれほどお給金をはずんでくれてもね。あの人が食べたいものは、料理なんて呼べません。本当にシンプルなものしか食べないんですよ。たとえば、ランプステーキ。まあ、それはいいとしても、ソーセージとマッシュポテトとか、ポークチョップとマッシュポテトとか。パイもプディングもおいしいソースもなにも食べないんですから。子供の食べるものだってわたしは言っているんです。一方で旦那さまは、ろくなものを食べていなかったんですよ。実は、二度も料理をしなくていいように、お城で余ったものを旦那さまのところに持って行っていたんです。許可をもらったわけじゃないですが、見なかったことはなかったことって死んだ父がよく言っていましたからね」

彼女がおしゃべり好きなことは明らかだった。息継ぎすらすることなく、これだけのことを一気にまくしたてたのだ。

「このあとお城はどうなるんでしょうね。わかりますか、ミスター・ダーシー？」

「ミスター・ローチの近親者のものになるんだろう。遺言で指定した人間のものに」ダーシーは表情のない顔で答えた。

「だれか親戚が彼を訪ねてきたことはあったかしら？」わたしは訊いた。

「わたしが知るかぎり、訪ねてきた人はだれもいませんよ。手紙もカードも来ない。親戚の話をするのも聞いたことがありません。そもそもろくに話もしないんですから。新しい国に温かく迎えられているように感じてもらおうと思って、故郷について尋ねてみたことがあるんですよ。そうしたら、余計なことに口を出すなと怒鳴りつけられたんです」

「自分の従者とも話をしなかったのかしら?」

「親しげにおしゃべりをしているのを見たことはありませんが、まあ、従者のことは大目に見ていたみたいです。ここに来るときに、広告を出して雇ったそうですよ。それまで従者がいたことはなかったみたいですね。遺産を相続するまでなにをしていたのかは知りませんが、上流階級じゃないことは確かです。マナーときたらひどいものでしたから。ナイフとフォークの使い方を見せたかったですよ。いえね、アメリカでは違う使い方をするのはわかっていますよ。でも彼はポークチョップを全部細かく切って、それからフォークで刺して口に運ぶんです。訪ねてくる人がいなかったのも当然ですよ。あそこをやめることができてほっとしていますよ。もちろんお給金は残念ですけれど、でもこれでよかったと思っています。ここだけの話ですが、彼が来てからというもの、どうもあそこのお城にはおかしなことが起きていて。なにかに取りつかれていたんじゃないかと思いますね」

「取りつかれていた?」ダーシーが訊き返した。

「幽霊が出ると、昔、ほかの使用人がよく言っていたんです。でもわたしの仕事場は厨房で、高貴な人の幽霊はそんなところには出ませんから、気にしたことはなかったんですよ。あなたは見たことがありますか、ミスター・ダーシー?」

「残念ながらないよ」ダーシーが答えた。「子供のころ、幽霊を見ようとして姉たちといっしょに夜に長広間で座っていたことがあったが、だれもなにも見なかった。お互いを脅かしっこしたりはしたけれどね」つかの間、胸につかえているもののことを忘れ、ダーシーは笑った。

「わたしは見たような気がするんですよ。お城では料理以外のこともしていたんです。雑用係って言ってもいいですね。料理に加えて、ちょっとばかり掃除もしていたんです。たいして大変な仕事じゃないんですよ。ほとんどの部屋は使っていなくて、ほこりよけのシーツをかけてあったし、洗濯は外注していたし、食べ物は配達させていましたからね。料理だってたいしてすることもなかった。でもつい最近、光るなにかや動いている影をお城の使っていないあたりで何度か見かけたんです」

「それはいつごろのこと？」わたしが尋ねると、ダーシーがわたしを振り返った。「ミスター・ローチが亡くなる前？」

「そうですよ。この数週間ほどのあいだに、何度か動くものを見たと思うんです。でも見たと思っただけかもしれない。わたしたちアイルランド人がどんなふうだか、ご存じでしょう？　幽霊やなにかの兆しといったものを真剣に受け止めるんですよ。そうですよね、ミスター・ダーシー？」

「ああ、そうだね」ダーシーは答えたが、彼がなにかほかのことを考えているのがわかった。

「そんなわけで、もうお城で働かなくてもよくなってほっとしているんです。警察の捜査が終わったら、最後の片付けには呼ばれるでしょうけれどね」

「アメリカ人の死体が発見されたとき、あなたはあそこにいたの？」わたしは尋ねた。「その目で見たの？」

「とんでもない。翌朝お城に行ったらもう警察がいて、なかに入れてくれなかったんです。なのに理由は教えてくれなかった。そうしたら、警部から話を聞きたいと言われて。階段をあがっているときに、ミスター・ローチのところで働いているミッキーと会ったんです。ひどい有様でしたよ。顔は真っ青で、目はうつろ。〝なにがあったの？　幽霊を見たような顔じゃないの〟と言ったら、〝幽霊じゃない。でも怖かった。ゆうべ、ミスター・ローチが頭を殴られて書斎に倒れていたんだ〟と言っていました」

「そのとき彼は動揺している様子だった？」わたしは尋ねた。

「動揺？　いまにも気絶しそうなくらいでした。死体を見つけたのがわたしじゃなくてよかったと思いましたよ。そうでなきゃ、ほこりをはらいに行ったときに、わたしが死体につまずいていたでしょうからね」

そんな話をしているあいだに車は村を抜け、目の前に城が見えてきた。

「それじゃあ、城じゃなくてロッジまで行けばいいんだね？」ダーシーが訊いた。「その買い物は父のため？」

「そうですよ、ミスター・ダーシー。旦那さまが戻っていらしているとは知らなかったんです。あなたがいらしていることも。なので、ちゃんとしたものを食べたいだろうと思ったたんですよ。旦那さまが以前口にしていたようなつまらないものじゃなくて」

「ぼくたちのことを気にかけてくれてうれしいよ」

「あなたたち家族のためなら、わたしはなんだってしますとも、ミスター・ダーシー。旦那さまが気難しい人だってことはわかっていますが、どんな目にあったのかは知っていますからね。だれだってあんなことがあれば、あんなふうになりますとも。それにわたしが知っている家族は、あなたの家族だけですから」

ダーシーはロッジの外の路肩に車を寄せて止め、ぐるりとまわってミセス・マクナリーの側のドアを開けた。「ぼくが荷物を運ぶよ、ミセス・マクナリー」ダーシーはわたしを見た。「すぐに戻る」

ふたりが歩きだしたところで、彼女の声が聞こえてきた。「わたしをごまかすことはできませんよ、ミスター・ダーシー。あのお嬢さんがだれなのか、わかっていますからね」

さあ、困ったことになった。ダーシーとわたしのことがじきに村じゅうに広まってしまうだろう。ダーシーが不機嫌になっていることを覚悟したが、戻ってきた彼は満面に笑みを浮かべていた。

「どうしたの？　彼女はなんて？」

「きみが女性記者のひとりだということはすぐにわかったと言っていたよ。言葉には気をつけたほうがいいと忠告された」

わたしたちは声を揃えて笑った。

「好都合だわ。村であれこれ訊きまわるもっともらしい理由ができたわけね。それにしても、彼女の言っていたことは興味深いと思わない？」

「幽霊の話だろう？　しばらく前から何者かが城をうろついていた可能性があるということだ」

「なにをしていたのかしら？　なにかを盗もうとしていた？　そうだとしたら、この事件はまったく違う様相を帯びてくる。盗みに入った泥棒が、ミスター・ローチに見つかった。通報すると脅され、手近にあった武器をつかんで彼を殴り、殺してしまった」

「興味深いね。なにかなくなっているものがないかどうか、警察が父とぼくに確かめさせてくれるといいんだが。そうすればいまの推理が真実味を帯びてきて、警察もこの近辺の前科者を探したり、フェンスを調べたりしてくれるだろう」

「そしてあなたのお父さまを容疑者からはずしてくれる」わたしは言い添えた。

「そうなるといいけれどね」

ダーシーは運転席に戻った。

「いまからどうするの？　厩舎に行く？」

「きみがそうしたいなら」ダーシーはあまり気乗りがしないようだ。

「あなたはなにをするべきだと思うの？　お父さまの無罪を証明する方法を考えなくてはいけないのよ」

「泥棒と遭遇したというきみの説はいい線だと思う。ぼくはローチのことをもう少し調べたい。彼という人間とこれまでどんな暮らしをしていたのかがわかれば、彼を殺す動機のある人間が見つかるかもしれない」

「どうやって調べるつもり？」

「ダブリンのアメリカ大使館に行ってみようと思う。彼の近親者が見つかっているはずだ」

「いまわざわざダブリンに行くのはどうかしら」わたしは言った。「それよりも林のなかのあそこの空地まで行ってもらえない？　例の秘密のゲートを見せてほしいの。なにか手がかりがつかめるかもしれない。そこからなかに入ってみてもいいわ」

「真っ昼間から不法侵入かい？　確かに父の無罪を証明するのに役立ちそうだ」

「わかった。警察がいなくなるまで、お城のなかに入るのはやめておく。でもミスター・ローチを殺したあと、酔ったお父さまがロッジに戻ったという証拠が残っていないかどうかは調べられるわ」

　ダーシーはうなずき、わたしはちらりと彼の様子をうかがった。初めて会った時から、彼はいつも大胆で、さっそうとしていて、エネルギーに満ちあふれていた。危険と隣り合わせの生き方を楽しみ、危険に直面したときも笑っているような人だと思っていた。いまのダーシーはまるで、以前の彼の影のようだ。あの前向きの熱意は風船がしぼむようにどこかに消えてしまっていた。わたしたちが見つける証拠が父親の有罪をさらに決定づけるものになることを恐れているのだと、わたしは改めて気づいた。それでも彼はわたしが頼んだとおり、ロールスロイスを林のなかに進めた。車を降り、音を立てないようにしてドアを閉める。わたしはダーシーのあとについてロッジを迂回するようにして進んだ。窓からこちらを見ている人間はいないかと注意していたが、カーテンは閉じられ、人のいる気配はなかった。ロッジの反対側には小さな家庭菜園があるものの、この時期はほとんどなにも植わってはいない。わたしたちはシャクナゲの茂みのあいだを進み、やがて塀にたどり着いた。そこはびっしり蔦に覆われていて、しばらく探したあとでダーシーはようやく目的のものを見つけた。青々と茂った枝を持ちあげると、その下には小さなドアの鉄の取っ手があった。取っ手はなんの苦もなくまわり、ドアをくぐるとそこはキレニー城の敷地内だった。圧倒的な静けさだ。まるでそこに住む鳥やあらゆる生き物が、わたしたちを警戒しているかのように。最初に思い浮かべたのが『秘密の花園』だった。もう長いあいだ、だれも足を踏み入れていない場所にやってきた気がした。けれど、もちろんそんなことはない。わたしはすぐに、塀の近くのぬかるんだ地面に残された大きな足跡に気づいた。

「お父さまの？」わたしは訊いた。

ダーシーは肩をすくめた。「父がどんな靴を好むのか、ぼくにはさっぱりわからない。だがこれは普通の靴の足跡だね。作業用の長靴じゃない。だから父のものかもしれない」

「ごく最近のものみたいに見えるわ」

「だがだれの足跡なのかを知るすべはない」

「これがまっすぐ続いているか、それともよろめいているかを確かめましょうよ」

「通路が曲がりくねっているから、足跡もいくらかはよろめいているだろうな」彼の口調はこわばっていて、最悪の恐怖が現実になることを恐れているのがよくわかった。

「やめてもいいのよ、ダーシー」わたしは彼の手に触れた。ダーシーがぎくりとして、どれほど緊張しているのかが伝わってきた。

「ここまで来たんだから、最後までやろう」ダーシーは小声で応じた。「こっちだ」

わたしたちは猟犬のように鋭くあたりを見まわしながら進んだが、なにも見つけることができなかった。ふたつ目の足跡すらない。都合よくイバラに引っかかっている服の切れ端もなければ、滑らかな木の皮に残る血のついた指紋もなかった。もちろん、警察が徹底的に捜索をして、見つけたものは証拠として押収したという可能性は否定できない。葉の生い茂る茂みを通りすぎたとき、その下でなにかが動いた。すぐそばだ。初めはウサギか鳥かと思ったが、それよりもっと大きななにかが茂みのなかをかきわけて進んでいる音が聞こえた。わたしはダーシーの腕をつかんだ。

「あれはなに？」わたしはささやくようにして尋ねた。

「昔、ここに鹿がいた」ダーシーも小声で返事をした。「その子供が生き残っているのかもしれない」

そう言いながらも、ダーシーはわたしに体を寄せた。高まる鼓動を感じつつ、警戒心を募らせながらじっとその場に立ちつくしたが、それ以上なんの物音もしなかった。それどころか、あたりは再び静まりかえっている。葉を落とした枝のあいだに、広大な城の輪郭が見えてきた。中世の本物の城だ。侵入者を防ぐための巨大な石の稜堡（りょうほ）があり、下のほうの階には細い切りこみのような窓が作られている。これに比べれば、ラノク城ははるかに魅力的だと言っていい。

「堀がないのが驚きだわ」わたしは小声で言った。

「以前はあったんだ。数百年前に埋められたそうだ」ダーシーはにやりとした。「城のなかは見た目よりずっと居心地がいい。一八世紀に改装されて、反対側には大きな窓もあって見晴らしもいいんだよ」

さらに進むと木立ちが途切れ、広々とした家庭菜園と離れ家が見えてきた。

「これ以上近づかないほうがいい」ダーシーが言った。「無駄足に終わったようだね。足跡がひとつ残っていただけで、父が千鳥足でここを通ったという痕跡はなにもなかった」

「あのいくつもある離れ家はなに？」

「庭師の小屋や物置や厩舎だ」

「だれかが身を隠すにはうってつけね」

「どういう意味だい？」

「そのとおりの意味よ。何者かがだれにも見られることなく侵入してローチを殺そうと思ったなら、簡単にできたでしょうね。実際、ミセス・マクナリーは幽霊を見ているんだし」

「その人物は同じくらい簡単に道路に戻れたよ。見つかる危険を冒さなくても、メインゲートから出ていけたんだから。ぼくたちが住んでいたころだったら、大勢の使用人がいたけれどね。庭師や馬屋番がうろうろしていたし、もちろん犬もいた」

「そうよ、犬だわ。みんな犬を飼っているわよね？　アメリカ人はべつとして。もし彼が犬を飼っていたなら、だれかが侵入してきたら吠えたでしょうに。あなたのお父さまももう犬を飼っていないの？」

「いや、飼っているよ。ブラッキーという名前の、老いたラブラドールがいる。だが残念ながら、あの夜父が酔って出ていき、血のついた服で戻ってきたかどうかを犬に尋ねるわけにはいかない」

「服なら、あなたが自分で調べられるでしょう？　血のしみを完全に消すのは難しいわ」

「服に血がついているとは限らない。頭を一撃。頭蓋骨は砕け、被害者は前向きに倒れる。父は棍棒をその場に落として逃げる」

「どうして？」

「だれかが近づいてくる足音が聞こえたのかもしれないし、自分がしたことが恐ろしくなったのかもしれない」

「それならどうして棍棒を持って逃げないの？　埋めることだって、池に捨てることだって、燃やすことだってできたのに」

「確かに。それももっともだ。さあ、そろそろ戻ろう」

「ここまで来たのに、お城のなかに入れないのは残念だわ」わたしはそそり立つ巨大な灰色の建物を見あげた。「犯行現場を見たいのに」

「アメリカ人の従者がいるあいだは無理だ」ダーシーは首を振った。

「彼が外出するまで待ってもいいわ」

「なかにまだ警察がいるかもしれない」

「あそこはあなたの家よ。どうすれば気づかれないようにこっそり忍びこめるか、わかるはずだわ」わたしは言った。「子供のころ、していたでしょう?」ここまで来たのだと思うと、見たくてたまらなくなっていた。「試してみるだけでも」

ダーシーは気乗りしない様子だった。「わかった」

林を出て家庭菜園を二歩進んだところで、声がした。

「おい。ここでなにをしている?」

一二月四日　火曜日
キレニー城でぎょっとする

逃げるべきか、この場に留まるべきか、わたしはためらった。声の主が警察官なら、悪いことをしているとは思われたくない。逃げたりすれば、間違いなくそう思われるだろう。そんなことを考えていると、一番近くにある建物の裏から男性が現われた。比較的若く、顔色の悪い痩せた男性で、ダークスーツを着ている。黒髪を真ん中で分け、小さな口ひげを生やしていた。

「彼だ」ダーシーが小声で言った。「従者だよ。話を聞くいいチャンスだ」

彼は脅すようにこぶしを振り立てながら、つかつかとこちらに近づいてきた。

「どういうつもりだ？　ここは私有地だぞ」だが、盛りあがった土に足を取られて前につんのめったので、せっかくの台詞も台無しだった。体勢を立て直した彼は、怒りで顔を赤く染めていた。「おまえたちが記者なら、警察を呼ぶ前にとっとと出ていけ。玄関に警察官がいるんだからな」

わたしたちは、彼がみっともなくつまずいたことには気づかなかったふりをした。

「ぼくたちは記者じゃない」ダーシーが言った。「ぼくはダーシー・オマーラ。つい最近まで、ここはぼくの実家だった。ロンドンの友人にここを見せたかっただけだ」

「オマーラ？」男の唇がめくれあがった。「人殺しの息子か？　よくもまあ、のこのここここに来られたもんだ」

「あなたはミスター・ローチの従者なの？」ダーシーがいまにも怒りを爆発させそうだったので、わたしはあわてて口をはさんだ。「ミッキーだったかしら？」

「そうだ。ミッキー・ライリー」

「ミスター・ライリー、わたしたちがここにいるのは、ミスター・オマーラがお父さまの無実を信じていて、潔白を証明するためにはどんなことでもするつもりだからよ」

彼が眉間にしわを寄せたので、〝潔白〟という単語が彼の語彙のなかにないらしいことがわかった。

「そいつは時間の無駄だよ。あんたの親父さんはどう考えても犯人だ。警察にもそう言った。ほかにだれがいるって言うんだ？　玄関をノックせず、こっそり城に忍びこむことができたのは彼だけだ。彼とミスター・ローチはあの日の午後言い争いをした。彼はすさまじく怒っていた。家に帰り、勇気を奮い起こすために酒を飲み、それからミスター・ローチを殺すために戻ってきた。それ以外に考えられないね」

「言い争いの理由はわかるか？」ダーシーが訊いた。

「あんたの親父さんとミスター・ローチは、あの馬が急死して以来、険悪だった。おれのボスは、一番いい馬を殺されたと言ってあんたの親父さんを非難していたし、あんたの親父さんはくびになったことを恨んでいた。自分は薬物投与とはまったくの無関係だとずっと言っていて、理由もなくくびにされたと思っていたんだ。だが、彼じゃなかったら、いったいだれだっていうんだ？　彼以外、レース直前に馬に近づくチャンスがあった人間がいたか？彼のタンスの引き出しに注射器があったのはどうしてだ？」

「ミスター・ローチが亡くなった日の午後、ふたりがなにを言い争っていたのかを聞いていないのか？」ダーシーがさらに尋ねた。

「近づかないようにしていたからね。おれのボスは機嫌のいいときですら、扱いやすい男じゃなかった。怒っているときは、近づかないのが賢明だ」

「それじゃあ、なにも聞いていないんだね？　ぼくに話してもらえるようなことは？」

「自分の親父さんに訊くんだな」彼は横柄な口調で答えた。

「事件のあった夜、あなたはなにも聞いていないと警察に話しているわね」わたしは言った。

「争っているような物音も聞いていないの？」

彼はわたしをねめつけた。「あんたはだれだ？　記者か？」

「いいえ、探偵よ。ロンドンの一流事務所で働いているの」わたしは有能できびきびした、一流の探偵らしい口調で言った。「キレニー卿には、彼を助けようとする友人が上層部に大勢いるの」

彼の顔を警戒するような表情がよぎったと思ったのは気のせい？

「そういうわけだから、質問に答えてくれるかしら？　どうしてなにも聞こえなかったの？　あなたはまだ起きていたのに」

彼は薄ら笑いを浮かべた。ひと目見たときから好きになれない男だと思っていたが、その印象が正しかったことがわかった。「台所にいたからだよ。ベッドに入る前、なにか用はないかと思って、ミスター・ローチが仕事をしている書斎に行ってみた。そうしたら彼が倒れていたんだ」

「さぞ驚いただろうね」ダーシーが言った。

「驚いたなんてもんじゃない。あの血。犯人がまだ城のなかにいて、次はおれの番かと思ってすくみあがったよ」

「逃げる足音とかドアが閉まる音とかは聞かなかった？　だれかがあわてて逃げていくときに立てるような物音を？」わたしは尋ねた。

彼は首を振った。「なにも聞いちゃいないって、何度言わせるんだ？」

「争う物音を聞いていないくらいだから、だれかがお城に入ってきたとしてもきっと気づかなかったわね。たとえだれかが玄関をノックして、ミスター・ローチが応対していたとしても」わたしはさらに言った。

「ばかばかしい。ミスター・ローチが自分で玄関を開けたことなんて一度もないんだ。客はゲートから電話をかけてこないと入れないようになっているし、そもそも客なんて来たことがない。彼はひとりを好む男だった。人付き合いを避けていて、アメリカの人間はだれひとりとして彼がここにいることを知らなかった」

これ以上、なにもつかめそうもない。

「あなたはこれからどうするつもりなの？　ミスター・ローチの従者になって長いのかしら？」

「おれは、彼がアイルランドに来ることになったときに雇われたんだ。ほかの仕事を探さなきゃならないんだろうな。この国にいようと思っている。金があって、大きな家に住んでいる上流階級の人間はアメリカよりも多そうだからな」

アイルランド貴族のところで働きたければ、まずは言葉遣いとマナーをどうにかするべきだろうと思ったが、そのことには触れずべつの質問をした。

「ここにはいつまでいるつもり？　捜査が終わるまで？」

「さあ、どうだろう。しばらくはここに残って、だれもなかに入ったり、なにかに触ったりしないようにしてほしいとあの警部には言われている。そのあとは裁判で証言することになるだろうとも。早くこの一件が片付いてほしいね。こんなところにひとりでいるのはぞっとするよ」

「あなたがここにいるように言われているのは、違う理由もあるからよ」わたしは言った。

「どんな理由だ?」

「あなたも容疑者だから」

今度こそ彼の目に警戒するような光が浮かんだ。「おれ? どうしておれが容疑者なんだ? 彼を見つけたのはおれなんだぞ」

「あなたはそう言うけれど」彼の目が不安そうにあちらこちらをさまよった。わたしは楽しくなってきた。「それを証明する人はいないでしょう? あなたがミスター・ローチを殺して、その罪をキレニー卿にかぶせようとしたのかもしれない」

「どうしておれが彼を殺すっていうんだ?」

「知らないわ。どうしてかしら?」わたしはかわいらしく尋ねた。「アメリカの警察があなたの過去を調べたら、なにかわかるかもしれないわね」

「おれのせいになんてできないぞ」彼はあわてて言った。「悪さなんてなにもしたことがないんだからな」

「それなら心配いらないわね」

「おれが警察を呼ぶ前に、すぐにここから出ていったほうがいいぞ」彼は憎々しげにわたしをにらんだ。

「行きましょう、ダーシー。いまのところ、これ以上なにも聞きだせないみたいだから」わたしはミッキー・ライリーに素っ気なくうなずくと、くるりときびすを返し、木立ちへと戻った。

「見事だったよ」彼から充分に離れたところで、ダーシーが言った。「きみは弁護士になるべきだったね」

「時々、曾祖母が乗り移ったように感じることがあるわ」わたしは満足感を覚えながら微笑んだ。「でも、興味深かったと思わない？　彼はひどく動揺していたでしょう？　あんな話し方をしているようじゃ、アイルランドの家庭で従者として働くのはまず無理だわ。義理の姉のフィグが彼のような人を雇うところを想像できる？　クイーニーがそばにいるだけでいらいらするのに。アメリカの従者って、みんなあんなに粗野なのかしら？」

「ひょっとしたら彼はとても演技がうまくて、必要なときには従順な態度を取れるのかもしれない。ぼくたちは本当の彼を見たけれど、ミスター・ローチは一度も見ていないのかもしれないよ」

「彼が以前にも従者として働いていたことがあるのかどうかを知りたいわね」背の高い茂みのあいだを歩きながら、わたしはダーシーを振り返った。「ロックフェラー家の人間が彼を雇うと思う？　アメリカの警察が彼の過去を調べているかどうか、どうすればわかるのかしら？」

「伝手(つて)がある」ダーシーが答えた。「ぼくたちがダブリンに行くときは、たいていＦＢＩから密かに派遣された人間が大使館にいるんだ。もしいなければ、ロンドンの知り合いを通じて要請してもらうよ」ダーシーは言葉を切って、振り返った。「だがここの警察は、父を逮捕する前にミッキーを容疑者からはずしたんだと思うね」

「彼の指紋が棍棒に残っていなかったし、動機も見つからなかったからね」わたしはため息をついた。

「それに父は自白したも同然だ」

「お父さまと話をしなくちゃいけないわ。あの日の午後の言い争いのことを訊かないと」

「ぼくが試みていないとでも思うのかい？」ダーシーの口調は険しかった。「父は黙りこむか、怒り出すかのどちらかだ。普通の会話というものができないんだよ」

わたしたちは足早に進み、塀の小さなゲートにたどり着いた。そこを出ると、鮮やかな緑の野原が目の前に広がっていた。遠くに馬が見える。鞍はつけておらず、自由に気持ちよさそうに走っている。次は厩舎だとわたしは考えた。強烈な日差しに目をしばたたき、片手でひさしを作ったところである考えが浮かんだ。

「ダーシー、ミスター・ローチが殺された日とその前日、雨が降っていたかどうかわかる？」

ダーシーは顔をしかめた。「どうしてそんなことが知りたいんだ？　なんの意味がある？家のなかに泥の足跡があるとでも？」

「そうじゃなくて、ゲートの向かいで行われている遺跡の発掘のことを考えていたの。もし作業をしていたのなら、あの日か前日、お城に来客があったかどうか見ているかもしれない」

「だがローチが殺されたのは夜遅くだ。たとえ作業をしていたとしても、とっくに帰っていたはずだ」

「でもミスター・ローチに来客があったかどうかを知るだけでも重要だと思わない？　客が来たことはないって従者は言ったわ。でもひょっとしたらゲートのまわりをうろついて、なかに入る手段を探っていた人間がいたかもしれない。アメリカ人が言うところの〝下見〟というやつね」

わたしの言葉にダーシーはにやりとした。「きみの口から〝下見〟なんていう言葉を聞くとは思わなかったよ。きみの口と言えば、今朝はとりわけそそられるね」そう言ってダーシーはわたしにキスをした。

一二月四日
思いがけない訪問者

　そういうわけでわたしたちは次に発掘現場を訪ねることにした。お城の正面のゲートに向かって車を走らせていくと、案の定、向かい側の野原で作業が行われていた。ゲートの外には巡査が立ち、あたりの様子にじっと目を光らせている。ダーシーはロールスロイスを野原へと続く通り道に進め、ゲートの前で止めた。

「ここはあなたの家の土地なの？」わたしはふと思いついて尋ねた。

「このあたりの土地はすべてオマーラ家のものだった。ここは自作農場の一部で、最近は小作人に貸していたと思う」

「それじゃあ、この発掘現場でなにか見つかったら、あなたの家のものになるの？」

「死んだアメリカ人のものになるんだと思うね。どういう条件で売り渡したのかをぼくは知らない。キレニー城の土地すべてを売ったのか、それとも城と厩舎だけなのか」

若い巡査がこちらに近づいてきた。

「マスコミの方はご遠慮ください。ここで止まってはいけません。車を移動させてくださ い」そう言ったところで、彼の表情が和らいだ。「おや、あなたでしたか、ミスター・ダーシー。お見かけするのは久しぶりですね。こんな状況でお会いすることになって残念です」

「元気かい、ケヴィン?」ダーシーが訊いた。「それともバーン巡査と呼ばなきゃいけないのかな?」

にやりと笑った巡査は、まるで中学生のようだった。

「ぼくが法律のこちら側にいるなんて、想像もしたことがなかったでしょう?」

「わが家の地所でウサギを密猟しているところを、何度も見つけているからね」ダーシーの顔にも笑みが浮かんでいる。「実はね、ケヴィン」ダーシーは車の窓から身を乗り出した。「考古学者たちと話がしたいんだ。ダブリンから来たきみたちの警部は、ぼくの父の犯行だと確信している。だから父の無実を証明できるかどうかは、ぼくにかかっている。ミスター・ローチが殺される前、このあたりでなにか見なかったかどうかを彼らに尋ねたいんだ」

「それはどうでしょう、ミスター・ダーシー」ケヴィンは不安そうな顔になった。「お役に立ちたいのは山々ですが、命令が——」

「発掘しているところは、犯罪現場じゃない。たとえ警部でも、そのへんの野原でぼくがだれかと話をするのを禁止することはできないだろう?」

「それはそうですが」ケヴィンは答えたものの、眉間にはまだしわが寄っている。「わかりました、でも手短にしてくださいね。あの警部に監視されるのはごめんですから」

わたしはダーシーの手を借りて車を降りると、泥のなかを発掘現場に向かって歩いた。防水シートははずされ、大きな穴が露わになっていた。ふたりの女性がそのなかにいて、泥の塊らしきものが置かれた架台式テーブルに男性がひとり座っていた。わたしたちが近づいていくと、彼は顔をあげた。

「すみませんが、ここは立ち入り禁止です」彼はわたしたちの行く手を遮るように、テーブルのこちら側にまわってきた。痩せていて、髪がなく、神経質そうな顔をしている。すりきれたツイードの上着とだぶだぶのズボンというその格好は、いかにも学者らしい雰囲気を漂わせていた。

「ぼくはダーシー・オマーラ、キレニー卿の跡継ぎです。この土地は少なくとも千年前からぼくたち一家のものでした」ダーシーが言った。「ここで発見された遺物はどれも、ぼくたち一家の歴史を物語っていることになりますね」

「失礼しました、ミスター・オマーラ——それともなにか違う敬称でお呼びしなくてはいけませんか？」彼が訊いた。

「いえ、ただのミスターです。どうしてここを発掘することになったのか、なにが見つかると考えているのか、教えてもらえますか？」

「パメラ——いま穴のなかにいますが——が書いている博士号の論文のテーマが玄室でして、

ここに古代の村落があったことは間違いないと、航空写真から彼女は判断したんですよ。このあたりの現在の地勢からすると、玄室はこの近くのはずだというのが彼女の意見でしてね。それに、近くでブルダクラブが発見されていますよね？　それもあってここを発掘することにしたんです」

「これまでなにが見つかりました？」わたしは尋ねた。

好奇心をたたえた目で見つめられ、何者なのだろうと彼が考えているのがわかった。

「アイルランドのどこの現場でも見つかるような、ありふれたものだけです。陶器の破片、古い農具。状態のいい槍の穂先がいくつか。さっき見つかったものを見ますか？」彼はテーブルにわたしたちを案内した。その上に置かれている泥の塊のように見えたものは、泥まみれのなにかの破片であることがわかった。

「あなたはパメラに教えている教授なんですか？」作業の手を止め、わたしたちを見つめている穴のなかの女性に目を向けながらダーシーが訊いた。

「ええ、そうです。トリニティ・カレッジの考古学教授アレックス・ハーモンです」彼はそう言って手を差し出した。

「ここで作業しているのは、あなた方三人だけですか？　全員トリニティ・カレッジから？」

「わたしたちだけではありません。手伝える時間があるかどうかと天気によって、人数は増減します。多いときは一〇人ほどになりますが……実のところ、それでは少し多すぎるんですよ。互いを邪魔してしまいます」

「みなさん、あなたの生徒なんですか?」

「学生も教員もいますよ。同僚の教員のなかには、泥まみれになりたがる者もいますからね」彼がそう言って笑うと、神経質そうな顔が一変した。

「外部の人間はいないんですか?」

「ほかから訪ねてきた研究者が数人と、ダブリンから来た記者がひとりふたりいましたね」

「それはいつのことです?」

彼はため息をついて、考えこんだ。「雨が多くて、なかなかここに来られないんですよ」穴のなかのふたりに尋ねる。「パメラ、キャロル、最後にだれかが訪ねてきたのはいつだったか、覚えているか?」

パメラは首を振った。「この数週間はだれも来ていませんね。ひどいお天気でしたから」

「その研究者ですが、全員アイルランドの人間でしたか? あなたが知っている人でしたか?」

パメラはキャロルを見た。「アメリカ人の教授がいたわよね、覚えている? すごくおかしな人だった」

「面白い人ということですか? 機知に富んだ人?」

パメラは首を振った。「変な人でした。わたしたちが見つけたものには興味がなかったみたい。金にものすごくこだわっていたんです。そうよね、キャロル? 玄室に金がある可能性はあまりないって言ったんですけれど、彼はアイルランドの玄室についてあまりよく知らないみたいで。アメリカでは、昔というのは二〇〇年前のことで、二〇〇〇年前じゃないのかもしれませんね」

「どこから来た人だったのか覚えていますか？」

「南ネブラスカ大学だった？」パメラがキャロルに尋ねた。

「いっしょに発掘したんですか？」

「誘ったんですけれど、旅行用の服だから汚したくないと言われました」

「ここへはどなたかが誘ったんですか？」

「だれも。ある日ふらっとやってきて、アイルランドを旅行中にわたしたちのことを耳にしたので寄ってみたと言っていました」教授が答えた。

「彼の名前は？」

「ピーボディです。ピーボディ教授」パメラが言った。「ずいぶん笑ったんです。だって彼はかなり大柄で、あんなサイズのマメ（ピー）は見たことがないってキャロルが言ったものだから」

「どうもありがとう」ダーシーがお礼を言った。「いいものが発掘できるといいですね。見つかった金の一部はオマーラ家のものになるのかな？」

「価値のあるものが見つかったら、それは埋蔵物ということになって、最初の権利は政府にあるんですよ」教授がにこやかに説明した。「重要なものはトリニティに寄付してもらえることを期待していますがね。なにが見つかったかは、もちろんご報告しますよ。トリニティで展示会をする計画でいるんです」

「どうしていま始めたんですか？　こんな時期に？」わたしはパメラに尋ねた。「夏のほうがよかったんじゃないんですか？」

「そうなんですよ」彼女は笑顔で答えた。「でも論文のための現場調査はできるだけ早く始めたくて。だから写真でここが判明したらすぐに、発掘に取りかかりたいって頼んだんです」パメラは言葉を切り、キャロルに微笑みかけた。「もうすでに、何度か後悔はしましたけど。足首まで泥に埋まるし、指は凍えてかじかむし。一月がどんなふうだか、考えたくもありません」

「価値のあるものが見つかることを祈っていますね」

わたしたちは笑みを交わした。

「作業に戻る前に」ダーシーがしゃがみこんで言った。「先週あたりに、城に入っていく人間を見かけませんでしたか？」

「時々、配達があります」キャロルが答えた。「一週間に一度くらい、ダブリンから食料を届けにくるんです」

「でも来客はなかった？」

女性ふたりは顔を見合わせた。「なかったと思います。作業中は集中しているので、歩いてきていれば気づかない可能性はありますけれど、車の音は聞こえますから」

「神父さまがいたわ」キャロルが言った。「大きな眼鏡をかけた若い人。キレニー卿はまだお城にいるのかって訊かれたから、いないと答えたんです。次に、アメリカ人はカトリック教徒かって訊かれて、知らないって言いました。教区にいる人全員を訪ねるのが自分の務めなんだって言っていました」

「その人はお城のなかに入ったのかしら？」わたしは尋ねた。

キャロルは首を振った。「わかりません。わたしたちは作業に戻りましたから。彼は歩いてやってきました」

「それに、同じころに新聞記者も来たわ」パメラが言った。「お城のなかに入ってはいないと思います。あれこれ尋ねられましたけれど、わたしたちはもちろんなにも知りませんから。それ以来、何度か見かけましたけれど、だれもなかに入ったことはありません」

「アメリカ人が死んだあと、かなりの数の記者が来たんでしょうね？」

「山ほど来ました。なにも話すことがなかったのはあいにくでしたけれど、でも本当にわたしたちはなにも知らないんだもの。死んだ人とは会ったこともありません。大きな黒い車の後部座席に乗って出ていくのを一、二度見かけただけです」

それ以上訊くことはなさそうだった。ちらりとダーシーに目をやると、彼はうなずきながら三人に向かって言った。「お邪魔してすみませんでした。オマーラ家の宝物を掘り出したら、教えてください」

ダーシーは彼らに優しく手を振ると、わたしの腕を取ってぬかるんだ地面を歩きだした。

「なにも怪しい点はないみたいね」わたしは言った。「最近になってお城のすぐ向かいで発掘が始まったって聞いたときは、怪しいって思ったのよ。お城の敷地内に入るトンネルかなにかを掘っているんじゃないかって考えていたの」

「だとしたら、ずいぶん長いトンネルだな。だが彼らの言っていることは本当だと思うよ。トリニティに訊けば、確かめるのは簡単だ」

「ひとつ調べることができたわね」わたしの言葉にダーシーはうなずいた。

わたしたちの車の横でケヴィンが待っていた。

「ありがとう、ケヴィン。もう帰るよ」ダーシーが言った。

「なにかわかりましたか？」

「アメリカ人の教授が来たそうよ。それから若い神父さま。訪ねてきたのはそれだけみたい」

「若い神父？」巡査は考えこんだ。「いったいだれなんでしょう？　フラナリー神父は七〇歳を超えているし、若い助任司祭がいる教区はこのあたりにはないはずですが」

ダーシーはわたしを見た。「興味深い。ミスター・ローチのことを探っている人間がふたりいたわけだ。彼のことがもっと知りたくなったよ。すぐにダブリンに向かおう」

「厩舎はどうするの？」車に乗りこみながら、わたしは訊いた。「そっちを先に調べようって言っていたんじゃなかった？」

「これ以上調べることはないんじゃないか？」ダーシーがぶっきらぼうに言った。「父が馬に薬物を投与して、それが見つかってくびになったか、もしくはミスター・ローチがほかのだれかにやらせておきながら、馬が死ぬと父のせいにしたか。どちらにしろ、報復するには充分な動機だ」

「そうみたいね」わたしは応じた。

「それ以来、父の怒りはずっとくすぶっていて、あの日の午後に言い争いをしたことで堪忍袋の緒が切れた。父は家に帰り、酒を飲み、ローチを殺そうと決めたんだ」

わたしたちは長いあいだ、見つめ合っていた。すべてがもっともらしく聞こえる。けれどどちらかひとりは前向きでいなければ。

「最後に言い争いをした理由を突き止める必要があるわ」わたしは言った。

ダーシーはうなずいた。「あの頑固じじいの口を開かせることができればいいんだが」ため息をつく。「わかった。まずは厩舎に行ってみよう。すぐそこだから」わたしたちは細い道を進み、ロッジを過ぎ、白しっくい塗りの立派な建物にたどり着いた。赤いタイル張りの屋根には走る馬の形をした風向計がついている。建物の中央にあるアーチの先は中庭で、ちょうどそこから馬が一頭、引かれて出てくるところだった。サラブレッドらしい優雅な足取りを見つめながら、ダーシーはなにか言おうとして口をつぐみ、顔を背けた。彼がどうして厩舎に来たがらなかったのか、わたしはようやく理解した。いまはもう自分のものではない、愛して止まなかった場所を訪れるのが辛かったのだ。

「気が進まないのなら、わたしはかまわないのよ。辛いわよね、わかるわ」

「もう過ぎたことだ。父がここを売ったときは、本当に辛かった。いつかここを父から受け継いで、ゴールドカップで優勝する馬を育てることを夢見ていたからね。先のことなんてだれにもわからないものだね。すべて失われたよ。なにもかも」

わたしはそっと彼の手に触れた。「わたしたちはどこかでいい人生を送りましょう」

ダーシーは前方を見つめたまま、うなずいた。わたしは車を降りると、アーチに向かって歩きだした。ダーシーが車のドアを閉め、敷石を踏みしめながらあとを追ってくる音が聞こえた。

「おい、あんたたち」叫ぶ声がして、赤い髪に赤い顔の若い男が険しい表情で近づいてきた。「なんの用だ？ また記者じゃないだろうな？ 今朝はあんたたちで三人目だ。おれたちには仕事があるんだぞ」

「きみはだれだ？」ダーシーが訊いた。

「テッド・ベンソン、厩舎の監督だ」彼は嫌悪感も露わにダーシーをにらみつけた。「そういうあんたはだれなんだ？」

「ダーシー・オマーラ。キレニー卿の息子で跡継ぎだ」

彼は鼻で笑った。「親父があんなことをしたっていうのに、よくもまあ顔を出せたもんだ」

「きみの言うところのぼくの親父は、有罪が立証されるまでは無実だ。ところで、ハリーはどうしたんだ？」

「あんたの父親が厩舎の管理をしていたときに馬の面倒を見ていたおいぼれのことか？ ミスター・ローチがくびにしたよ。この仕事をするには年を取りすぎていたからな。ミスター・ローチは、もっと若くて現代的なやり方のできる男が欲しかったんだ」

ダーシーは、開いたドアから馬がそれぞれ顔をのぞかせている厩舎を見まわした。

「まだサルタンはいるんだな」大きな濃い鹿毛(かげ)の馬に近づいていき、鼻を撫でた。馬はいななき、ダーシーの手に顔をこすりつけた。

「あんたが好きらしいな」テッド・ベンソンは驚いたようだった。「こいつはほかのだれにもなつかないし、とても乗れたもんじゃない。ジャンプが得意なのに残念だよ」

ダーシーは最後にもう一度馬を撫でてから、戻ってきた。

「それじゃあ、薬物投与の一件があったとき、きみはここにはいなかったんだね？」ダーシーが尋ねた。

「ああ。あんたの父親がくびになったあと雇われた。ミスター・ローチはしばらく自分でやろうとしたんだが、とんでもないね。彼は馬のことはなにも知らないんだから。なにひとつ」

「厩舎はこのあとどうなるんだろう？」

「おれが知りたいよ。給料がもらえるのかどうかすらわからないんだぞ。当然ながら、どのレースにもエントリーできない。おれが自腹を切って騎手を雇うつもりはないし、警察からもなにも言われていない。遺言書と近親者を探すんだろうな。一切合切、オークションにかけるのかもしれない。いい馬が何頭かいるからな」

ダーシーは一刻も早くこの場を逃れたいとでもいうように、あたりを見まわした。

「これ以上きみの邪魔はしないよ」そう言うと、わたしを連れてアーチをくぐった。わたしたちがロールスロイスに戻るまで、テッド・ベンソンはじっとこちらを見つめていた。

「不愉快な人だったわね」わたしは言った。

「ミスター・ローチはどうしてハリーをくびにしたんだろう」ダーシーがつぶやいた。「ハリーは馬のことはなんでも知っていたし、扱い方も心得ていた。まるで、なにを考えているかがわかっているみたいだった。馬の乗り方やジャンプの仕方をぼくに教えてくれたのが彼だ。まだこの近くで暮らしているんだろうか？」

「薬物投与のすぐあとでくびになったというのは、興味深いわね」わたしは言った。

「彼が関わっていたかもしれないと言うのかい？」ダーシーが鋭い口調で尋ねた。

「その反対よ。なにがあったのかに気づいたか、見てはいけないものを見てしまったのかもしれない」

「なにがあったときみは思うんだ？」

「単なる推測だけれど、ミスター・ローチが馬を速く走らせるために薬物を与えたけれど、ゴールにたどり着く前に死んでしまったのだとしたらどうかしら？　ハリーはだれかが馬に注射をするのを目撃したのかもしれないし、なにがあったのかにうすうす気づいたのかもしれない」

「ありうるね。彼はその後、新しい仕事を見つけたんだろうか？　あの年では難しいだろうな。ダブリンに行ったら、パンチズタウン競馬場で訊いてみよう。あそこの人間なら、彼がどうしているかを知っているはずだ。それに馬への薬物投与について、なにか役立つことを教えてもらえるかもしれない」

今日は忙しい一日になりそうだ。

厩舎の前庭からバックで車を出そうとしたちょうどそのとき、頭上からけたたましい音が聞こえてきた。

「いったい……」ダーシーが言いかけた。

小型飛行機が不意に現われ、木の天辺をかすめるようにしておりてきたかと思うと、野原に着陸した。芝の上で数回弾み、驚いた馬たちはパニックを起こして駆けていく。

ダーシーは即座に車から降りてゲートに向かって走っていき、ひらりと飛び越えた。

「ばかやろう。いったいどういうつもりだ？」

飛行機はこちらに向かって地上を走行していたが、やがて止まった。

「なにを考えているんだ？　ここは私有地だぞ」ダーシーが怒鳴った。「馬が驚いているじゃないか。すぐに出ていけ」

パイロットはゴーグルとヘルメットをはずし、豊かな黒い髪を揺すった。

「それが、あなたを助けるためにわざわざやってきた古くからの友人に対する挨拶なの？」

ザマンスカ王女が言った。

まだ一二月四日　火曜日

王女がやってきた。事態がさらに複雑になったことを歓迎する気にはなれない。彼女がダーシーと親しすぎるのが理由のひとつだ。けれど、嫉妬しているように思われることなく――もちろん、わたしは嫉妬していた――彼女を追い払ってほしいとダーシーに頼むのは難しい。

「ゾゾ、どうしてここに?」ダーシーが叫んだ。「頭がおかしくなったのか?」

ザマンスカ王女は両手を広げてダーシーに近づいた。

「あなたのことが心配でたまらなかったから、じきじきに助けに来ることに決めたのよ。それに新しい玩具がアイリッシュ海を越えられるかどうかも確かめたかったし。実際、見事なものだったわよ。だからそんな怒った顔をしないで、キスしてちょうだい」

彼女はダーシーの首に両手をからませると、ただの挨拶とは言い難いキスをした。わたしは嫉妬に胸をぐさりと刺された気がして、車を飛び降り、「彼はわたしのものよ、手を出さないで」と叫びたくなるのを必死でこらえなくてはならなかった。

「来てくれたのは感謝するが、きみにできることはなにもないんだ、ゾゾ」ダーシーの声が落ち着きを失っている。ゾゾは彼の首にぶらさがったまま、ぴったりと体を押しつけていた。

「もちろんあるわよ。親しい友人のサー・ロデリック・オルトリンガムと話をしたの。知っている？　勅選弁護士よ。法律家としては最高の地位よ。彼、わたしのためならなんでもしてくれるの」

「ゾゾ、イングランドの勅選弁護士はここではなんの役にも立たない。ここはアイルランドだ。法律制度も違えば、裁判官だって違う」

「そんなことくらいわかっているわよ。わたしだってばかじゃないんだから」ゾゾはダーシーの頰を撫でた。「でもロディは、有力な人脈の持ち主なのよ。アイルランドで最高の法廷弁護士をお父さまのために探してくれるんですって」

「ゾゾ、親切はありがたいが、ぼくたちにはアイルランドで最高の法廷弁護士を雇うだけのお金がない。父は破産している。そもそも、領地を売らなくてはならなかったのはそれが理由だったんだから」

「おばかさんね」今度はダーシーの頰を軽く叩いた。「もちろんわたしが払うに決まっているでしょう。その素敵な顔から心配そうな表情を消して、また笑ってもらうためなら、なんだってするわよ。それにわたしの古い手帳を調べれば、アイルランドの裁判官もひとりやふたり見つかるはずよ……それって役にたつんじゃないかしら？」

ダーシーは気まずそうに笑った。「あなたに裁判官を脅迫させるわけにはいかないよ」

「あら、いやな言い方をするのね」ゾゾはタコのようにからみつかせていた手をようやくダーシーから離した。「古い友人のために力を貸してほしいって頼むだけよ。あなたには助けが必要だわ。わたしを訪ねてきたとき、あなたのかわいらしいお嬢さんはひどく取り乱していたのよ」

それを聞いて、わたしがロールスロイスに乗っていることをダーシーはようやく思い出したらしかった。ザマンスカ王女のような人が近くにいると、男性はそういうふうになってしまうのだろう。

「ぼくのかわいらしいお嬢さんは、いまそこで車のなかにいるよ」

「そうなの？　彼女は結局、ここに来たの？　来るなってあなたが言ったんだと思っていたわ」

「そう言った」苦々しく笑っているような口ぶりだった。「でも彼女は聞く耳を持たなくてね」

「いいことだわ。彼女には勇気がある。わたしは好きよ」

「ぼくたちは、なにか目撃しているかもしれない人たちに話を聞いているところなんだ」ダーシーはこちらに向かって歩きだしながら言った。「彼女はあそこだ」

「話を聞いている？　ここの警察はそういうことをしないの？」

「そうらしい。父の仕業だと信じこんでいて、それ以上調べようとしないんだ」

「お父さまは無実だと主張しているんでしょう？　新聞で読んだかぎりでは、お父さまの犯行だと結論づけられても無理はないと思ったわ。気持ちはよくわかるもの。わたしだって、殺したいと思ったアメリカ人が何人もいたのよ。お金でなんでも買えると思っている金持ちはとりわけひどいわね。王女と結婚すれば王子になれると思って、わたしと結婚したがった人すらいたんだから」ゾゾは一度、言葉を切った。「まあ、いつか女王になるつもりの女性をひとり知っているけれど」

「父のことに話を戻すが、父の仕業にしろそうでないにしろ、ぼくたちはできるだけのことをしなくてはならない。最善の弁護方法を考えなくてはいけない。父は自分ではなにもしようとしないんでね」

ダーシーはゲートを開け、こちらに近づいてきた。ここは車を降りて、ゾゾに挨拶すべきだろう。わたしはにこやかな笑みを浮かべて言った。

「見事な登場でしたね、殿下」

ゾゾは笑顔で応じた。「新しい玩具よ。素敵でしょう？　しばらくここに置いておいても大丈夫かしら？　ここはあなたのものだったりしないわよね？」

「昔はそうだった」ダーシーが答えた。「いまは死んだ男のものだ。でも、しばらく置いておいても問題はないと思うよ。ただあなたはここにはいられない。近くに泊まれるところがないんだ。パブですらいっぱいだ。ぼくは父といっしょにロッジに泊まっているが、周辺数キロのホテルはどこも満室なんだよ。このあたりはいま記者が大勢うろうろしている。村のだれかが飛行機を見物しに来る前に、それに乗って帰るのが一番いいと思う」

「でも役に立ちたいのよ」王女が言った。「して欲しいことを言ってくれれば、そのとおりにするわよ。ロディがアイルランド一の法廷弁護士を見つけたら、すぐに弁護を頼むわ」

ダーシーが決断できずにいるのがわかった。王女にここにいてほしくないと思っているのは確かだ。彼女が華々しく現われたことで、記者たちにわたしたちの存在を気づかれるのを恐れている。けれどアイルランド一の法廷弁護士を拒否することもできずにいる。

「それなら、ダブリンのホテルを探したほうがいいだろう。とりあえず今夜は」ダーシーが言った。「いまからダブリンに行くところなんだ。いっしょに行こう」

「わたしの飛行機で行きましょうよ」王女はうれしそうに両手を振りまわしながら言った。

「三人乗れるわよ、息をつめていれば」

「ダブリンまで飛行機で行くわけにはいかない」ダーシーは首を振った。「飛行場は町から何キロも離れているし、そこからの交通手段がないんだ」

「あら、ダブリンにはタクシーというものがないの？　あそこはとても開けた町だと思ったけれど」

「車で行こう。いま大事なのは、できるだけ人目を引かないことだ。魅惑的な外国の王女が操縦する飛行機で町の上空を飛んだりすれば、いやでも注目されてしまうからね」

王女は笑い、再び彼の頬を叩いた。「かわいい人ね」

「なにか荷物は？」ダーシーが彼女のために後部座席のドアを開けながら尋ねた。

王女はため息をついた。「ええ、あるわ。すぐそこに立派なお城がそびえているのに、なんだかばかばかしいわね。寝室は何部屋あるの？　わたしが泊まる隙間くらいあるでしょう？」

「四七部屋。だがいまは警察が封鎖しているし、そうでなくてももうぼくたちのものではないからね」

ダーシーは飛行機に積んである小さなスーツケースを取りに戻った。彼がいなくなるのを待っていたように、王女はわたしに言った。「彼、ちょっとまずいわね。あの苦々しい顔ったら——ハンサムな顔が台無しだわ。早いところ片をつけないといけないわね」

「簡単なことじゃないんです」わたしは言った。

「捜査を始めているんですってね。これまでになにがわかったの？　お父さま以外に容疑者は見つかった？」戻ってきたダーシーに王女が尋ねた。

「たいしてわかったことはない。というより、ほとんどなにもわかっていない。アメリカ人の従者、遺跡を発掘している人々、厩舎を管理している男に話を聞いたが、重要だと思えることはなにもなかった」

王女は両手を打った。「わくわくするわね！　エルキュール・ポワロになったみたい。真犯人を追いつめて、自白させるのよ。関係者を集めて、円になるように座らせて、こう言うの。〝みなさんにお集まりいただいたのは、真犯人がこのなかにいるからです〟」

「これはゲームじゃないんだ、ゾゾ」ダーシーの声は張りつめていた。「父の命がかかっている。家の名誉の問題なんだ」

王女は身を乗り出し、ダーシーの首のうしろを撫でた。「わかっているわよ。ちょっとあなたを元気づけようと思っただけ。教えてちょうだい、ダブリンにはなにをしに行くの？」

「ミスター・ローチのことがもっと知りたい。だれもなにも知らないんだよ。彼は人づき合いをしなかった。友人も家族も訪ねてきたことがない。馬が好きだったようだが、馬のことはなにも知らなかった。ぼくたちは、彼の死を願う人間がほかにいなかったかどうかを探そうと思っている」

「なるほどね。ダブリンに行けば、それがわかるの？」

「アメリカ大使館に行くんです」ダーシーと王女ふたりだけの会話にさせたくなくて、わたしは口をはさんだ。「彼の近親者に連絡を取ろうとしているはずですから」

「いいところに目をつけたわね。それで、彼はどうやって殺されたの？」

「棍棒で頭を殴られた」

「まあ、なんて原始的な。お父さまは暴力的な人なの？」

「普段は違う」ダーシーが答えた。「それに、使われたのはただの棍棒じゃない。ずっと昔から我が家に伝わる、とても貴重な先史時代のものだ」

「一家の名誉を取り戻すための象徴だったのかもしれないわね。彼はあなたのお父さまを侮辱したのかもしれない。お城をなにかとんでもないことに使おうとしていたのかもしれない――観光名所にするとか」

「でもそうすると、キレニー卿がますます怪しく思えてしまいますね」わたしは言った。「ミスター・ローチは貴重な棍棒を盗もうとした泥棒を見つけて争ったのかもしれないって、わたしたちは考えていたんです」

「いいじゃないの」王女が言った。「それ、気に入ったわ。未知の泥棒ね。まわりの人間には一切関係がない。その線だと弁護がやりやすいと思う。お父さまはその夜のアリバイがないのね？　使用人は彼を見ていないの？」

「いまは使用人がいないんだ」ダーシーが答えた。「ミセス・マクナリーが掃除をして食べるものを持ってきてくれるが、来るのは昼間だ。とっくに帰っていたよ」

「家の前を通りかかって、窓越しに彼を見た人とか？」

「父はいまロッジで暮らしている。じきに右手に見えてくるよ。ほら、木々のあいだに見えるだろう？」

「あら、まあ。なんてわびしい小屋だこと。お父さまが人を殺したくなったのも無理ないわね。これ以上辺鄙(へんぴ)なところはないわね。ちょっと寄って、わたしを紹介するのはどう？　弁護士のことも話したいし」

「やめておいたほうがいい」ダーシーがあわてて言った。「父はいま、来客を歓迎するような状態じゃないからね」

「そんなことないと思うわ。きっとわたしに会ったら喜ぶわよ。共通の友人が大勢いるはずだもの。それにわたしは人をほっとさせるのが得意なの。あなたも知っているでしょう？　怪物だって手なずけられる。あのムッソリーニから頬にキスされたことだってあるんだから」

わたしは思わず彼女の顔を見た。確かに彼女には、どれほど冷たい心でも溶かしてしまえる力がある。けれどダーシーはそっけなく応じた。「絶対にだめだ、ゾゾ。少なくとも、なにか前向きになれるようなことをつかむまでは」

「ダブリンについたらロディに電話して、弁護士を探すようにせっつくわ。アイルランドで一番の弁護士がついたことがわかれば、お父さまの気分も上向くでしょう？」

「そうだろうか？　いま父はすっかり意気消沈しているから、なにをすれば前向きな気持ちにさせられるのかぼくにはわからない」

「わたしたち次第よ」ザマンスカ王女が言った。「それができるとしたら、わたしたちしかいないわ」

彼女の自信がうらやましかった。わたしにはとてもそれほどの確信は持てない。

一二月四日　火曜日
ダブリンでの驚愕的な出来事

車は開けた田園風景のなかを走り、やがてキルデアの主要道路に出た。ニューブリッジの町を過ぎたところで、ダーシーは幹線道路から再び田園地帯に車を進めた。

「ダブリンに行くんじゃなかったの？」王女が訊いた。「こっちに町があるようには見えないけれど」

「パンチズタウン競馬場に寄りたいんだ。父のところで厩舎を管理していた老人を探しているんだよ」

「素敵。競走馬って大好きよ。二頭ほど買おうってずっと思っているの。一番上等の帽子で表彰式に出てみたいわ。どの馬を買えばいいのか、あなたがアドバイスしてちょうだい、ダーシー。そしてあなたが訓練して、ダービーかグランド・ナショナルで勝つのよ。両方でもいいわ」

「馬が違うよ、ゾゾ」ダーシーが言った。「平地のレースで走る馬は、障害競走が苦手だ。ぼくたちのところの馬は障害競走用なんだ。ジャンプさせるには強い馬が必要だからね」

「ほらね、わたしってなにもわかっていないでしょう？　だからあなたのアドバイスが必要なのよ」

ミスター・ローチが競走馬についてなにも知らなかったことを思い出した。それなのに、いったいなぜアイルランドの厩舎を買おうと思ったのだろう？　それが昔からの密かな夢だったから、遺産を相続したときに実現させたのだろうか？

競馬場が見えてきた。特別観覧席がある離れ家がいくつも並び、トラックのまわりを白い杭柵が囲んでいる。駐車場は空で、どこかさびれた雰囲気があった。

「今日はだれも来ていないらしい」ダーシーが言った。「時間の無駄じゃないといいんだが」

車はわだちや泥のなかを左手にある厩舎エリアに向かって進んだ。一棟目の厩舎までやってきたところで、馬を引いた男性がこちらに向かって歩いてきた。ダーシーが窓を開けて声をかけた。「すみません、どこに行けばハリー・ペインに会えるかご存じですか？」

「ハリーじいさん？　今日は来ているんじゃないかな。ここ最近はサリバン厩舎で働いていて、明日の若馬のレースにあそこの馬が出るはずだから」

「ありがとう」ダーシーはエンジンを切ると、わたしたちに手を貸すために車のこちら側にまわった。「かなり足場が悪い。きみたちは、車に残っていたほうがいいんじゃないか？

ぼくはすぐに戻るから」

「せっかくの楽しみを見逃せというの？　ここに残るつもりはないから。さあ、行きましょう、ジョージー」

ゾゾはそう言うと、泥のなかを果敢に歩き始めた。わたしもあとを追った。厩舎のまわりではだれもが忙しそうに働いていた。馬の運搬車が到着し、乗っていた馬たちは傾斜台から馬房へと導かれていく。厩務員たちが馬たちにブラシをかけたり、ひづめの手入れをしたりしている。わたしたちが奥へと進んでいっても、引き留める者も、なんの用だと問いかける者もいなかった。馬主の突然の来訪はよくあることなのかもしれない。突き当たり近くまでやってきたところで、ダーシーが言った。

「いたぞ。ハリーだ」一番奥の馬房から煙草をくわえた老人が出てきたのを見て、ダーシーは足を速めた。小柄だけれどたくましい体つきをしていて、若いころは騎手だったのかもしれないとわたしは思った。その顔は険しかったが、ダーシーに気づくと破顔し、くわえていた煙草を泥の上に放り投げた。

「なんとまあ、驚いたね。ここでなにをしているんです、ミスター・ダーシー？」

「きみに会いにきたんだ、ハリー」ダーシーは彼と握手を交わした。「元気に働いているようでよかった」

「あのローチというやつのせいですよ。なんの理由もなく、あっさりとわしをお払い箱にした。あの厩舎に人生を捧げてきたこのわしを。そのうえ、まったく経験のないやつを後釜として雇ったっていうじゃないですか。平地レースしかしたことのないやつを。ジャンプの経験がゼロだとか」

ダーシーはもっともだと言いたげな顔でうなずいた。ハリーはかぶっていた帽子を押しあげた。

「旦那さまのことはわしも心を痛めていますよ。いい人だった。馬のことをよくわかっていて、自分の子供みたいにかわいがっていた」

「子供以上にね」ダーシーが言い、ふたりは声をあげて笑った。

「そうかもしれませんね。確かに付き合いやすい人じゃなかった。でも公平だったし、自分のすべきことを知っていた。あの男を殺したからといって、責められませんよ。本当に無知で無礼なやつでしたからね。あんな男は初めてだ」

「そうらしいね。興味があったのは馬と本だけだと聞いていたんだが、きみの後釜のテッド・ベンソンによれば、彼は馬のことをほとんどなにも知らなかったらしいんだ」

「まったく知りませんでしたよ。馬に賭けること以外はね」ハリーはダーシーに体を寄せ、あたりを見まわしてから言葉を継いだ。「グラディエーターが死んだとき、あれほど腹を立てたのはそのせいだとわしは思っているんです。一番いい馬が死んだからじゃなくて、賭けていた大金を失ったからだってね」

「彼はあの馬に賭けていたのか？」

ハリーはうなずいた。「直接じゃなくて、人を使って賭けさせていたんですよ。少なくとも、知り合いの賭け屋からはそう聞いてきます」

「きみはあの日、あそこにいたよね、ハリー」ダーシーが言った。「なにがあったんだと思う？」

「なにがあったか、ですって？」ハリーは腹立たしげに答えた。「だれかが強力な興奮剤をあの馬に注射したんだ。かわいそうに、あの馬の心臓は耐えられなかった」

「そのだれかは、ぼくの父親だと思うかい？」

「とんでもない。さっきも言ったとおり、旦那さまは自分の子供みたいに馬たちをかわいがっていた。速く走らせてレースに勝つために、馬の命を危険にさらすようなことは絶対にしませんよ。絶対に」

「それじゃあ、だれが馬に薬物を投与したんだと思う？　ローチ本人？」

「わしはそうだと思いますね。レース直前、馬房からやつが出てくるのを見たんです。わしに気づくとぎょっとして、グラディエーターの腹帯を確かめていたなんて言い訳していましたけどね。きっとそのときに薬物を注射していて、わしに見られたと思ったんでしょう。だもんで、わしをくびにしたんですよ。年を取りすぎたとか、仕事ができなくなったとかじゃなくて、本当のことを知られたから」

「実に興味深いね」ダーシーが言った。「そして父に罪をかぶせるために、引き出しに注射器を入れたわけか」

ハリーはうなずいた。「そうです。そうしておいて大騒ぎをして、その場で旦那さまをくびにしたんだ。旦那さまがあの男をあんな目にあわせたのも当然ですよ」

「父が彼を殺したと思っているんだね？」

「違うんですか？　旦那さまじゃなかったら、だれなんです？」

「ぼくたちは、それを突き止めようとしているんだ」ダーシーが言った。「教えてくれないか、きみがキレニーの厩舎で働いていたあいだ、ローチを訪ねてきた人はいたか？　アメリカの友人や家族について話したことは？」

ハリーはさげすむような口調で言った。「やつはめったに厩舎に顔を見せることはなかったし、わしらのような人間と話をすることはありませんでしたからね」

少し離れたところでダーシーとハリーの会話を聞いていたわたしはあることに気づき、早く彼に話したくてうずうずしていた。ダーシーは彼と握手を交わし、わたしたちのところに戻ってきた。「全部、聞いていたよね？」

「ええ。考えていたとおりだったのね？」

ダーシーはうなずいた。「ローチが馬に大金を賭けていたというのは興味深いね」

「そのことなの」わたしは言った。「ローチは馬と本（ブック）にしか興味がない、引きこもりの紳士だって聞いたわよね？　実際そのとおりなんだけれど、興味があったのは馬に賭けることだったのよ」

「賭け屋（ブックメーカー）ということか？」ダーシーの目がきらりと光った。「よく気づいたね、ジョージー。引きこもりの紳士という言葉からイメージする姿とは違っていたようだ。彼は引きこもってはいたが、紳士ではない」

「どうしてわかるの？」ゾゾが訊いた。

「これまで聞いた彼の行動だよ。雇っていた従者の態度や馬についてなにも知らなかったこともある。紳士であれば、馬を生活の一部として暮らしていたはずだろう？」

「あなたは〝紳士〟という言葉をイギリス人とアイルランド人に当てはめて考えているようだけれど、アメリカでは違うのかもしれないわよ」ゾゾが言った。

「以前はつつましい暮らしをしていたのかもしれません」わたしは言った。「裕福な一家の最後の相続人として莫大な遺産を手にするまでは、銀行員かなにかだったのかもしれない。ダーシー、アインスフォード公爵の跡継ぎを探しにオーストラリアに行ったときのことを覚えている？　彼は奥地で暮らしていたわ」

「そうだったね。おおいにありえることだ。だが遺産を手にしたのなら、どうしてわざわざアイルランドに来るんだ？　なぜアメリカでの暮らしを楽しまない？　あそこはいまもまだ不況のただなかだから、かなりの屋敷を格安で買えたはずだ」

「彼は気弱で内気なタイプで、アイルランド人の祖先のような暮らしをするのが夢だったのかもしれないわ」

「誇大妄想ね」王女が口をはさんだ。「自分を貴族だと思いこんだんだわ」

「それならどうしてそんなふうに振る舞わなかったんでしょう？」わたしは反論した。「引きこもるんじゃなくて、新しい地主として華々しく人前に出てきたはずじゃないですか？」

「まったく訳がわからないよ」ダーシーが言った。「早くアメリカ大使館に行って、話を聞こう。だれかがなにか知っているはずだ」

ダブリンの郊外は、どこの大きな町の郊外もそうであるように質素な家と工場が立ち並んでいた。

「アメリカ大使館はどこにあるの?」わたしは尋ねた。

「フェニックス・パークのなかだ。きれいな古い建物だよ。フェニックス・パークに行ったことはある?」

「ダブリンに来たのは初めてよ」

「本当に? きみの教育には悲しいくらい欠けているところがあるね、ジョージー。あいにくいまは観光案内はできないが、公園を通るときに少しは見ることができるよ」

車は古いレンガの建物や刑務所や収容施設の脇を通り過ぎた。あまり魅力的な地域とは言えない。ダブリンについて受けた印象を口にすることのないまま、わたしたちはリフィー川までやってきた。橋を渡っていると、右手に尖塔とドームのある町の中心部が見えた。ががたした石の塀沿いにしばらく進むと、公園の入り口があった。そこを曲がる。想像していたのは薔薇園や花壇やあずまやのあるきちんと整った公園だが、実際にそこにあったのはまるで田園地帯のような自然の景色だった。車は木々や芝がどこまでも広がるなかを走っていく。遠くに鹿が見えた。やがて大きな灰色の建物が現われ、警察本部だとダーシーが教えてくれた。警察署にしては、とてもいい環境だ。車はそのまま走り続け、右手の木立ちのなかに動物園の入り口が見えてきた。

「動物園！」王女がうれしそうに声をあげた。「わたしは動物が大好きなのよ。この件が全部片付いたら、戻ってきてキリンに餌をあげなくちゃ。見たこともないくらい、長い舌をしているって知っていた？　すごいんだから。あれでいったいなにができると思う？」彼女は意味ありげな口調で言うと、ちらりとダーシーに視線を投げかけたので、わたしは改めてふたりはいったいどういう関係で、それはいつのことだったのだろうと考えずにはいられなかった。でも、そんなことでくよくよ悩んだりしないわと、自分に言い聞かせる。いまダーシーはわたしを愛している。大事なのはそれだけだ。

「さあ、着いた」ふたりのアメリカ人兵士――それとも海兵隊だろうか――が警護する白いゲートの前で、ダーシーは車の速度を落とした。ゲートの上でアメリカ国旗がはためいている。ダーシーが窓を開けてなにか言うより早く、兵士のひとりが敬礼してゲートを開けた。

「みすぼらしくは見えなかったらしい」ダーシーが笑いながら言った。

「ロールスロイスで乗りつけた人間は、どこから見てもみすぼらしくはないでしょうね」ゾゾが素っ気なく言った。

私道を進んでいくとやがて茂みが途切れ、ようやく目的の建物が見えてきた。芝生に囲まれた、ジョージア王朝様式の見事な白い建物だ。ダーシーは前庭に車を止めると、ぐるりとまわってわたしたちのためにドアを開けてくれた。

「話をするのはぼくに任せてほしい。慎重に事を進める必要があるからね」低い声で言う。

「もちろん、私人であるぼくたちにはなにも話してくれないかもしれないが。さあ、行こう」わたしたちは玄関に向かった。

わたしたちを出迎えた真面目な顔つきの長身の若い男性は、ダーシーの話を聞くと、担当の人間が来るまで座って待つようにと言った。わたしたちは、ぬくぬくとしたロビーの革張りの肘掛け椅子に座って待った。数分後、ドアが開く音がして、ふたりの男性が低い声で話をしながら廊下を近づいてきた。

「それで、この先はどうするんです？」アイルランドなまりの声が聞こえた。

「まだなんとも言えません。イリノイ州の警察に連絡して、調べを続けてもらうことになるでしょう。それまでそちらの捜査は保留ということですね」

ダーシーが立ちあがった。彼に気づいた男たちのひとりが驚いた顔になった。

「ここでなにをしているんです、オマーラ？」

「カラハン警部。奇遇ですね」ダーシーが言った。「あなたと同じ理由だと思いますよ。ミスター・ティモシー・ローチのことが知りたくて来たんです」

「こちらはどなたです？」もうひとりの男性が尋ねた。見るからにアメリカ人らしい容姿で、よく響く声をしている。

警部が「彼は――」と言いかけたが、同時にダーシーが口を開いた。「ダーシー・オマーラです。キレニー卿の息子で、いまは父の無実を証明しようとしているところです。ミスター・ティモシー・ローチのことでなにかわかったようですね？」

「一般人に情報を公開する理由はないと思いますがね」アメリカ人がなにか言うより先に、カラハン警部が硬い声で告げた。

「ぼくはただの一般人じゃありません」ダーシーが言った。「父はティモシー・ローチ殺害の容疑をかけられている。ぼくらには、この事件に関するすべての事実を知る権利があると思いますが」

アメリカ人はうなずいた。「彼には知る権利があると思いますよ。ついいましがたイリノイ州当局から連絡があって、問い合わせた生年月日と出生地に一致するティモシー・ローチは一九二〇年にスペイン風邪で死んでいるということでした」

一二月四日　火曜日
ダブリンのアメリカ大使館

興味深い情報を得た。ようやくトンネルの先に明かりが見えたかもしれない。


その言葉の意味を考えているあいだ、だれも口を開こうとはしなかった。廊下の反対側からはタイプライターを打つ音が響いてくる。ダーシーはわたしと視線を交わしてから、アメリカ人に向き直った。

「あの男はティモシー・ローチではないということですか？」

「そのようですね」

「彼は、死んだ男の身元をかたってこの国に来ていたんですね？　それで、彼の本名とアイルランドでなにをしていたのかはわかっているんですか？」ダーシーが尋ねた。

　カラハン警部はいらだちを抑えこもうとしているような顔つきのまま言った。

「どうかと思いますね、ミスター・ウェクスラー。これは犯罪捜査なんです。この男の本名がなんであれ、彼がアイルランドで殺され、あらゆる証拠がミスター・オマーラの父親の犯行であることを示しているという事実に変わりはない」

「それは違うでしょう」ダーシーはカラハンに向かって言った。「彼の身元は、彼が殺されたことに深く関わっています。父の有罪が証明されたわけじゃないんですから、あらゆる動機、あらゆる容疑者を調べるべきだ。彼がティモシー・ローチじゃないのなら、いったいだれなんです？　あれだけの金を彼はどうやって手に入れたんでしょう？　彼を殺したいと思う人間がいたかもしれない」

「きみの言うことはもっともだ」アメリカ人が言った。「イリノイ州当局にさらに調べさせるから、安心してください。被害者の写真をもらえますか、カラハン警部？　見せなくてはならない人たちがいますので」

「それから指紋も」わたしは声をあげた。話は自分がするとダーシーが言っていたことをすっかり忘れていたので、全員の視線がこちらに向けられるといくらかどぎまぎした。「指紋を調べるべきだと思います。彼がパスポートに記されているとおりの人間でないのなら、なにか理由があって偽名を使っているということです。指紋が登録されているかもしれませんん」

「あなたはどなたです、お嬢さん?」カラハン警部が尋ねた。

いまは身分を隠すべきではないとわたしは判断した。逆に利用したほうがいい。

「レディ・ジョージアナ・ラノクといいます。ジョージ国王陛下の親戚です。こちらはザマンスカ王女です。わたしたちはどちらもミスター・オマーラの古くからの友人で、オマーラ家を支援するために来ました。弁護士が決まるまで、わたしたちでできるかぎりのことをするつもりです」

カラハン警部はごくりと唾を飲んだと思う。

「オマーラにそれほど上流階級の友人がいるのは喜ばしいかぎりですよ。だがたいして意味のないことだ。あいにく、ここはもう英国の一部ではないのでね。あなたが王家の人間であっても、アイルランドの司法制度に影響を与えることはできない」

「もちろんですとも」ザマンスカ王女が愛想よく応じた。「でも、わたしたちが友人を助けようとするのをやめさせることはできないでしょう? 新たな展開が見え始めたんだからなおさらだわ。死んだ男性がどうしてここにいるのか、最近だれが彼を訪ねてきたのかに捜査の焦点を絞るべきじゃないかしら。そう思わなくて、警部?」

カラハンの顔が真っ赤になった。「わたしは事実をもとに捜査しているんだ、マダム」〝殿下〟と呼ばなければいけないことを知らないのか、それともあえてそう呼ばないことにしたのかもしれない。「城に不法に侵入した痕跡はなかったし、あの日、来客はなかった。棍棒に残っていた唯一の指紋はキレニー卿のもので、あの夜、彼はひどく酔ってなにも覚えていないことを認めている。これだけの事実があれば、キレニー卿が口論の最中に、ティモシー・ローチだかだれだかの頭を棍棒で殴って殺したという結論に達するのに充分だ。さて、わたしは失礼しますよ。仕事に戻らなくては。ミスター・ウェクスラー、写真はすぐに送らせます。なにか進展があったら、すぐに連絡してください」カラハンはアメリカ人に向かってうなずくと、わたしたちに視線を戻した。「あなた方はダンスやドレスといった、女性にふさわしいもののことを考えるようにするんですな。生半可な知識は危険なだけだ。結局は、助けようとしている男の足を引っ張るだけですよ」

「嫌な男」カラハンが出ていくと、王女がつぶやいた。「ダーシーのことをこれほど大切に思っていなかったとしても、いまは喜んで彼のお父さまのために戦いたい気分だわ」

ダーシーはポケットから名刺を取り出した。

「いまぼくは父といっしょにロッジに滞在しています」辛辣なやりとりを目の当たりにして、気まずそうな顔をしているアメリカ人に渡しながら言う。「なにか役立ちそうな情報を手に入れたら、すぐに教えていただけるとありがたいです」

「もちろんですとも、ミスター・オマーラ」アメリカ人は大きな手でダーシーと握手を交わした。「この事件の捜査のために、アメリカからだれかをよこすことになると思います。わが国の政府がどういう方向で捜査を進めるのかを決定するまでは、裁判は一切進行することはありませんからご安心ください」

「ありがとうございます」ダーシーが応じた。

大使館を出たところで、王女がダーシーに言った。

「わたしたちのだれかがアメリカに行って、直接調べたらどうかしら。わたしの飛行機で大西洋を横断できるんじゃないかと思うのよ。船で行くとおそろしく時間がかかるんですもの。海を渡るだけで二週間、そのあとまた電車やなにかに乗らなきゃいけないのよ。そんなことをしているあいだに、あの粗野な警察官があなたのお父さまの有罪を確定させて、縛り首にしてしまうわ」

ダーシーが首を振った。「ゾゾ、大西洋横断なんて無理に決まっているじゃないか。ばかなことを考えるのはやめるんだ。きみはリンドバーグじゃないんだから」

王女は肩をすくめた。「なにか役に立つことがしたいのよ。もっと大きな飛行機を買ってもいいわ。燃料がたっぷり積めるような」

ダーシーは彼女の肩に手を乗せた。「きみの気持ちはうれしいが、アメリカまで行く必要はないと思う。ロンドンにいる知人に電話をするつもりだ。彼ならアメリカに伝手があるはずだから、ぼくたちに協力してくれる人間が見つかるだろう」

「あなたって本当につまらない人ね、ダーシー。あなたを助けるために嵐のなかを飛んで、死ぬほど感謝してもらおうと思ったのに」

「きみはどうしようもないくらいロマンチストだね、ゾゾ」

「あの感じの悪い警察官にも言ったけれど、わたしは友だちを助けたいだけよ」王女が言った。「それで、このあとはどうするの？　ほかの人に任せて、ただじっと待っているわけにはいかないでしょう？　その人が偽名を使っていたのだとしたら、きっとなにかよからぬことをしていたんだわ。だれかから身を隠していたのかもしれない。その人間が彼を見つけて、お城に忍びこんで殺したのかもしれないわよ」

「きみはあの城のことをよく知らないだろう？　ゲートには鍵がかかっているし、高い塀もある。それに従者もいたんだ」

「彼はなにも聞いていないと言っているわ。それに、あなたのお父さまがだれにも気づかれずに出入りしていたとも」わたしは指摘した。

「父に有利な点とは言えないと思うが」ダーシーが素っ気なく応じた。

「そうじゃなくて、もし何者かがお城を見張っていたのだとしたら、お父さまが出入りしていることに気づいて、それを真似したのかもしれない」

「父は使用人の出入り口かワインセラーの鍵を持っていたと思う」

「お父さまが泥酔していたなら、その鍵をこっそり持ち出したり、複製を作ったりすることは可能よ」わたしは言い添えた。〝泥酔〟という言葉に彼が顔をしかめたのを見て、もう少し言葉を選べばよかったと後悔した。

「父が出入りしていることに気づくにも、鍵の複製を作るにも、城の近辺にそれなりの時間いる必要がある。キレニーは小さな村だ。よそ者がうろついていれば、だれかが気づく」

「外部の人間が何人かいたわね。考古学にくわしくないらしいアメリカ人教授。警察官のケヴィンが知らなかった若い神父」わたしは両手をひらひらさせた。「そして幽霊。ミセス・

マクナリーが幽霊を見たと言っていたでしょう?」

「幽霊? ぞくぞくするわね」ゾゾが言った。「幽霊屋敷って大好きよ」

「その幽霊というのは、侵入者だったんじゃないかと思うの」わたしは言った。

「あら、そういうことね」王女はうなずいた。

「せっかく大使館にいるんだから、活用すべきじゃないかしら」わたしはダーシーに言った。「ピーボディ教授のことを調べてもらったらどう? 南ネブラスカ大学だった?」

「いい考えだ。ここで待っていてくれるかい? 訊いてくる」

日当たりのいい前庭で待つのは苦にならなかった。すぐそばにコマドリが舞い降りてきて、なにかを期待するようにわたしたちを見あげたが、ドアが閉まる音がして決然とした表情のダーシーが出てくると、飛びたっていった。

「糸口がつかめたかもしれない」近づいてきたダーシーが言った。その目はようやく希望の光をたたえている。「受付にいた若い男に訊いたら、調べてくれた。南ネブラスカ大学は存在しないそうだ」

「偽者ね」ゾゾはうれしそうに両手を打ち合せた。「ますます面白くなってきたわね。きっと下見に来たんだわ」

王女の口から〝下見〟という言葉が出るのを聞いて、思わず頬が緩んだ。

「もちろんあの学生が大学の名前を聞き間違えた可能性はある」ダーシーが言った。「そういう話はあまり真剣に聞かないからね。自分の作業に集中しているときはなおさらだ」

「でも出発点にはなるわ」わたしは言った。「彼がどんな人だったかはわかっている。大柄な男性よ。ピーボディっていう名前を聞いて、彼女たちが笑ってしまうくらい大きな人。アイルランドのこのあたりに、そんな大柄なアメリカ人が大勢いるとは思えない。いまは観光シーズンじゃないもの。駅で彼と話をした人がいるかもしれない。道を尋ねられた人や、彼を乗せたタクシーがいるかもしれないわ」

「もしいたとして、それでなにがわかると言うんだ?」ダーシーが訊いた。上向きかけていた気持ちがまたしぼんできているようだ。「そのピーボディという人物が本当は何者なのかも、ティモシー・ローチに会いたがった理由も、ぼくたちには突き止める手段がない。アメリカにいる人間が写真を見てローチが何者なのかを突き止め、彼がアイルランドに来た理由が判明するまで、ぼくたちにできることはなにもないんだ」

「あなたは、なにかしようという気があまりないみたいね、ダーシー」わたしは言った。「本当よ」ゾゾがうなずいた。「水を差すようなことばかり言うんだから。それってあなたらしくないわ。わたしが知っているダーシーは行動力のある人なのに。そんなあなたが好きなのに。簡単にあきらめる人じゃないはずでしょう?」

ダーシーは肩をすくめた。「あの棍棒に父以外の指紋がなかったという事実が、どうしても気になるんだ。父が自分の無実を訴えようとしないことも。きっと自分がやったと信じているんだと思う。それなのにどうすれば父の無実が証明できる?」

「とにかく法廷弁護士を見つけるのが先決よ」ゾゾが言った。「このあたりにわたしが泊まれそうなところはないみたいだから、どこかホテルに連れていってちょうだい。ダブリンではほかの人たちはどこに泊まるの？　わたしたちのような人間は？」

「シェルボーン・ホテルだろうな」ダーシーが答えた。「だが本当に帰るつもりはないのかい、ゾゾ？」

「なにがあろうと見逃すつもりはないわよ。着の身着のままでポーランドを逃げ出して以来、こんなにわくわくしたのは初めてよ」王女はダーシーの腕に手を乗せた。「だからほら、元気を出して。そのホテルに連れていってちょうだい。ロディに電話をして、アイルランドで最高の法廷弁護士を探すように頼むから」

「ゾゾ、法廷弁護士を依頼していないかどうかを父の弁護士に確かめるのが先だ」

「あら、もうすでにお父さまには弁護団がいるの？　どうしてそう言ってくれなかったの？」

ダーシーは顔をしかめた。「顧問弁護士がリーチ・アンド・リーチだからだ。あまり役に立つとは思えないんだ。遺言や権利委譲といったことであれば問題ないが、殺人事件に関わったことは一度もないと思う」

「それならその人たちのところに行って、気にしないように言えばいいわ。万事うまくいっていて、アイルランド一の法廷弁護士がお父さまの弁護をするって」

ダーシーはあきれたように笑った。「ゾゾ、ずいぶん簡単に言うんだね。万事うまくいっている？　そうだったらどれほどよかったか」

23

一二月四日　火曜日
ダブリン

ダーシーも王女を厄介な存在だと思っていることがわかって、心の底からほっとした。

リフィー川に沿って町の中心部に向かうにつれ、わたしのダブリンに対する印象はぐっとよくなった。煉瓦造りの工場や背の低い家が優美な砂岩造りのビルに取って代わり、工場の煙突ではなく尖塔やドームが見えてきた。ダーシーの言ったとおりだ。ダブリンは魅力的な町で、いつかわたしに見せたいと彼が自慢げに言っていたのも無理はない。トリニティ・カレッジの黄色い石造りの美しい建物を通り過ぎた。芝生には学生たちがいっぱいで、ローブをまとったその姿はまるで蝙蝠（こうもり）の群れのようだ。セント・スティーブンス・ガーデンという公園に面して建つシェルボーン・ホテルはガラス製の玄関ポーチと彫刻が印象的で、ほかの公共の建物同様とても優美だった。目が飛び出るほど高いのだろうと考えていると、ゾゾが言った。

「まあ、いい感じね」お金があるって、なんていいんだろう！

王女は恭しく迎えられ、用意された部屋に案内されていった。ダーシーとわたしはロビーに残された。

「参ったよ、ジョージー」ダーシーはわたしに顔を寄せて言った。「彼女が来なければよかったのにと思うよ。いや、魅力的だし本当に寛容な女性だが、彼女にとって人生はゲームにすぎないんだ。厄介な事態を引き起こしかねない。それに不要な注意を引いてしまうおそれもあるしね」

「追い払うのは簡単じゃないと思うわ。飛行機でどこかを飛び回ったり、ロンドンに戻らなきゃならないような用事を考えつかないかぎり」

ダーシーは思わず笑って言った。「飛行機で飛び回るね。低空飛行でピーボディを捜してもらおうか」

今度はわたしが笑う番だった。わたしたちは共謀者で、ふたりして世界に立ち向かっていると思うと、いい気分だった。

「彼女はいつごろ戻ってくるかしら？　待っているあいだに、なにかできることはあると思う？」

ダーシーは彼女が乗りこんだエレベーターを眺めた。

「死んだ男の正体がわかるまでは、できることはなさそうだ。まったく予想もしない展開だったと思わないか？　彼は城を買えるくらいの大金を持ってアイルランドにやってきた……」

「そのうえ、死んだ人間の名前で偽のパスポートを手に入れる手段もあった。それって、犯罪者だったっていうことじゃないかしら？」

「もしくは、なんらかの理由で逃亡する必要がある大金持ちだったか」

「たとえば？」

「妻を殺したとか？　なにかのスキャンダルに巻きこまれて、自分が死んだように装う必要があったとか？」

「そうね、ありうるわ。たいていのものを手に入れられるくらいの大金持ちということね。でもそれほどのお金持ちなら、有名なんじゃない？　だれかに見つかって〝きみはティモシー・ローチじゃないね〟と言われることを心配して……」

「だから引きこもりのような暮らしをしていた」ダーシーがわたしのあとを引き取って言った。

「でも競馬には行っていたわよね」

「厩舎周辺だけだったのかもしれない。だれかに見つかるおそれのある特別観覧席やパドックには、行かないようにしていたのかもしれない」

「だとしたら……」わたしは熱心に考え始めた。「この数年のあいだの裕福な人たちのスキヤンダルを調べる必要があるわ。行方不明になって、死んだと思われている億万長者がいないかどうか。調べるのは難しいことじゃないはずよ。カラハン警部がアメリカ大使館に彼の写真を見せることになっているし、だれか見覚えのある人がいる可能性はおおいにあると思う」

「だがそうだとしても、あの棍棒に残っていた指紋が父のものだけだったという事実に変わりはない」ダーシーの視線がわたしを通り過ぎ、悩みごとなどなにひとつないかのように笑いながらロビーに入ってきた楽しそうな一行を見つめた。

「それにも説明がつけられるわよ」

「どんな？」

「棍棒が凶器じゃなかったとしたら？　あれはただ死体の脇に置かれていただけで、本当の凶器は持ち去られていたとしたら？　当然ながらお父さまは棍棒に触ったことがあったはずよ。だれかに見せたのかもしれない。壁からおろしたときに、指紋が残ったのかもしれないわ」

「それなら真犯人はどうして、あの棍棒を選んだ？　ほかにも武器はたくさん飾られていたのに。残念だが、ありそうもないよ」

「それじゃあ、泥棒と遭遇したという話は？　それはおおいにありうるでしょう？　ああ、しまった。警部と話をしたときに、泥棒の可能性があることを言っておくべきだったんだわ。そうすれば、なにか盗まれたものがないかどうかを確かめるために、あなたに城のなかを見せてくれたかもしれない」

「それは父の役目だ。ぼくだけが見ても意味はないよ。もう何年も帰っていなかったんだ。金に困った父か、あるいは死んだ男が家宝を売っていてもぼくに知るすべはない」

もっともだ。「でも、裁判ではいい弁護の材料になるでしょう？　かつては高価な絵画が飾られていたのに、それがなくなっているって証言できるわ」わたしは手をひらひらさせた。「そのミッキーとやらにも証言してもらえるかもしれない」

ダーシーは鼻を鳴らした。「無理だろう。なにかがなくなっていたとして、彼が盗んだ可能性がある。あまり信用できそうな男には見えないからね。昔から雇われていたとはとても思えない。となると、ローチが逃亡中の大金持ちだという説は間違っていたことになる。金のある人間はもっと品のいい使用人を雇うものじゃないか？」

「わたしたちは、ミッキーが仕事をしているところを見ていない。前にあなたが言ったとおり、彼はたいした役者で、仕事中は完璧な従者の役を演じていたのかもしれないわ。でも、彼には信用できないところがあるというあなたの意見には賛成よ。考えてみれば、お父さまに不利な証言のほとんどは彼の口から出たものだわ。事件のあった日の午後、言い争う声を聞いたと言いながら、その夜ローチが殺されたときの物音は聞いていない。そして、見つけたとき雇い主は死んでいたと言っているのよ。もしそれが嘘だったら？　殺したのが彼だったとしたら？」

「彼に雇い主を殺すどんな理由があるというんだ？　このご時世、仕事を見つけるのは難しいし、アメリカの不況はここよりひどいと聞いている。これほど恵まれた仕事はないはずだ。たいしてすることもなく、たったひとりの男の面倒を見るだけでいいんだから」

「彼も、自分で言っているような人間じゃなかったとしたらどうかしら？　なにかから逃げていて、ローチにそれを知られたのかもしれない」新たな考えが浮かんで、わたしはダーシーの腕に触れた。「彼の写真も大使館に届けたほうがいいと思うわ。だれか見たことのある人がいるかもしれない。それに指紋も。指紋ならわたしたちが手に入れられる」

「どうやって手に入れるつもりだい？」ダーシーはどこか面白がっているような顔で尋ねた。

「なにかに触らせるのよ。〝これを見てもらえるかしら？〟とか言って」

「〝これを見てもらえるかしら？〟」ダーシーは笑いだした。

「そうよ。写真を見せて、〝この男性がお城を訪ねてこなかった？〟って訊くのよ。そうすれば彼は写真を手に取るから、指紋を手に入れられるわ」

ダーシーはまじまじとわたしを見つめた。

「ジョージー、きみは本当に素晴らしいよ。究極の楽観主義者だ。いろいろ問題はあるが、きみが来てくれて本当によかった」

「お邪魔かしら？」

うしろから声がして、ザマンスカ王女が近づいてきた。革のジャケットとズボンという飛行機操縦用の服装から、ミンクのコートに円筒形の真っ赤な帽子と同じ色のスカーフに着替えている。あの小さなスーツケースに、どうやってこれだけのものを入れていたのだろうと不思議になった。

「心が震えるくらいうっとりする場面だったわよ」彼女が言った。わたしはダーシーの腕に手をからめていたことに気づいて、その手を引いた。

「計画を立てていたんです」わたしは答えた。「これからなにをすればいいのか、考えていたんです」

「わたしもよ。ロンドンに電話をつないでもらったの。わたしたちのためにできるだけのことをするってロディが約束してくれたわ。すぐにも連絡があるはずよ。このホテルに伝言を残してくれればいいって言っておいたから。ここに泊まることにしてよかったと思わない？　あなたの村のパブよりは、ちゃんと伝言を受け取れるわ」

「どうする？　ここに残るかい？　それともぼくたちといっしょにキレニーに戻る？」ダーシーが尋ねた。

「もちろんいっしょに行くわよ。ダブリンでわたしになにかできるというなら、話は別だけれど。でもわたしの大事な飛行機の様子を見に行かなくちゃいけないのよ。馬だらけの野原に野ざらしにしておくわけにはいかないもの。近くに飛行場はある？　ちゃんとした格納庫があるところよ。セント・スティーブンス・ガーデンには着陸させてもらえそうもないもの。あそこは人も木も多すぎるわ」ゾゾは自分の言葉を確認するかのように、窓の外に目を向けた。「水上飛行機を買えばよかった。そうすれば、リフィー川におりられたのに」

「ゾゾ、きみは本当にすごい人だよ」

「あら、どういう意味？　わたしはごくごく普通の女よ。それで、このあとどうするの？　わたしはなんでもするわよ」

「イングランドに電話をしたと言ったね」ダーシーが言った。「きみの部屋の電話で、ぼくもロンドンに電話をかけてもいいだろうか？　ロンドンの知人はアメリカに伝手があると思うんだ」

「もちろんいいわよ。二一七号室よ」ゾゾは鍵を差し出した。「わたしの部屋につけておくように言ってね」

ダーシーはゾゾとわたしをその場に残して歩き去った。

「あなたはどう思う？」ゾゾが尋ねた。「ダーシーは父親が犯人だと考えているんでしょう？　あまりやる気が感じられない」

「そうなんです。でも、少し光が見えてきた気がします。死んだ男性が偽名を使っていたことがわかって、いろいろな可能性が考えられるようになりましたから。アメリカ大使館で彼の身元が判明して、何者かが彼の死を望む理由までわかるといいんですけれど。それに、彼の従者の写真を手に入れる必要があるってダーシーに言ったんです。できれば指紋も。キレニー卿に不利な証言のほとんどは従者がしたものですから」

「いい考えね。あなたとわたしでしっかりやりましょうね。ダーシーに立ち向かう気がないのなら、すべてはわたしたち次第ということよ。救いの手を差し伸べる女たち」彼女はそう言って、ちょうどロビーを歩いていた年配夫婦を押し倒しそうな勢いで手をひらひらさせた。

こんな状況ではあるけれど、わたしは思わず笑い声をあげた。

電話を終えて戻ってきたダーシーはほっとしたような顔をしていた。だれにかけたのかとゾゾに訊かれてもなにも答えようとしなかったので、スパイの仕事で関わっている人間に違いないとわたしは思った。

「さてと、とりあえずやるべきことはやった」ダーシーが言った。「キレニーに戻るべきだろうか？　それともここでなにかできることがあるかな？」

「ミスター・ローチの本名が判明するまで、ここでできることはなにもないわ」わたしは答えた。「それに従者のミッキーの写真を撮りたいし、できれば指紋も手に入れたいわよね」

「その前にまずはランチよ」ゾゾが言った。「あなたたちはどうだか知らないけれど、わたしはお腹がペコペコ。だいたい、あなたの村ではまともな食事ができるようなお店なんてないでしょう？　せいぜいコテージ・パイがいいところよね。でもこのホテルならそれなりのものが食べられるわ。さあ、こっちよ」

ゾゾが先頭に立って歩き始めると、ダーシーは再びわたしの顔を見て眉を吊りあげた。彼女を厄介だと思う理由がわたしにも理解できた。時間をかけた高価な食事は、目的を果たすための貴重な時間を奪うことになる。けれど実を言えばわたしも空腹だったし、ゾゾが手のこんだ料理をあれこれと注文しているあいだ、窓越しに見える緑の景色をテーブルから眺めているのは気持ちのいいものだった。

「ゾゾ、ぼくたちは殺人事件の捜査の真っ最中なんだ」ダーシーが指摘した。「きみはぼくたちを助けるために来たと言ったが、それだけのコースを注文していては、夕方までここにいることになるぞ。それにジョージーもぼくも懐具合が厳しいからね」

「ばかなこと言わないの」ゾゾは彼の手をぴしゃりと叩いたが、料理はコンソメとキジ、デザートのスフレだけに減らした。そのどれもが絶品だったし、ロゼワインのおかげで気分も上向いたから、キレニーに戻る車中の雰囲気は明るかった。朝のうち晴れ渡っていた空は午後になって雲に覆われ始めていて、ダーシーは王女をホテルに送り届けるためにまたこの道を引き返さなければならないのだとわたしは考えていた。確かに彼女のおかげでいろいろと厄介なことが増えている。

「お城に戻る途中で、お父さまの弁護士に会ったほうがいいんじゃないかしら」ダブリンの町を出たところで、王女が言った。「これまで実際になにをしていたのかを聞いて、わたしたちの考えを伝えておくのよ」

「ここに着いたとき、話をしたよ」ダーシーが答えた。「はっきり言って、役には立たないね。父親のほうのミスター・リーチは、精神障害を申し立てたらどうかと提案してきた。近頃ではけっこう居心地のいい施設があるなどと言っていた」

「ありえない」ゾゾが非難の声をあげた。「そういうことなら、なおさら会ってがつんと言ってやらないと。事務所はどこなの？　ダブリン？」

「いや、キルデアだ」

「まあ。田舎弁護士なのね。そういう人たちってどうしようもないのよ。できるだけ早くびにしたほうがいいわ」

「決めるのは父だ。ぼくじゃない。父が雇ったんだ」

「心配いらないわ。優秀な法廷弁護士を雇えば、あとは問題なしよ。それよりも、どうしたってあなたのお父さまと話をしなきゃいけない。直接、話が聞きたいわ」

「父はぼくとも話をしようとしないんだよ、ゾゾ。なにを言っても、〝人のことに口出しするな〟と素っ気なく言われるだけなんだ」

「あら、でもわたしは人に話をさせるのがとても上手なのよ。第一次世界大戦のときにはスパイをするべきだったわね。ドイツからあらゆる秘密を聞き出せたでしょうに」

ダーシーとわたしはちらりと目と目を見交わした。車はキルデアに到着した。

「弁護士は？」ゾゾが言った。

「いまはやめておいたほうがいいと思う。ぼくたち三人で会いにいくのは」

「でもわたしたちは新しい情報を持っているのよ。ミスター・ローチは偽者だったんだから」

「彼の正体がわかるまで待とう。それから、きみの法廷弁護士の名前がわかるまで」

ダーシーが渋る気持ちはよくわかった。田舎の弁護士事務所にゾゾを連れていくのは、鶏小屋に孔雀（くじゃく）を放つようなものだ。

「わかった。それならこれからどうするの？」

「飛行機をどうにかしたいって言っていたんじゃなかったかしら？」わたしは尋ねた。

「ええ、そうよ。それにあなたのお城も見たいわ、ダーシー。わたしも中世のお城で育ったの。楽しいわよね、隙間風だらけだけれど」

そういうわけでわたしたちはキレニーに向かった。

「あなたはどこに滞在しているの、ジョージアナ？」後部座席から彼女が尋ねた。「やっぱりダブリン？　それとも悪い子のあなたはダーシーと同じ部屋に泊まっているとか？」わたしたちがなにか言う間もなく、彼女は言葉を継いだ。「ダーシーがわたしをダブリンまで送り迎えしなきゃいけないことが気になっているのよ。時間の無駄だわ。飛行機を使えないのなら、車をくださいって頼むか、借りるか、盗むかしなきゃいけないわね。あなたのお父さまは予備の車を持っていないの？」

「ワゴン車があるが、いまは城のガレージに入ったままで出せない。あそこはいまもまだ犯罪現場扱いされているんだ」

「それなら、この古いロールスロイスはどこで調達したの？」

「ジョージーが滞在しているぼくの大おばからだ」

「大おばさん？　この近くなの？」

「ああ、じきにその家の前を通るよ」

「どうしてわたしがシェルボーンにチェックインする前に、そう言ってくれなかったの？そうすればわたしもそこに泊まれたのに」

あでやかな王女が乱雑でほこりまみれのウーナの家にいるところを想像して、わたしはうめきたくなった。ダーシーも同じことを考えたらしい。

「あそこはきみにふさわしくないよ、ゾゾ。あの家はもう壊れかけてぼろぼろだし、使用人もいないに等しい。大おばは一本ねじがはずれた口やかましいばあさんで、大おじはとんでもない変人なんだ」

「わたしなら大丈夫よ。わたしは見た目よりずっとタフなんだから。マッターホルンにだってのぼったのよ。ブルガリアでは雪の吹きだまりに置き去りにされたことだってある。まわりを狼に囲まれてね。一風変わった大おばさんくらい、なんとかできるわ。そこって、小さな家なの？」

とても小さな家だと答えようとしたまさにそのとき、車はウーナの家の私道の入り口に差しかかった。だだっ広い古い家が見えていたし、ダーシーが嘘をつくのが苦手なことはわかっていた。言い逃れならできる。情報を伏せておくことも。けれど、育ちのよさのせいなのか、嘘がつけないのが彼だった。それはわたしも同じだ。上流階級のすべての子供は、子守や家庭教師から義務と誠実さをげっぷが出るほど叩きこまれているのだ。

「木のあいだから見えているあの家がそうだ」ダーシーが言った。「だがあそこはとても客を泊められる状態じゃないし、恥ずかしくてきみのような身分の人間を迎えるわけにはいかないとウーナおばさんは言うだろう」

「ジョージアナとわたしは同じような身分よ。それに素敵な家じゃないの。わたしが寝る場所くらい、充分にありそうよ」

彼女はずいぶんと楽観的な考え方をするタイプらしいとわたしは思った。あの家は古くて手入れも行き届いておらず、どこをどう見ても〝素敵〟と表現できるような代物ではない。

「ここは全部、彼女たちの土地なの？」ゾゾはさらに言った。「完璧だわ。納屋のひとつに、飛行機を入れておけるじゃない。いまから彼女たちを訪ねて、段取りを整えましょうよ。このあたりの農民のだれかに頼めば、トラクターで飛行機を引いてきてくれるわ。わたしが飛んできてもいいし。そのほうがきっと楽しいわね」

「ゾゾ、きみはシェルボーンに泊まったほうがいいと思う」ダーシーが言った。「きみを迎えに行くのは、ぼくは全然かまわないんだ。どちらにしろ、きみの知り合いの弁護士に会うためにダブリンに戻らなくてはならないんだし」

「わたしをあなたの親戚に会わせたくないみたいね」ゾゾは口をとがらせた。「ここがポーランドだったなら、わたしはちょっと頭のおかしい親戚にでも喜んであなたを紹介するわよ。自分をナポレオンだと思っているけれど、いたって無害な大おじのジグマンドにも」

ダーシーは仕方なく笑って応じた。

「ぼくの大おじのドーリーはいま、ワーテルローの戦いを再現しているところだ。ふたりは仲良くなれそうだね」

「ドーリーはナポレオンを捕まえたがるでしょうけれどね」わたしは指摘した。「今日、家を出てくるときは、ちょうどそのシーンだったわ」

「とても面白そうな人たちじゃないの。シェルボーンの堅苦しい従業員から〝はい、殿下。

いいえ、殿下〃なんて聞かされているよりずっといいわ。ジョージーがメイドを貸してくれるでしょうし。わたしのメイドはロンドンに残してきたのよ。ひどく飛行機酔いをするんですもの」

「残念ながら、わたしもメイドは連れてきていないんです。ロンドンに置いてきました」

「それならふたりいっしょに不自由な思いをしましょうよ。きっと楽しいわよ」彼女はダーシーの肩を叩いた。「通り過ぎようなんてしないでね」

かわいそうなダーシー。彼はちらりとわたしを見てから、私道に視線を移した。

「だがきみは荷物を全部、シェルボーンに置いてきたじゃないか。わざわざあそこまで荷物を取りに行くのは遠慮したいね。とりあえず、今夜はシェルボーンに戻らないか？ そのあいだ、大おばに話は伝えておくよ」ダーシーが言った。「もうひとり客を迎えてもいいと大おばが言ったら、明日、きみのスーツケースを取りに行こう」

「わかった」ゾゾが応じた。思い通りにならなかったので、腹を立てているようだ。

わたしはほっとしてため息をついた。明日になれば、事態に変化があるかもしれない。ゾゾがロンドンに呼び戻される可能性だってある。遠くの山に厚い雲が低く垂れこめ始めていた。

「また雨になるわ」わたしは言った。

「それなら急いで飛行機に戻って防水シートをかけるか、どこか屋根のあるところに移動させないといけないわ」ゾゾが言った。「コックピットを水浸しにするわけにはいかないもの」

とりあえずゾゾは、ウーナに会うことをあきらめたようだ。ダーシーは車を村へと進めた。ひと目でマスコミ関連だとわかる数人の男たちがパブの外にたむろしていた。彼らの前を通り過ぎるわたしたちに、興味深そうなまなざしを向けている。

「万事休すだ」ダーシーがつぶやいた。「きっとあとをつけてくるぞ」

「そのときは、わたしはザマンスカ王女で、持ち主が死んだと聞いたからその厩舎を買おうと思っていると言うまでよ。あなたたちは忠実な家臣だって」

「きみの忠実な家臣が、ふたりとも正体に気づかれたらどうする?」

「どうもしないわ。レディ・ジョージアナはわたしの同行者としていっしょに来てもらったって言うだけよ」

わたしとダーシーの関係を疑われないようにするには、それしか方法はないだろうと思った。

細い道に折れたところで、フロントガラスにぽつぽつと雨が落ちてきた。いまにもどっと降りだしそうな雲の色だ。

「お父さまは飛行機を覆えるような、防水シートかなにかを持っているかしら?」ゾゾが訊いた。「それとも、納屋かどこかに入れておける?」

「納屋はどれも敷地内にあって、いまは警察が見張っている。父が使えるのは庭の物置だけで、とても飛行機を入れられる大きさじゃないよ。だがコックピットを覆えるようなものは厩舎にあるはずだ。行って訊いてみよう」

厩舎にいたのはテッド・ベンソンではなくダーシーを知っている馬丁の少年で、わたしたちは役に立ちそうな油布を見つけることができた。飛行機を置いてある野原に戻ったときには雨は激しく降り始めていて、荒れた天気でもとりあえず大丈夫そうな服装をしていたダーシーとわたしがコックピットにカバーをかけているあいだ、ゾゾは車の後部座席で待っていた。いまは、コックピット以外の部分は濡らしておくしかない。作業を終えて車に戻ろうとしたところで、近づいてくるエンジン音が聞こえた。

「いまいましい記者どもだ」ダーシーがつぶやき、案の定、トリルビー帽をかぶりレインコートを着た三人の男が止まった車から降りてきた。

「すみません、お話をうかがえますか？」メモ帳を手にした男がわたしたちに近づきながら言った。「キレニー卿のお知り合いですか？　彼を訪ねてきたんですか？」

ゾゾが車の窓を開けた。「その人たちはわたしの大事な飛行機にカバーをかけてくれただけよ」いつもとはまったく違う、外国なまりの強い英語で言う。「ここに緊急着陸したの。だれかに引いていってもらわなきゃならなくなったわ。まったく腹立たしいったら」

「あなたはどなたです、マダム？」

「わたしはマダムじゃない」ゾゾは芝居がかった仕草で首に手を当てた。「わたしは王女よ。アレクサンドラ・マリア・ザマンスカ王女」

記者たちをうまくごまかせたかもしれないとわたしは思った。おとなしく帰ってくれていたかもしれない。そのとき、怒鳴り声が響いたりしなければ。

「その飛行機はいったいどういうことだ？　おまえたち記者は今度は空から来たのか？　さっさと消えろ。時間の無駄だと言っただろう。おまえたちに話すことなどない。いますぐ帰らないと、散弾銃を取ってくるぞ」

一二月四日
キレニーの猟場番人のロッジに戻る

黒いスモーキング・ジャケットを着たキレニー卿が、風に髪をなびかせながらそこに立っていた。わたしは年を取ったヒースクリフを連想した。あるいはバイロン卿を。実際、あまりにもぞっとするような形相だったので、記者たちは言われるがまま車に戻り、去っていった。

彼らの車が走りだすと、キレニー卿はわたしたちに向き直った。

「あんたたちもだ。いったい何者なのかは知らないが、帰ってもらおう」

「父さん、彼女はぼくの友人のアレクサンドラ・ザマンスカ王女だ」キレニー卿がロールスロイスに近づくのを見て、ダーシーがあいだに立ちはだかった。「父さんを助けたいと言って、わざわざここまで飛行機で飛んできてくれたんだ。こうしているいまも、彼女の知り合いの弁護士が、アイルランドで一番の法廷弁護士を父さんのために探してくれている」

キレニー卿はロールスロイスの後部座席に座るあでやかな女性を見つめた。

「どうしてわたしのためにそれだけのことをしてくれるんです、殿下？　見ず知らずの間柄なのに」

「あなたの息子さんがわたしの大事な友人で、このばかげた騒ぎのせいで彼の人生が台無しになるかもしれないからよ」

「わたしは施しは受けない。お気持ちはありがたいが、帰っていただこう」キレニー卿は胸の前で腕を組み、挑むように王女をにらみつけた。

「頑固なだけじゃなくて、ばかな人ね。話だけでも聞こうとは思わないのかしら。わたしたちはあなたを助けたいの。わからないの？」

「無意味だってことが、あんたにはわかっていないんだ」彼は顔を背けた。「たとえアイルランド一の法廷弁護士を雇えたとしても、そいつにできることはなにもない。ここにいる息子にずっと言い続けていたとおり、だれであろうとなにもできないんだ。あの能無しの警部はわたしを犯人だと決めつけた。それで終わりだ」

　ザマンスカ王女はロールスロイスのドアを開いて降り立った。風にあおられた黒いミンクのコートをぎゅっと体に巻きつける。まるで、ロシアの悲劇的な小説の登場人物のようだ。

「すべてはこの質問に尽きるわね」キレニー卿に近づきながら言う。「自分がやったと思っているの？」

「わからない！」キレニー卿は風に負けじと叫んだ。「わからないんだ。なにひとつ覚えていない。だいたい、それになんの意味がある？」

「あなたが人の手助けを受け入れなければ、自分で助かろうとしなければ、縛り首になるのよ」

「もうどうでもいいんだ」彼が言った。「大事なものはすべて失ったんだから」

ふたりが言葉を交わしているあいだ、わたしは背景の一部と化してじっと車の脇に立っていた。黙っているのが賢明だとわかっていたが、キレニー卿の最後の言葉を聞いて心のなかでなにかがはじけた。

「それはあまりに身勝手でひどい言い草じゃないですか。あなたには息子がいるんです。彼はあなたを愛しているし、あなたに冷たい仕打ちをされるようなことはなにひとつしていない。こんなことになったと聞いて、彼は即座にあなたのもとに駆けつけたじゃないですか。そのために、本当に大事なものを置いてこなければならなかったんです。それでも彼は一瞬たりともためらわなかった。あなたが彼を歓迎しないことを知っていたのに」

キレニー卿の視線がわたしからダーシーに移り、再びわたしに戻ってきた。

「ロンドンの友人？」笑みらしいものが彼の顔をよぎった。「わたしをだまそうとしても無駄だ。息子にとって大事なものというのは、あんただな、そうだろう？」

ダーシーがわたしの隣に立った。

「そうだよ、父さん。こんなことになる前、ぼくたちは結婚しようとしていた。だが事件を知って、結婚できないことをぼくは悟った。ぼくと関わることで、彼女を苦しめたくなかったからだ。だから一切の連絡を絶とうとした。だが彼女は納得せず、ここまで来てくれた。それが、互いを大切に思っている人間がすることだ」

長い沈黙があり、やがてキレニー卿が口を開いた。「なかに入ろう。ここにいてはみんなびしょ濡れだ」

わたしたちは彼のあとについてロッジに入った。低い天井と黒っぽい色のどっしりした家具のせいで陰鬱な雰囲気だ。こんなところにひとりで暮らしていては、気持ちが落ちこむのも無理はない。

「ぼくが紅茶をいれるよ」ダーシーが言った。「ミセス・マクナリーはいないんだろう?」

「しばらく来なくていいと言って、彼女は帰した」キレニー卿が答えた。「ここから出ていくたびに、あのいまいましい記者たちにまとわりつかれるのは気の毒だ」

「わたしがいれます。上手なんですよ」わたしは言った。

「才能ある若い女性というわけか。ちゃんと紹介してくれないか、ダーシー」

「父さん、こちらはジョージアナ・ラノク。ジョージー、父のキレニー卿を紹介するよ」

これほど深刻な状況でなければ、笑いだしていたかもしれない。未来の父親になるだろう男性に、暖炉の炎がくすぶるみすぼらしい居間で正式に紹介されるのは、どうにも妙なものだった。

「ラノク?　公爵の娘?」

わたしはうなずいた。

「あんたとダーシーはお似合いだな。あんたの父親もわたしと同じくらい役立たずだった」

付き合いにくい人間だとダーシーが言っていた意味がよくわかった。わたしはなにも言わず、台所に向かった。ここには女性の手があったことが見て取れる。ミセス・マクナリーはすべてを染みひとつなく、きちんと整えていた。わたしはケトルを火にかけ、ポットと紅茶缶を探し出した。カップとソーサーをトレイに並べ、ミルク入れと砂糖壺をその脇に置く。トレイを持って居間に戻ってみると、三人は暖炉のまわりの肘掛け椅子に座っていた。表情を見るかぎり、会話ははずんでいなかったようだ。それぞれにカップを渡した。

「珍しい経験だな」キレニー卿が言った。「王女の隣に座って、王家の親戚でもある公爵の娘に紅茶をいれてもらうのは、そうあることじゃない」

「高い地位にいる人間があなたを助けようとしている証拠よ」ゾゾが言った。「わたしたちがアイルランドに来た理由はただひとつ。あなたを縛り首にしないためよ。だから始めましょうか。ダーシー？」

彼女は暖炉の揺れる炎を見つめていたダーシーに目を向けた。風が煙突を吹きおりてきて、部屋のなかに煙が広がった。ダーシーは咳払いをしてから切り出した。

「あの夜のことはなにも覚えていないと父さんは言ったね。やっぱりなにも思い出せない？城に行ったことも覚えていないのかい？」

「午後に行ったことは覚えている。だが夜のことはさっぱりだ。ここに座ってウィスキーのジェムソンを飲みながら、ニュースを聴こうと思ってラジオをつけた。気づいたときには外は明るくなっていて、警察がドアをノックしていた」

「午後に城に行ったとき、ミスター・ローチと言い争いをしたね。父さんの怒鳴り声を従者が聞いている」

キレニー卿はうなずいた。「そうだ。わたしは激怒していた。オークションのカタログを手に入れてみたら、彼が我が家の家宝をいくつか売るつもりだということがわかったんだ。あのブルダクラブも。だからそんなことは許されないと彼に言いに行った。あれは城に属するものだ。オマーラ家の財産の一部だ」

「そもそもどうして、そういうものまで彼に渡してしまったんだ？」ダーシーが訊いた。「城を売るときに除外できたはずだ」

「仕方がなかった」キレニー卿は腹立たしげに言った。「わたしにとって大事なものは手元に置いておけるのだとばかり思っていた。だが彼の弁護士は、署名したその瞬間から、わたしは地所にあるものにはなにひとつ触れることができないという内容の書類を作っていたんだ。服を持って出ることができたのは幸運だったよ。それに、わたしが甘かったことがあとになってわかるが、いっしょにやっていくうちに少しは彼と親しくなれるかもしれないと思っていた。そうすれば、彼にとってはがらくたでも、わたしにとって大切なものを返してほしいと頼めるのではないかとね。だがそうはならなかった。彼はわたしとは距離を置いていて、どうしても必要なとき以外、口をきこうとはしなかった。わたしを雇い人のように扱っただけでなく、それを楽しんでいたんだ。本物の貴族を見くだすのは気分がよかったんだろう。あの男はろくでなしのサディストだった。この世から消されて当然だ」

「なにもかも父さんにとっては不利な状況だよ。彼の死を望む強い動機になる」ダーシーが言った。

「確かに。それに、彼の死を望んだかと検察に訊かれたら、彼が死んだら大喜びしただろうと正直に答えるね」

ダーシーはため息をついた。「つまり父さんは、彼がいくつかの品物をオークションに出すことを知って、それを確かめに行ったんだね？」

「そうだ。テーブルに棍棒が置いてあった。わたしはそれを手に取って、これが我が家にとってどれほど大切なものかを説明した。金を集めるだけの時間をくれれば、わたしが買い取るとも言った。そうしたらどうしたと思う？　あの男は笑ったんだ。わたしが一生かけて集めるよりもはるかに多額の金を出す博物館がいくつもあると言って。そして、城を売るときにもっと頭の切れる弁護士を雇うべきだったなと言って、わたしをなじった」

「それで父さんはどうしたんだ？」ダーシーが静かに訊いた。

「棍棒を置いて、わたしにも我慢の限界があるぞと言い残して城を出た。頭を冷やそうとしばらく外を歩きまわってから、ここに戻ってきた」

わたしたちはそれぞれが考えこみながら、じっと暖炉の火を見つめていたが、やがてダーシーが言った。「父さんに対する容疑は、あの棍棒に指紋があったことが重大な証拠になっているんだと思う。残っていたのは父さんの指紋だけだった」

「それが妙だと思うの」わたしは言った。「棍棒はテーブルの上にあったと言いましたよね。だれかが壁からおろしたということですから、その人間の指紋が残っているはずです。そもそも、これまで何度となくだれかが触っているはずなのに、どうしてあなたの指紋だけしか残っていないんでしょう？　だれかが意図的にあなたを殺人犯に仕立てようとしたんじゃないでしょうか」

「だれがそんなことを？」キレニー卿が訊いた。「なぜ？」

「今日ぼくたちはダブリンで、事態が大きく変わるかもしれないあることを聞いた」ダーシーが言った。「殺された男はティモシー・ローチではなかったんだ。彼は死んだ男のパスポートを使っていた」

キレニー卿の表情が初めて揺らいだ。「それなら、彼はいったいだれだったんだ？」

「アメリカ大使館がそれを突き止めようとしてくれている。だれかが知っているかもしれないから、彼の写真をシカゴに送っているんだ。それから、ひょっとしたら前科があるかもしれないから指紋も」

「本当に？」

キレニー卿の目にわずかな希望の光が見えた気がした。

「彼の身元を探るのはそれほど難しくはないはずです」わたしは言った。「お城と競走馬の厩舎を現金で買えるほどのお金持ちが、いまのアメリカにどれくらいいますか？　あの国の不況はここよりもずっと厳しいんですよね？」

「だから問題は、だれが彼の死を望み、ここまで来て彼を殺したかということね」ザマンスカ王女が身を乗り出し、爪を赤く彩った手を振りながら言った。自分だけ会話に加われずにいるのが我慢できないのだろう。

「ここ最近、アメリカから彼を訪ねてきた人間はいなかった？　彼が落ち着かない様子を見せるような相手は？」ダーシーが尋ねた。

キレニー卿は再び暖炉に目を受けた。一本の薪が崩れ、火の粉が散った。

「わたしは彼と親しくしていたわけではない。ほとんど言葉を交わすこともなかったんだ。それにこの場所からでは、メインゲートを通る人間は見えない。従者はだれも来なかったと言っているが、訪問者がいたのかもしれない。それに彼はめったに外出もしなかった。たまに出かけるときは車だし、それもレースの打ち合わせに行くときだけだ」

「そこでだれかと話をしていたようなことは？」ダーシーが訊いた。「だれかと対立していたとか、警戒するような様子を見せていたとか？」

キレニー卿は首を振った。「ほかの馬主とは距離を置いていた。なにか訊かれても、ひとこと短く答えるだけだった。いまとなればそうとわかるが、彼は自分の馬に賭けていたんだな。そう言われてみれば、負けるほうに賭けていたことも時々あったと思う。勝ってしかるべきなのに、最後の直線で騎手が走らせていないように見えたことが何度かあった」

「考え方がずいぶんと歪んでいたということね」ゾゾが言った。「でも殺人と関係あるとは思えない。負けた馬に賭けていた人以外に、彼を殺そうと思うほど腹を立てていた人はいないんじゃないかしら」

「わたしくらいだろう。あんなふうに扱われて、あんなふうにわたしの評判をずたずたにされて、殺してやりたいと思ったよ」

「でも殺さなかった。そして今回も。だれかがあなたの仕業に見えるように巧妙に仕組んだんです」わたしは言った。

「それじゃあ、父さんが知るかぎりだれも訪ねてはこなかったし、外出もしていないんだね」ダーシーは首を振った。「パズルのようだ」

キレニー卿と話ができる機会を無駄にしたくなかったから、わたしは考えをまとめようとしていた。二度とないかもしれない。「アメリカの大学の教授が彼を訪ねてきたことを知っていますか？　神父は？　メインゲートの近くでふたりの姿が目撃されているんです」

キレニー卿はうなずいた。「ああ。アメリカ人教授が来た。発掘を見に来たと言って、城に部屋を借りられないだろうかと訊いてきたよ。わたしは笑って、ローチがどんな男かを説明した。彼は礼を言って帰っていった」

「その人に訊かれたのはそれだけですか？」

「お茶に誘ったわけではないからね。ゲートに鍵がかかっているとかなんとか言っていたから、なかに入りたければゲートにある電話で城にかければいいと教えてやった。ほかに入り口はないかとも訊かれた」

「塀の小さなドアのことは教えなかっただろうね？」ダーシーが訊いた。

「当然だ。わたしをなんだと思っているんだ？」キレニー卿は辛辣な口調で言い返したが、すぐに気を取り直して言葉を継いだ。「いや、教える理由はなかった」

「神父はどうです？」わたしは訊いた。「若い神父が彼のことを尋ねているんです。ここに来ましたか？」

キレニー卿は首を振った。「いや、ちょっと待ってくれ。別の人間がいた。神父じゃなくて、医者だ。医者ではなかった。ひと月くらい前、ローチは具合が悪くなって医者を呼んだんだが、地元のやぶ医者ではなかった。アメリカ人だったと思う。従者のミッキーが医者を連れてくると言ったんで、深刻な状態なのかと訊いたら、風邪をこじらせただけだと思うという答えが返ってきた。それからしばらくして、エステート・ワゴンを止めてガレージから出てきたとき、家の前で交わされている会話が耳に入ってきた。ローチはかなり動揺しているようだった。〝どうやって見つけたんだろう〟というようなことを彼が言ったが、低い声の返事は聞き取れなかった。するとローチは〝これからどうすればいい？　あんな手術は二度とごめんだ。一度で充分だ〟と言った。またなにか答える声がして、わたしが角を曲がったときはちょうどその医者が車に乗りこむところだった。〝話してくれてありがとう。だがどうせ、たっぷりと診察費を請求するんだろうな〟とローチが言い、ミッキーが医者を送っていったんだ」

「興味深い話だ」ダーシーは確認を求めるようにわたしたちを見た。「彼はどこか悪いところがあって、それが再発したらしい。以前に手術を受けていて、もう一度受けなければならなくなったようだ。アイルランドに来たのはそれが理由だったのかもしれない。自分が死にかけていることを知って、ひとりになりたかったのかもしれない」

まだ一二月四日

今日はたくさんのことが起きたけれど、ようやく進展があったようだ。

ゾゾとわたしってすごい！　彼女のことが好きになり始めたかもしれない。

わたしたちは互いを見つめ合いながら、その情報の意味を考えていた。全員が達した同じ結論を口にしたのはダーシーだった。

「彼がもしなにかの病気の末期だったのなら、その医者は――彼が犯人だとしてだが――どうして彼を殺そうとする？」

「遺言書を書き換えようとしていて、アメリカにいる親戚のひとりがその前に殺そうとしたとか？」ゾゾが言った。

「まだやっていないことがあったわ」わたしは言った。「最近、アメリカから手紙が来ていないかどうか、地元の郵便配達員に訊くのよ。わたしの経験からすると、田舎の郵便配達員はとても詮索好きよ。手紙がどこから送られてきたのかを覚えているかもしれない」

「いい考えだ」ダーシーが言った。「その線を調べてみよう。だが、彼にかかってきた電話を調べるのは無理だ」

「交換台に訊けばわかるわ。地元の警察は調べているのかしら。わたしたちには調べられないわよね？」

「ローチが偽パスポートで入国していたことがわかったわけだから、警察はきちんとした捜査を始めるだろう」ダーシーが言った。「どういうふうに捜査を進めるべきかを提案することはできる」

「言葉巧みにね」ゾゾが言い、わたしたちは顔を見合わせて笑った。

「やっぱり一番の鍵は従者のミッキーだと思うの」わたしは言った。「キレニー卿に容疑がかかったのは、彼の証言があったからよ。ほかにお城を訪ねてきた人間はいないと彼は言っているけれど、でも実際は最近、医者が来ていた。ミッキーが犯人だったとしたら？　キレニー卿の指紋が棍棒に残るように、彼が仕組んだのだとしたら？」

「だが彼にどんな動機があるというんだ？」キレニー卿が訊いた。「結果として彼はいい条件の仕事を失った。いまは仕事を見つけるのは難しい」

「彼が本当に従者だったらそうかもしれない。でも、実はミスター・ローチとはなにか別のつながりがあって、彼を殺すためにここに来たとしたら？」わたしは反論した。

「どんなつながりだ？　彼は下流階級の人間だ。ローチも上流階級の出だとは言えないが、やつには金があった」

「そこなんです。ローチが相続した財産は、自分のものになるべきだとミッキーが考えていたとしたらどうですか？」

「その仮説の欠点は、どうしていままで待つ必要があったのかということだ」ダーシーが口を開いた。「父さん、ローチがここに来てからどれくらいになる？　四年だったかな？」

「そんなところだ」

「殺したい人間のそばにいながら、四年も待つだろうか？」

「そのとおりね」わたしの頭のなかで、考えがまとまり始めていた。「彼はミスター・ローチが重い病気だということを知っていた。じきに死ぬだろうと考えていたのにいつのまにか四年も過ぎて、とうとう業を煮やして自分で手をくだそうと決めたんじゃないかしら。お医者さまが来たんですよね？　もう一度手術をすれば治るとローチに言ったのかもしれない」

「なるほど」キレニー卿はわたしを見つめた。その瞳は息子と同じ濃い青だ。髪は乱れ、ひげすら剃っていないというのに、それでもとてもハンサムだった。

わたしは彼の視線にいくらかひるんだものの、それでも言葉を継いだ。

「そういうわけですから、アメリカ大使館にはローチだけではなくてミッキーについても調べてもらわなくてはいけません。彼の写真と指紋を手に入れてアメリカに送る必要があります」

「あいつはずる賢い、いやな男だ。すんなり写真と指紋を採らせてくれるとは思えない」

「こっそりやるのよ」ゾゾが言った。「ジョージーが素晴らしい計画を立てたの。本当に頭がいいわ。お城に行って、わたしが彼に写真を見せるの。この人物を見たことがあるかって訊くのよ。そうしたら彼は写真を手に取って眺めるから、きれいな指紋が手に入るというわけ。彼が写真を見ているあいだに、ジョージーが写真を撮る。簡単よ」

キレニー卿は顔をしかめた。「殿下、きみはどうしたらそんなにくそいまいましいほど楽観的になれるんだ？」

「だって自己憐憫に浸っているよりは、そのほうがいいからよ」ゾゾが答えた。「前を向いて行動を起こすことが、悲惨な状況を乗り切る唯一の方法だってわたしは学んだの。愛するピーターが農民に八つ裂きにされたあと、命からがら逃げなくてはならなかったときも、わたしはそうやって生き抜いてきたのよ。ところであなたの言葉遣いはひどいわね。ジョージーが罵り言葉をこんなに聞かされるのは初めてだと思うわ」

キレニー卿の顔を笑みらしきものがよぎった。

「確かに。ひどい言葉遣いだった。申し訳ない」

「許してあげるわ。それからわたしのことはゾゾと呼んでね。みんなそう呼ぶのよ」

「愛称で呼ぶほどきみのことを知っているとは言えないが」

「それならアレクサンドラでもいいわ。でもその堅苦しい〝殿下〟はやめてちょうだい」

「わかった」キレニー卿はぶっきらぼうに言った。「それならわたしのことはサディと呼んでくれ」

「サディ。いい名前ね」ゾゾはうなずいた。「さあ、これで方針が決まったわね。カメラとフィルムはあるかしら？　写真は？　大きめのものがいいわね」

「たまたまぼくのバッグにカメラが入っている。取ってくるよ」ダーシーが言った。そうなるはずだったもっと幸せなイベントを写真に収めるために、カメラを持ってきていたのだとわたしは悟った。これでとりあえず、無駄にはならなかったわけだ。

ダーシーが部屋を出て行くと、キレニー卿がわたしたちふたりに向かって言った。

「これが本当に分別のある行動なんだろうか？　ミッキーが実際に雇い主を殺していたなら、きみやジョージアナを彼と対峙させるわけにはいかない。かといってダーシーとわたしはいっしょには行けない。彼に疑いを抱かれてしまう」

「対峙するわけじゃないわ」ゾゾが言った。「協力してほしいって頼むだけだもの。これが手がかりになるかもしれないからって言って。ダブリンにいる法廷弁護士のために、事前調査をしているんだって話すわ。彼はわたしを知らない。本当のことだし、彼も少しは狼狽するかもしれないわね。もしも彼が犯人だったなら、わたしたちが見当違いのことをしていると思って、きっと心のなかでせせら笑うわ。それにわたしたちはばかじゃないもの。〝いっしょに地下牢まで来てくれたら写真を見るよ〟って言われても、行ったりしないから」ゾゾは鈴の音のような声で笑った。

ダーシーが誇らしげにカメラを振りながら戻ってくると、キレニー卿は立ちあがった。

「さてと、どの写真なら目的にかなうだろう？」

「レースのときに新聞用に撮った写真があるだろう？」ダーシーが訊いた。「勝った馬といっしょに写したような。そんなものがいい」

「あるにはあるが、わたしの写真を見せるわけにはいかないだろう？」キレニー卿の口調はいらだっていた。

「いっしょに写っているだれかのことを訊けばいい。優勝カップを受け取っていたり、役員と話していたりする写真があるはずだ。ミッキーにはそれがだれだかわからない」

キレニー卿はうなずき、重々しい足取りで階段をあがっていった。わたしたちはその場に座ったまま、顔を見合わせた。「たいしたものだ、ゾゾ」ダーシーが言った。「きみがいなければ、父の口を開かせることはできなかったよ。ようやく、医者という手がかりがつかめた」

「ひとつ、ミッキーが嘘をついていたことも」わたしは言った。

キレニー卿が戻ってきたので、わたしたちはそちらに視線を向けた。髪を梳かしてきたことにわたしは気づいた。「これがいいだろう」彼はそう言って、一枚の写真をゾゾに渡した。数人が見つめるなかで、彼がひとりの男性と握手を交わしている写真だ。

「完璧ね」ゾゾが言った。「まずはきれいに拭いて、残っている指紋を全部消しておかないと」白いレースのハンカチを取り出し、念入りに拭き始めた。「さあ、これでいいわ。もしもまだ指紋があったとしてもぼんやりしたものだろうし、その上にミッキーのはっきりした指紋が残ることになる。さあ、行動開始よ。すぐに暗くなるわ。殺人犯が野放しになっているときにお城の暗い敷地を歩くのは、いくらわたしでもごめんだもの」ゾゾはハンカチに包んだ写真を持ったまま立ちあがった。「行くでしょう、ジョージー？　道を教えてくれなくちゃ。ダーシー、カメラをちょうだい」

ダーシーは険しい口調で応じた。「きみたちをふたりだけで行かせるつもりはないぞ」

「あなたがいっしょに来るわけにはいかないわ」わたしは言った。「彼はあなたを知っているんだから」

「きみだって見られているじゃないか」

「でも彼は、わたしが本当は何者なのかを知らない。ロンドンの探偵事務所で働いているって彼には言ったのよ。覚えているでしょう？　それにゾゾが法廷弁護士の代理で調査をしていることを知れば、動揺するかもしれないわ」

「彼がなにかべつの武器を持ち出してきて、きみたちふたりを殴り殺すかもしれないんだぞ」

「ばかなことを言わないのよ、ダーシー」ゾゾが言った。「玄関から奥には入らないから。メインゲートにはいまも警察官がいるんでしょう？　叫べば聞こえる距離よ。心配することなんてなにもない。あなたは村の郵便局に行って、最近アメリカから手紙が届いていないかどうかを調べていればいいのよ」

「気に入らないな」ダーシーは言ったが、キレニー卿はうなずいた。

「ふたりに任せるんだ。わたしが木陰に隠れて、ちゃんと見張っているから」

ダーシーはため息をついた。「わかった。こうするほかはないんだろうな。アメリカ大使館から情報を得るのは、早ければ早いほどいい。だが、ローチが偽者だとぼくたちが知ったことは従者に教えないほうがいい。彼はそのことを知っているかもしれないし、知らないかもしれない。どちらにしろ、いまは黙っているべきだ」

わたしたちはうなずいた。

「用意はいい？」ゾゾがわたしを見た。わたしは立ちあがり、ダーシーからカメラを受け取った。「心配しないで。わたしたちなら大丈夫」わたしは、自信に満ちているように見えることを願いながら笑みを浮かべた。

ロッジを出たときには雨はやんでいて、西の空は真っ赤に染まり、葉を落とした木の輪郭をくっきりと浮かびあがらせていた。わたしたちは家庭菜園を横切り、蔦に覆われた小さなドアにたどり着いた。そこから林のなかをお城を目指して進んでいく。敷地内にいるすべての生き物が警戒心を募らせているかのように、わたしはまただれかに見られている気がした。ゾゾの冷静さがうらやましくなったが、近くの茂みから物音が聞こえると、彼女はわたしの腕をつかんだ。

「いまのはなに？」

「敷地内には鹿がいると聞いたわ」わたしは答え、自分がびくついていないことに安堵した。

再び歩きだしたときには、ゾゾはわたしに体を寄せていた。目の前にそびえるお城は、傾きかけた太陽の光を浴びてピンク色に輝いている。わたしたちは壁沿いの小道をお城の正面に向かって進んだ。ゲートから延びる私道はそこで円を描き、その中央に噴水がある。メインゲートを振り返ったが、そこに配備されているはずの警察官の姿は見えなかった。歓迎すべきなのだろうと思った。もし見えていたら、追い払われたかもしれない。けれど警察官がいると確認できれば、もっと安心できただろうに。

玄関は石の階段をあがった先にあった。

「あなたは階段をあがらないで、従者からは見えないけれど、その顔が撮れるところにいてちょうだい」ゾゾが言った。

彼女は階段をあがっていき、わたしが玄関にカメラを向けられる場所に立ったのを確認すると、親指を立てて合図を送ってから呼び紐を引いた。お城のなかで呼び鈴が鳴る音が聞こえ、わたしたちは待った。さらに待った。ゾゾがあきらめて引き返そうとしたとき、恐怖映画でよく耳にするぞっとするようなきしみ音と共に玄関のドアが開いた。ミッキーが驚いたような顔でそこに立っていた。

「あんたはだれだ？　ゲートに警官がいるのに、どうやって入ってきた？　記者なら……」

「わたしは記者ではありません」ゾゾはせいいっぱいのいかめしい声で言った。「キレニー卿の代理人を務めるダブリンの法廷弁護士の使いの者です。いくつかお訊きしたいことがあります。あなたはミスター・ローチの従者ですね？」

「そうでなけりゃ、こんなところに住んでいるわけがないだろう？」ミッキーは生意気な返事をしたが、その視線が落ち着きなくあちらこちらをさまよっているのを見て、動揺しているのだとわかった。

「当然ながら、あなたは証言を求められるでしょう」ゾゾは言葉を継いだ。「真実を言っているのであれば、なにも問題はありません。いくつか質問に答えていただけますね？」

「話ならなかでしょう」ミッキーが言った。

「けっこうです。ここで問題ありません。写真を見ていただきたいので、明るいところのほうが望ましいのです」ゾゾは写真を差し出した。「よく見てください。キレニー卿のうしろに立っている男性が見えますね？　見覚えはありませんか？」

ミッキーは写真を手に取った。わたしはカメラを彼に向け、彼が顔をあげるのを待ってシャッターを切った。それからフィルムを巻きあげ、念のためさらにもう数枚撮った。手が震えないようにしたつもりだが、なかなか難しかった。ミッキーはちらりと見ただけで、写真をゾゾに返した。

「いいや、一度も見たことはないね。こいつが、おれのボスを殺したと疑われている男なのか？」

「容疑者のひとりだとだけ言っておきましょう」

ミッキーの顔を面白そうな表情がよぎったのがわかった。ほんの一瞬だが、間違いない。彼は自分で言っている以上のことを知っていると、わたしは確信した。

「ありがとう。あなたは彼を見たことがないと報告しておきます。もうひとつ、あなたの言ったことを確認したいのですが、ミスター・ローチを訪ねてきた客はいないということでしたね？」

「そのとおり」

「彼のところに医者が来たと聞いていますが」

ミッキーは明らかに驚いたようだ。「医者？　ああ、来たよ。だが医者は客じゃないだろう？　野菜やら肉やらを届ける配達人はしょっちゅう来る。髪を切りに床屋も来る。だがそれは客とは違う。確かに彼の具合が悪いときに、医者が来た」

「アメリカ人の？」

「そうだ。アメリカにいた当時の医者がアイルランドに来ていて、ボスの具合を確かめるためにやってきた」

「その人はいまどこに？　彼に証言してもらうことはできますか？」

「なにをだ？」ミッキーの声が大きくなった。「彼ならミスター・ローチが殺されるずっと前にアメリカに帰ったよ。だからあんたのところの法廷弁護士に、時間もエネルギーも無駄にしているだけだと伝えてくれ。警察に言ったとおりだ。おれが知るかぎり、だれも城を訪ねてはこなかった。来たのはキレニー卿だけだし、そのうえ彼とボスはあの日の午後争っていた。どう考えたって、あの男が犯人だ。ほかになにを知る必要があるっていうんだ？」

「捜査がどう進んでいるかということをお話しするつもりはありません」ゾゾは高慢そうな口調で告げた。「ですが、ここ最近、お城の近くで目撃された人間について調べることになるとだけ言っておきましょう。ミスター・ローチの電話履歴も」

「棍棒に残っていたのはキレニー卿の指紋だけだったんだから、そんなことはどうでもいいだろう？」

ミッキーが一歩前に出たので、わたしはすかさず夕日が当たった彼の顔の写真をもう一枚撮った。

「興味深いと思いませんか？」ゾゾはあとずさりすることもなく、落ち着いたまなざしを彼に向けた。「何千年も前からある棍棒にひとりの人間の指紋しか残っていないというのは？」

「わかりきったことじゃないか？　ミスター・ローチはあれをオークションに出すつもりでいた。壁からおろして、見栄えがいいように磨いたんだ」ミッキーは明らかにせせら笑っていた。

「なるほどね。ご協力ありがとうございました。これ以上お邪魔はしません。この件が片付いたら、アメリカに戻るつもりですか？」

「多分ね」

「ですが、すぐにはどこにも行かないようにしてください」ゾゾは写真をハンカチでくるんだ。「証人として裁判に出廷することになるでしょうから」

「わかっているよ。あの貴族の男がさっさと罪を認めればいいんだ。そうすれば、ばかばかしい裁判なんてしなくてすむんだから」

「キレニー卿には有力な友人が大勢いるので、きっと正義が行われるでしょう」ゾゾは素っ気なくうなずいた。「それでは失礼します、ミスター・ライリー」

林のなかを歩いているあいだに、みるみるうちにあたりは暗くなっていった。ミヤマガラスたちがカーカーと鳴きながら、大きなオークの木にあるねぐらに帰っていく。その耳障りな鳴き声にほかの物音はすっかりかき消されていた。人間の声など聞こえないにもかかわらず、わたしはだれかに見られているという気がした。振り返っても、なにも見えない。枝が揺れているわけでもない。けれどだれかがわたしを見ているという思いをぬぐい去ることはできなかった。

一二月四日
マウントジョイに戻る

わたしたちは、なにごともなく塀の小さなドアにたどり着いた。ダーシーとキレニー卿が見るからにほっとした顔でわたしたちを迎えた。ゾゾが見事な演技を見せたことを伝えると、ふたりは感嘆の表情を浮かべた。

「きみは舞台に立つべきだったんだ」ダーシーが言った。「きみとジョージーのお母さんは、素晴らしいコンビになっただろうな」

ゾゾは笑った。「演技ができれば、確かに生きていくうえで役に立つでしょうね。でも幸いなことに、わたしは額に汗して働く必要はなかったわ」

「きみは運がいい」キレニー卿が言った。「わたしたちのなかには、生き延びるために必死で抗（あらが）い、それでもうまくいかない人間がいる」

「でも人生って不公平なものでしょう？　夫が殺されて家が燃やされたときには、わたしだってどこへ行けばいいのか、どうやって生きていけばいいのかもわからなかった。でも自分で新しい人生を切り開いてきたわ。生きていくにはそうしなければならないのよ。自分の力で立ちあがって、一からやり直すの」

「もちろん、スイスの銀行にたっぷり預金があれば役に立つだろうしね」ダーシーが指摘した。

ゾゾは笑って応じた。「ええ、そうね。役に立つわね」ダーシーに尋ねる。「郵便局でなにかわかった？」

「なにも。ミスター・ローチ宛にアメリカから手紙が来たことはなかったそうだ」

「キルデアかダブリンに私書箱を持っていて、そこで手紙を受け取っていたのかもしれない」キレニー卿が言った。

「そうね。それも警察に調べてもらわないと」わたしは言った。「調べる気があればの話だけれど」

「暗くなってきた。きみをダブリンまで送っていかなくては」ダーシーが言った。

「いい考えがあるわ」ゾゾの声は明るかった。「全員でロールスロイスに乗りこんでシェルボーンに行くのよ。とびきりのディナーをごちそうするわ。あそこのランチはおいしかったと思わない？」彼女はまっすぐキレニー卿を見つめた。「あなたには元気を出してもらわなくちゃ」

「残念だが、わたしはいっしょには行けない。許可なくこの付近を離れることはできないのだ。きみたちは楽しんでくるといい。ミセス・マクナリーが食べるものを持ってきてくれているから、わたしはそれで充分だ」

「絶対にだめよ。それなら、みんなで残るわ。まだお店は開いているでしょう？　村に行って、なにか食べられそうなものを集めてくるのよ。まともなシャンパンがあるとは思えないけれど」

「いや、やめておこう」キレニー卿はきっぱりと断った。「悪いが、わたしはひとりになりたい。いまはなごやかに語り合う気分にはなれないし、そもそもお喋りは得意ではない。わたしならひとりでも平気だ」

「本当にそれでいいの？」

「いまはそれが一番いい」キレニー卿が言った。彼がわたしたちに迷惑をかけないようにしているのか、それとも本当に関わってほしくないと思っているのか、わたしには判断がつかなかった。

「ぼくが戻ってくるよ、父さん。そうしたらいっしょに食事をしよう」

「いや、おまえは殿下と食事を楽しんでくるといい。わたしは本当にひとりになりたいんだ」

「彼は、本当にひとりになりたかったのかしら」乗りこんだロールスロイスが動きだしたところで、ゾゾがつぶやいた。「それともいまは自分がいっしょにいても楽しくないだろうからって、気を遣ってくれたとか?」

「父がだれかに気を遣うのは見たことがないな」ダーシーが言った。

「あら、あのぶっきらぼうな外見の下には、きっと寛容で温かい心が隠れているのよ」ゾゾの言葉にダーシーは声をあげて笑った。

「きみはどんなことにも明るい面を見るんだね」

「黒い雲に包まれるよりもそのほうがいいもの」

「ダーシーのお父さまはゆうべ、ウーナ大おばさんに招待されたのに断ったんです」わたしは言った。

「ウーナ大おばさん。なんて素敵な響きかしら。ぜひ会ってみたいわ、ダーシー。ジョージーをあそこでおろしてからダブリンに行くことにしたらどうかしら? そうすれば、わたしも彼女に挨拶ができる。そのときに、わたしも泊まれるかどうかを訊いてみればいいのよ」

「そのことは考えてみたが、やっぱりきみにあそこはふさわしくないと思うよ、アレクサンドラ」真剣に言っているのだとわからせるために、ダーシーは彼女を正式な名前で呼んだのだと気づいた。「たいしたことじゃないときみは考えているのかもしれないが、事態を複雑にするだけだと思う。それに使用人もおらず、きみをもてなせるような暮らしをしていないいま、きみのような高い身分の客を迎えるのは、彼女たちに恥ずかしい思いをさせることになる。はっきり言って、きみがロンドンに帰ってくれたほうがぼくはうれしい」

「わたしが役に立たないとでも言うの？　ミッキー相手のわたしの演技は見事だったでしょう？」傷ついたようなゾゾの口ぶりだった。「あなたがそんなことを言うなんて、信じられないわ、ダーシー」

「きみは本当に素晴らしいよ、ゾゾ。だが、きみにできることはぼくたちでもできるんじゃないかと考えていたんだ。きみをここに引き留めて、時間とお金を無駄に使わせたくないんだよ」

「でも、わたしは楽しんでいるのよ。わくわくするわ。それにあなたのお父さまの無実が証明されて、お城がまた彼のものになるまで、わたしはゆっくり眠れない」

「そんな日が来るとはとても思えないね」ダーシーが言った。「父の無実が証明されたとしても、城はミスター・ローチの相続人のものになる。彼が何者であれ、正式な所有者だったことは事実なんだから」

「どうかしら。それが人生の面白いところよ。この先なにが起きるかは、だれにもわからないんだから。毎朝八時半に列車に乗って会社や銀行に通う人たちを気の毒だと思うのはそれが理由なの。フォークストンやマーゲートで休暇を過ごすくらいで、彼らは今後二〇年、なにが起きるかをわかっているんだから。ああ、わたしにはとても無理ね」

車は村のなかを走っていた。あのアメリカ人記者が〈ザ・ハープ〉の外でふたりの男性と煙草をふかしながら話をしている。裁判がなかなか始まらなかったら、彼女たちはどうするつもりだろう？　村を出たところで、だれかがあとを追ってきていることに気づいた。記者という人種は本当に熱心だが、わたしがだれであるかに気づいた人間はまだいない。あたりはかなり暗くなっていて、ところどころでなにかの明かりがきらめいているのが見えた。

「いいでしょう、ダーシー。そんなに硬いことを言わないで。あなたの大おじさまと大おばさまに紹介してくれたっていいんじゃない?」ゾゾが言った。「どれほど変わり者だとしても、ぜひあなたの親戚に会いたいのよ」

ダーシーはため息をついた。「わかったよ。だが頼むから、あそこに泊まりたいなんて言いださないでほしい」

「もちろんよ。ジョージーを送っていくついでに、ちょっと挨拶をするだけよ」

わたしは落ち着かない気持ちになり始めていた。ゾゾは素敵な人だ。いっしょにいて楽しいし、気前もいい。けれど、どうしてそれほどわたしをダーシーの大おばさまたちの家に残し、ふたりきりでダブリンに行きたがるの? また不安が頭をもたげてきた。彼女とダーシーは以前……友人以上の関係だったことがあると……わたしは確信していた。見つめ合う表情で、ベッドを共にしたことがあるかどうかはわかるものだ。ゾゾは彼を取り戻したがっているの? わたしをライバルだと思っている? 朝になってまた彼女を迎えに行くよりはそのまま泊まったほうがずっと楽なのに、それでもダーシーはキレニーまで戻ってくるだろうか?

なんてハンサムなんだろうと思いながら、わたしはダーシーの横顔を眺めた。彼がわたしのような女を選んだことが不思議だった。いまもまだそのことを心から信じられずにいるのだと思う。彼を信じなければならないことはわかっていた。まわりに大勢の女性がいるにもかかわらず、彼はわたしに結婚を申しこんだのだから。けれどこれまでの彼の生き方は、わたしとはまったく違っていた。わたしのような階級の人たちにとって、ベッドを渡り歩くのが娯楽のひとつであることは知っているけれど、わたしは彼をだれかと共有するつもりはなかった。彼が留守のあいだじゅう、不安を抱えていたくはない。そんな暮らしはとても無理だ。

車は凸凹(でこぼこ)した私道を進んでマウントジョイに到着した。

「あらまあ――ずいぶん恐ろしいところね」ゾゾはうれしそうにくすくす笑った。「あなたは、恐怖の館に滞在することになるのね、ジョージー。まさかウーナ大おばさまは魔女だったりしないわよね、ダーシー？」

「どうだろうね？　そうだとしてもぼくは驚かないね」ダーシーはゾゾの側のドアを開けると、家へといざなった。玄関ホールに入ったわたしたちを犬たちが出迎えた。尻尾を振りながら、飛びついてくる。エプロン姿のウーナが台所から姿を見せた。

「いつ戻ってくるのかと思っていたのよ」彼女が言った。「今夜はあなたが食事をしないつもりならいいんだけれど、ダーシー。鴨の残りが三人分しかないのよ」ゾゾに気づいて、ウーナは言葉を切った。「あら、どういうこと？　もうひとり？　あなたはどなた？」

ダーシーはゾゾの腕を取った。「ウーナおばさん、彼女もロンドンから来た友人だ。ザマンスカ王女だよ。ゾゾ、大おばのウーナを紹介するよ」

ゾゾは犬を避けながら前に出て、手を差し出した。「初めまして。事件の話を聞いて、わたしにできることはないかと思ってすぐに飛んできたんです。お邪魔してすみません。でもどうしてもご挨拶がしたくて」

ウーナは呆気に取られた顔をしている。どう応じていいのかわからないようだ。

「またロンドンからのお友だち？　ダーシー、あなたはハーレムでも作るつもりなの？」

「彼女は本当にただの友人だよ。古くからのね。これからダブリンに戻るところなんだ。彼女はシェルボーンに滞在しているんだ」

「でしょうとも。ともかく、なかに入ってシェリーでも飲んでいってくださいな。あなたたちが来ることがわかっていたら、トレッドウェルにチーズストロー（細長い形をしたチーズ味ビスケット）を焼いてもらったのに。彼はケーキを焼く達人になったのよ」

「ウーナおばさん、ぼくたちはすぐに出発したほうがいいと思う。彼女をダブリンまで送ったら、ぼくは戻ってこなければいけないんだから」ダーシーが言った。

「つまらないことを言わないでちょうだい、ダーシー。夜中の三時に帰っていったことは何度もあったし、それくらいなんとも思っていなかったじゃないの。それに一杯のシェリーは、いままさにわたしたちが必要としているものだと思うわ。元気づけてくれるわよ」ゾゾが言った。

「これで決まりね。さあ、いらっしゃい、こっちよ」ウーナが言った。「犬たちはそこをおどき。ほら、邪魔しないの」ウーナは犬たちを脇に寄せて道を作ろうとしたが、あまりうまくいかなかった。

「トレッドウェルというのは料理人ですか?」ウーナのあとを追ってブーツをまたぎ、犬たちのあいだをすり抜けて居間へと向かいながら、ゾゾが尋ねた。今日は椅子の上に猫はいなかったが、代わりに本の山がいくつかとクロスワードパズルが半分完成している『タイムズ』紙と一ダースの卵が入ったバスケットが置かれていた。

「トレッドウェルは、キレニー城の執事だったんですよ」ウーナが答えた。「城が売られたときに、わたしたちが彼を引き取ったの。それ以来できるようになったことはたくさんあるけれど、なかでも料理の腕が素晴らしいんですよ。いまでも、自分のほうがわたしたちより優れているみたいな振る舞いをしたがりますけどね」ウーナは呼び紐をぐいっと引いた。軽やかな足音が聞こえてきたかと思うと、トレッドウェルがあわててエプロンをはずしながらやってきた。「お呼びでしょうか、レディ・ホワイト?」

「お客さまなのよ、トレッドウェル。シェリーグラスをお願い。なにかつまむものはないわよね?」

「残念ですがありません、レディ・ホワイト。あらかじめわかっていれば、チーズストローをお出しできたのですが」トレッドウェルは非難めいたまなざしを彼女に向けた。

ウーナは笑って、自分の脇腹を叩いた。「わたしが言ったとおりでしょう? あなたはチーズストローの達人だって、彼女たちに言っていたのよ」

「ご主人はお留守ですか?」トレッドウェルが威厳たっぷりに部屋を出ていくと、ゾゾが尋ねた。

「ドーリー？　いいえ、どこかにいるはずよ。いまもまだワーテルローの戦いに夢中なんですよ。その素晴らしい頭脳をかわいそうなサディを助けることに使いなさいって言ったのに、窮地に陥っているウェリントン公をそのままにしておけないらしくて」シェリーグラスとデカンターをのせた銀のトレイを手にしたトレッドウェルが戻ってくると、ウーナは顔をあげた。トレッドウェルは顔色ひとつ変えずに卵のバスケットをどけてトレイを置き、シェリーを注ぎ始めた。

「トレッドウェル、それが終わったらお客さまがいらしているとサー・ドーリーに言ってきてちょうだい。髪を梳いてからおりてくるようにってね」

ゾゾがうれしそうに小さく笑った。シェリーを飲んでいると、間もなく、髪をきれいに分けて撫でつけたドーリーが現われた。だが前身頃が卵で汚れたシャツの上に虫食いの穴があるカーディガンを着たままだったので、せっかくの努力も台無しだった。ダーシーが彼をゾゾに紹介した。

「ワーテルローの戦いを再現しているとお聞きしました」彼女が言った。「素敵じゃないですか」

「歴史に興味があるのかね？」

「その戦いにはとても。自分がナポレオンだと信じているおじがいるんです」

「それなら、ぜひお見せしよう。屋根裏に並べてある。完全に忠実に再現しているんだ」

「ドーリー、彼女はあなたの玩具の兵士なんて見たくないわよ」ウーナが言いかけたが、ゾゾが遮った。

「ぜひ、見たいです」

「それならおいで」ドーリーが歩きだした。「だが犬を入れないように気をつけるんだ。でないと、全部めちゃくちゃにされてしまうからね」

「わたしたちもいっしょに行ったほうがいいでしょうね。そうしないと、彼があなたのお尻をつねるかもしれない」ウーナが言った。

「ウーナ、わたしは王女のお尻をつねったりなどしないよ」

「あなたのことはよくわかっているのよ。きれいな女性を見ると我慢できないんだから」ウーナはわたしたち全員を廊下へと連れ出した。階段をひとつあがり、さらにもうひとつあがった。ドーリーがドアを開け、わたしは思わず息をのんだ。その部屋には一切の家具がなく、床には文字通り何千もの鉛の兵士が並べられている。馬や大砲だけでなく、木や家のミニチュアまであった。

「すごい。壮観だわ」ゾゾが声をあげた。「なんて素晴らしいのかしら。それで、いまはどっちが勝っているんですか？」

ドーリーはうれしそうに笑うと、ぺたりとお尻をつけて座り、戦場の一点を指さした。

「われわれだ。見えるかい？　これがウェリントンだ。彼はいま……」

「ああ、ドーリー、お願いよ」ウーナがよく響く声で言った。「一度話し始めたら、あなたは止まらないんだから」

「ぼくは遅くならないうちに、ザマンスカ王女をダブリンまで送っていかなきゃいけないんだ」ダーシーが言った。

「彼女が荷物を持ってきていないのが残念だよ。そうすれば、ここに泊まれたのに」ドーリーが言った。「きれいな女性がふたり同時にこの家にいることはそうそうない」

「ぜひここに泊まりたいわ」ゾゾの言葉を聞いて、ダーシーがいましめるようににらみつけた。「ご迷惑でないのなら？」

「いや、ウーナおばは……」ダーシーが言いかけたが、ウーナが遮った。

「もちろん、迷惑なんかじゃありませんよ。でも言っておきますけれど、ここはリッツでもシェルボーンでもないし、鶏に餌をやる手伝いをしてもらわなきゃいけませんよ」

「もちろんです。喜んでお手伝いするわ。ほらね、ダーシー、言ったでしょう？」ゾゾは勝ち誇ったような笑みを浮かべた。こうと決めたときの彼女はかなり手ごわい。常に自分の意志を通してきたのだろう。「もしよければ、ここまで飛んできてもいいんですけれど。納屋のひとつに飛行機を置かせてもらえますか？」

「飛行機？」ウーナとドーリーが声を揃えて訊き返した。

「そうなんだ、言ってなかったかな？」ダーシーが説明した。「彼女は飛行機でやってきて、ロッジの向かい側の放牧場に着陸したんだ」

「なんとまあ」ウーナがつぶやいた。「あなたには驚かされますね、殿下」

「そんな堅苦しいのはやめてくださいな」ゾゾが言った。「わたしの名前はアレクサンドラです。友人たちはゾゾって呼びます。わたしもウーナ大おばさまと呼ばせてくださいね。わたしの義理のおばさまになってください。だって、本当の親戚はみんなポーランドやロシアにいて、二度と会うことができないんですもの」彼女はドーリーの肩に手を置いた。「義理のおじさまになってくださいますよね？　明日、戦いを見るのを楽しみにしていますね、ドーリーおじさま。さぞ面白いでしょうね」ゾゾはダーシーの腕を取った。「さあ、行きましょう、ダーシー。あなたがわたしをダブリンに連れて帰りたくて、やきもきしているのはわかっているのよ。出発しましょう」そう言うと、ダーシーを引きずるようにして階段をおりていった。

ウーナがわたしを見た。「気をつけたほうがいいわ。彼女、あなたの恋人を狙っているわよ」

一二月四日　夜遅く
おいしい夕食とあまりうれしくない意外な展開

　ふたりが出発したあと、わたしたち三人はカレー味の鴨とオレンジのムース——どちらもとてもおいしかった——を食べ、それから応接室に移動してコーヒーを飲んだ。ブランデーを勧められたけれど、それは断った。シェリーと食事中のワインで、すでに頭が少しふらふらしている。ウーナとドーリーはどちらも今日なにがあったのか、捜査はどれくらい進んでいるのかを知りたがった。アルコールのせいでいくらか舌が滑らかになっていたようで、気がつけばわたしは偽パスポートの件を含め、すべてをふたりに話していた。

「やっぱりそうだったんだわ！」ウーナが自分の太腿をぴしゃりと叩いたので、足元に寝そべっていた犬たちがぎくりとした。「これで、彼が逃亡していたか、もしくは身を隠していたということがわかったわけね。彼を殺したいと思っていた人間が大勢いたのよ。ダブリンの頭の固いあの警部も、サディに対する容疑を取りさげなきゃならなくなったわね。ほかにだれも言わないなら、わたしが行ってそう言ってやりますよ」

「それほど簡単なことじゃないんです」わたしは言った。「問題がいくつかあります。あの日、お城を訪れたのはダーシーのお父さまだけだと従者が言っていますし、棍棒に残っていた指紋もお父さまのものだけだったんです。決定的な証拠ですよね。残念ですけれど」

「棍棒に自分の指紋が残っていた理由について、サディはなにか言っていないの？」

「あの日の午後、彼はお城に行っています。ミスター・ローチが——本当は何者なのかはわかりませんが——ブルダクラブを含めたオマーラ家の家宝をオークションに出すつもりだということを知って激怒し、そんなことはさせないと言いに行ったんです。棍棒はテーブルの上に置いてあって、彼はそれを手に取っています」

「仕組まれたんだ」ドーリーは肘掛け椅子の上で不意に背筋を伸ばした。「これではっきりした。すべて計画されたことだ。何者かがローチを殺そうと考え、サディにその罪をなすりつけようとした。棍棒がテーブルに都合よくのっていたのはそのためだ。それにサディは酔ったこと以外、あの夜のことはなにも覚えていないと言ったね？　薬を盛られたんだと思うね。彼のウィスキーに眠り薬が入れてあったとしたらどうだ？」

「よくやったわ、ドーリー」ウーナはにこやかに彼に微笑みかけた。「あなたの優れた頭脳がきっと解き明かすってわかっていた」

「それなら、だれが犯人なんでしょう？」わたしは訊いた。「従者以外だったら？」

「どうして従者を省くの？」ウーナが訊いた。

「彼にどんな動機があるというんですか？　雇い主からなにかを盗むつもりだったなら、警察に通報せずにさっさと逃げ出していたでしょう。死体が発見されるころには、どこかに姿を消していたはずです。でもいま彼は仕事を失ってしまったんです」

「だれかが金を払って、彼を殺人に加担させたんだろう」ドーリーが言った。「たっぷりと払って口を封じたんだ。あるいは実際に手伝わせたかもしれない」

ゾゾと話していたときのミッキーの顔を思いだした。警戒していたことは間違いない。

「手を貸すようにだれかが彼を脅したのかもしれません」

「そのとおりね。警察は、彼の口を開かせる方法を見つけなければいけない」ウーナが言った。「それであなたはこれからどうするつもり？」

「わからないんです。アメリカ人教授を捜すべきだと思いませんか？　それから若い神父も。ふたりともお城の近くで目撃されていますし、自分で言っているような人間ではないかもしれません。教授が言っていた大学は存在しないことがわかっていますし、この近辺の教区には若い神父はいないんだそうです」

「いい考えだと思うわ」

「でもそれ以外は、アメリカにいるだれかがティモシー・ローチと名乗っていた人物に気づくか、もしくは指紋から身元が判明するまで、待つほかはないんです」

「それって何週間もかかるんじゃないかしら？　船で大西洋を渡って、列車で大陸を横断するんでしょう？　長い時間がかかるのに、そのあいだかわいそうなサディはずっとマスコミに追い回されて、犯罪者扱いされるのよ」

「いまは電信で写真を送れるようになっているんじゃなかったかな」ドーリーが言った。「新聞でそんな記事を読んだ気がする。それなら、たいして時間はかからないだろう」

夕食で飲んだワインの酔いに加え、暖炉で気持ちよく温まったせいか、わたしは不意に激しい疲れを感じた。

「不作法だと思われたらごめんなさい。でもなんだかとても疲れてしまって。部屋に引き取らせてもらってもいいですか？　この続きは、ダーシーもいっしょに朝になってからするのでもかまいませんか？　それまでにもっと素晴らしい考えがサー・ドーリーに浮かぶかもしれませんし」

「いいのよ、ゆっくりおやすみなさい」ウーナが言った。「トレッドウェルに温かい飲み物を持って行かせましょうか？」

「いいえ、けっこうです。ありがとうございます」わたしはふたりそれぞれに言った。「ご親切に本当にありがとうございます」

「あなたがいてくれてうれしいのよ。退屈な暮らしが活気づくわ。そうよね、ドーリー？」

「そのとおり」

わたしは部屋に引き取って寝間着に着替えると、寒かったので急いでベッドに潜りこんだ。枕に頭がついたとたん、明かりのスイッチを切ったみたいに、わたしの意識は消えていた。

理由もわからないまま、不意に目が覚めた。部屋は真っ暗だったけれど、どういうわけかそこにだれかがいるのがわかった。ベッドの足元に立っている人間がいる。夜中に悪さをしようとしてサー・ドーリーが忍びこんできたのかと、とっさに思った。けれど彼は華奢だ。暗闇にかすかに浮かびあがる人影は、彼よりずっと大柄だった。

というわけで、わたしは次の可能性を探った。この部屋にとりついている幽霊だろうか。息遣いに耳を澄ましてみたが、なにも聞こえなかった。様々な幽霊が出ると言われているスコットランドのお城で育っていたから、ほかの人ほど幽霊は怖くない。とはいえ、ベッドの足元に幽霊がいると思うと落ち着かない気持ちになった。幽霊を追い払うにはどうすればいいんだった？　十字架を掲げる？　いや、うまくいきそうもない。幽霊の多くは修道士や修道女なのだから。わたしはさらに考えた。にんにく？　いいえ、それが効くのはヴァンパイア。そもそも手元ににんにくなどない。悪魔祓いについて読んだことを思い出そうとした。悪魔よ、立ち去れ！　とか、そんな台詞だった。ここにいるのはわたしに危害を加えるつもりのない罪のない幽霊かもしれないし、そうじゃないかもしれない。あいにく、幽霊はわたしとドアのあいだに立っていた。

脅かしてみようと決めた。不意に体を起こして叫んだら、おとなしく消えるかもしれない。少なくとも犬たちが聞きつけて、その鳴き声を聞いたウーナかドーリーが来てくれるだろう。そこでわたしは大きく息を吸うと、体を起こした。「悪魔よ、立ち去れ！」せいいっぱい芝居がかった声で言った。「おまえのいるべき冥府に帰れ！」

その台詞は思ったような効果を生まなかった。幽霊は小さな悲鳴をあげると、わっと泣き始めたのだ。なにより、そのアクセントは明らかにアイルランドのものではなかった。

「お嬢さんってば、なんだって脅かすんですか」すすり泣きの合間に彼女は言った。「ようやくここまで来たっていうのに」

わたしはベッド脇のランプに手を伸ばした。柔らかいピンクの光が部屋を満たした。

「クイーニー？」

虫食いだらけのあのとんでもない毛皮のコートを着た彼女は、まるで溺れかかったハリネズミのようだった。両手で顔を覆い、体を震わせながら泣いている。わたしはベッドを出た。

「クイーニー、ごめんなさい。あなただって知らなかったのよ」そう言いながら、彼女をベッドに座らせた。「いったいここでなにをしているの？」

「お嬢さんのところに行けって家族に言われたんです。困ってるお嬢さんを放っておくとはなにごとだって。あたしはお嬢さんのそばにいなきゃいけないって。とりわけ、こんなときは面倒を見る人間が必要なんだって。だもんでお金をかき集めて、アイルランド行きの切符を買ってくれたんです」クイーニーは説明したが、しゃくりあげながらだったのでなにを言っているのかなかなか聞き取れなかった。

「どうやってお嬢さんを捜せばいいのかわかりませんでした。キレニー卿のところに行ったってことしか知らなくて。なんで、村までヒッチハイクをしてお城に行ったんですけど、ゲートにいたおまわりさんがここにはだれも住んでいないって言って、なかに入れてくれなかったんです。そのとき、お嬢さんを見かけたんです。もうひとりの女の人といっしょに地所のなかを歩いていた。叫びながら手を振ったのに、お嬢さんは気づいてくれなかった」

「そうだったわ。だれかに見られているような気がしていたのよ。でもだれの姿も見えなかった」

「塀をぐるりとまわってお嬢さんを捜そうとしたんですけど、そのときはもういませんでした。なんで、村に戻ったら、お嬢さんが車で通り過ぎるところでした。あとを追いかけたのに、お嬢さんは気づかなかった」

「だれかが車を追いかけてくるのは気づいていたのよ。でも村に集まっている新聞記者のひとりだと思ったの」

「そうみたいですね。あたしに話しかけてきた女性記者がいました。パブに連れていってくれて、ギネスビールを何杯かおごってくれたんです。いい人でしたよ。お嬢さんがだれなのかを知って、すごく喜んでいました」

なんてこと。とうとう秘密が漏れてしまった。

「でもその人もお嬢さんの居場所は知らなかったんで、どうしていいかわからずにいたら、ミスター・ダーシーがパブに入ってきたんです。あたしがいるのを見て、びっくりして卒倒するところでしたよ。それで、親切にあたしをここまで連れてきてくれたんです。でもって、この家の女主人に、お嬢さんの部屋に行ってまだ起きているかどうかを確かめて、なにか用事がないか訊いてくるようにって言われたんです。なんで、音を立てないようにそっと部屋に入ってきたっていうわけです」

「まあ、クイーニー」わたしは笑ったほうがいいのか、それとも泣くべきなのか、心を決めかねていた。彼女の精神の柔軟性は評価しなければならないだろう。わたしと会うまではイースト・エンドを出たことすらなかったというのに、ひとりでキレニーまでやってきたのだ。わたしへの献身も称賛するべきなのだろうが、実際は家族が彼女を厄介払いしたくてたまらなかったに違いないという気がしていた。数日もたたないうちに、彼女は台所を吹き飛ばすか、もしくはカーテンに火をつけたのだろう。そしてまったく悪気がなかったとはいえ、わたしの正体を明らかにしてしまったのだ。今後はどこへ行くにも記者たちに取り囲まれることになるだろう。ダーシーはひどく怒るに違いない。

わたしは王家の祖先のことを思い起こし、かろうじて寛大さを保った。

「ひとりでこんな遠くまで来たのは、とても勇敢だったわ。レディ・ホワイトは、今夜あなたが寝る部屋に案内してくれたの？」

「はい、お嬢さん。もう一階上です。屋根裏の小さな部屋で、ベッドにたどり着くまでが大変なんですよ、床に物があふれているんで。でも平気です。お嬢さんを見つけたんで、もうあとはどうでもいいです。朝になったら片付けますし」

「それならもう寝たほうがいいわ。疲れているでしょう？」

「はい、お嬢さん。もうへとへとです」

「それにお腹も空いているんでしょうね」

「いえ、それは大丈夫です。パブで親切な男の人たちがミートパイと豆をおごってくれたんで。みんなとても親切ですね。それじゃあ、寝ます。おやすみなさい」

そう言ってクイーニーが部屋を出て行ったあとも、わたしはおののきながら天井を見つめていた。クイーニーはただ戻ってきただけでなく、わたしのことを記者たち全員に喋ってしまったらしい。なんてこと。わたしはもう一度つぶやいた。

一二月五日　水曜日

クイーニーが戻ってきた。ああ、どうしよう。心配事がさらに増えた。どうかクイーニーが行儀よくして、わたしに恥をかかせませんように。

朝、目覚めてみるとクイーニーの姿がなかったので、わたしはひとりで顔を洗って着替えをした。階下でウーナがあわただしく、朝食のテーブルを調えていた。

「あら、起きたのね。ゆうべ、あなたのメイドが来たのを知っている？　あなたがもう寝ているようなら起こさないようにと、彼女に言ったのよ」

「ええ、起こされはしませんでした。ベッドの足元に黙って立っていたので、てっきり幽霊かと思いましたけれど」

ウーナは大きな声でけらけらと笑った。「幽霊にしてはたくましすぎるわね」

「すみません。彼女がアイルランドまでわたしを追いかけてくるなんて、思ってもみませんでした。家族のところに帰したんですけれど、わたしといっしょにいるべきだと家族に説得されたらしくて」

「まあ、とても献身的ね。近頃では珍しいことよ。もうトレッドウェル以外、献身的な使用人なんていないと思っていたわ」

わたしは気まずそうに笑うほかはなかった。「そういうわけじゃなくて、家族が彼女を家に置いておくことに耐えられなかったんだと思います。あの子は歩く災厄みたいなものですから」

その言葉が合図だったかのように、上から太古のもののような怒りの咆哮が聞こえてきた。あんな声を出せるのはどんな生き物だろう？　激怒した雄の象？　それとも……。

ウーナとわたしは階段を駆けあがった。さらにもうひとつ。縞のガウン姿のドーリーが屋根裏部屋の戸口に立っている。

「ノーーーーーー！」彼が叫んだ。

「ドーリー、どうしたの？」ウーナが彼の肩に腕をまわしながら訊いた。

「どこかの間抜けがここに入ったんだ。それともだれかが犬を入れたのか」

わたしは部屋をのぞきこみ、ワーテルローの戦いのかなりの部分が台無しになっていることを見て取った。兵士たちが床の上に散乱している。

気持ちが沈んだ。これほどの短時間でこんな惨劇を引き起こせる人間はひとりしかいない。

わたしがなにか言うより早く隣の部屋のドアが開いて、だぶだぶの寝間着を着たぼさぼさ髪のクイーニーが眠たそうな顔で現われた。

「それ、すみませんでした」部屋のなかを示しながら言う。「夜中にトイレに行きたくなったんですけど、戻ってみたらどっちのドアが自分の部屋だったかわからなくて。なんか蹴飛ばしたんですぐに違うって気づいたんですけど、今度は自分が入ってきたドアを見つけられなかったんです。心配ないですよ。着替えたらすぐに、全部直しますから」

「きみには無理だ」ドーリーの声は絶望に満ちていた。「どの兵士がどの連隊に属しているのかも、連隊をどこに置けばいいのかもきみにはわからない。見てごらん、きみはフランス人をブラックウォッチ連隊のなかに置いているじゃないか」

「わたしたちがお手伝いします」わたしは言った。「指示してもらえれば、そこに兵士を並べます。ちゃんと元通りにしますから」

ドーリーはかろうじて笑みらしきものを浮かべた。「きみは親切ないい娘さんだね、ジョージアナ。すまなかった。ついカッとなってしまった。暗いところでは、こちらの若いお嬢さんが部屋を間違えたのも無理はない」

「クイーニー、部屋に戻って着替えていらっしゃい」使用人をきちんと管理できている女主人のように思われたくて、わたしは威厳たっぷりに言った。「二度とこんなことをしないように」

「大丈夫だ。今後はだれも間違えたりしないように、部屋の前に椅子かなにかを置いておくから」ドーリーはすでにしゃがみこんで、鉛の兵士たちを手早く並べ始めている。

「着替えとたっぷりした朝食を終えるまで、そのままにしておきましょう」ウーナが言った。「そうしたらジョージアナの言うとおり、わたしたちも手伝うから。すぐに元通りになりますよ」

ドーリーはうなずき、その場を離れていった。わたしは申し訳ない気持ちでいっぱいだった。スモークしたタラとポーチド・エッグの朝食で栄養をつけたところで、わたしたちはワーテルローの戦いの惨劇に立ち向かうため、屋根裏部屋に戻った。クイーニーには、許可を出すまでわたしの部屋から一歩も出ないように命じた。彼女を近寄らせるわけにはいかない。いくつかの大隊を並べ終えたところで（不器用さではクイーニーと大差ない人間にとっては、簡単なことではなかった）犬の鳴き声と男性が呼びかける声が聞こえてきた。

「だれかいますか？」

「ここよ、ダーシー」ウーナが返事をした。「犬はあがってこさせないで――」

階段の踏み板をぱたぱたとあがる犬の足音が聞こえたかと思うと、数頭の犬の姿が見えて、ウーナは途中で言葉を切った。ドーリーは再び絶望の悲鳴をあげながらドアに飛びつき、犬が飛びこんでくる寸前に閉めた。それから数センチほどそっと開けると、隙間から驚いたような顔のダーシーが見えた。

「ずいぶんな歓迎ですね」ダーシーが言った。

「きみじゃないよ。犬どもだ」ドーリーが答えた。「この一時間あまり、ワーテルローの惨劇を元通りにしていたところなんだ」

「惨劇？　勝っていたんじゃありませんでしたか？」ダーシーは面白がっているような表情だ。

「勝っていたんだが、名もなき若者がわたしの戦いで失態を犯して、大混乱を引き起こしたんだよ」ドーリーはダーシーが部屋に入れるように、戸口に立って犬を追い払った。ダーシーはドアの隙間から体を押しこむようにして入ってきた。

「きみがやったのかい？」ダーシーが訊いた。

「違うわ。クイーニーよ。夜中にトイレから戻ってきて、違うドアを開けてしまったの。一番早い船であの子をイングランドに送り返してくれればよかったのに。あの子が歩く災厄だっていうこと、あなたも知っているでしょう？」

「ごめんよ」ダーシーは笑いながら答えた。「きみが歓迎しないことはわかっていたんだが、たったひとりでキレニー城を探し出し、泊まるところもない彼女を見たら、ここに連れてくるほかはなかった」

「そうね」わたしは大きなため息をついた。「あの子は世界一ひどいメイドだけれど、まるでどうしても安楽死させる気になれない老犬みたい。それに心根はいい子なんですもの」

「これで、王女が来たらあなたのメイドに彼女の面倒も見てもらえるようになったわね」ウーナが言った。「彼女は普段、メイドなしで旅をしたりしないでしょうからね」

「わお」わたしはつぶやいた。どこの王女であれ、クイーニーがそばにいるなど想像できない。だが少なくとも、ザマンスカ王女にはユーモアのセンスはありそうだ。そのセンスはたっぷり必要になるだろうとわたしは思った。

「ダブリンに戻る用意はできている？」ダーシーが訊いた。

「その前にここを元通りにする手伝いをしないといけないの」

「いやいや、ここは心配しなくていい」ドーリーが言った。「サディのために、きみたちができることをするほうが大切だ。警察があの従者の尻尾をつかんだら、すべてははっきりするはずだ」

「尻尾をつかむ？」ウーナが顔をしかめた。「ドーリー、あなたはアメリカ映画を観るのをやめたほうがいいわ。言葉遣いがひどくなっているわよ」

ドーリーは肩をすくめた。「怪しいアメリカ人のことが話題になっているから、それにふさわしい言葉を使おうと思っただけだ」

わたしはダーシーに言った。「ドーリーおじさまは、だれかがミッキーを買収したか、もしくは脅してミスター・ローチを殺す手助けをさせたんじゃないかって考えているの。少なくとも、口を封じるためにお金を払ったんだろうって。昨日、ゾゾと話をしていたとき、ミッキーは確かに動揺している感じだったわ」

「指紋は手に入れたし、写真も現像ができれば手に入る。あとは、大使館がそれでなにかつかむのを待つだけだ。いまごろはロンドンの知人がワシントンと連絡を取っているはずだから、そちらでもなにか調べがついたかもしれない。今日行ってみればわかるだろう」

　わたしはコートと帽子、手袋を身に着けると、わたしが戻ってくるまでどこの部屋のドアも開けないように、そして行儀よくしているようにとクイーニーに命じてからロールスロイスに乗りこんだ。身を切るような寒い日だったので、膝掛けがあってよかったと思った。西の空は灰色の雲が垂れこめていて、そのうち雨か雪が降り出しそうだ。田舎道をドライブするよりは、赤々と燃える暖炉とココアのほうが魅力的に思えるような日だった。

「ゆうべはずいぶん早くキレニーに戻ってきたのね」わたしは言った。「ゾゾが引き留めなかったのが驚きだわ――夕食にという意味よ」わたしが言い添えると、ダーシーはにやりとした。

「誘われたよ――夕食にだけれどね。だが、急いで戻って父といっしょに食事がしたかったんだ。ずいぶん元気になっていただろう？　ゾゾのおかげだと思う。彼女の影響はかなり大きいね。父が髪を梳いていたことに気づいたかい？」

　わたしは笑って答えた。「ええ、気づいたわ。でも、彼女はどんな男性にもそういう影響を与えるんだと思うけれど」わたしが挑むようなまなざしを向けると、ダーシーは笑った。

「いまだに再婚していないことが意外だわ」

「自由を楽しみすぎているんだろうな。妻が飛行機を買って、それに乗って飛び回るのを黙って見ている夫はそういない」

「わたしの夫は、わたしに好きなことをさせてくれるかしら。もちろん、飛行機で飛び回ったりはしないけれど」

「それはよかった」しばしの沈黙のあと、ダーシーは言い添えた。「ジョージー、問題はまだ解決したわけじゃないとわかっているよね？　指紋のことがあるし、父はなにも覚えていない。このままいけば、陪審員が父を有罪にする可能性は大いにあるんだ」

「だからわたしたちはそうならないようにしなければいけないんでしょう？　死んだ人の身元が判明すれば、きっと新しい動機と容疑者が現われるわ」

「そうだね」ダーシーは自分を納得させようとするかのように、力強くうなずいた。

わたしは手を伸ばし、彼の頰を撫でた。彼はその手をつかんでキスをすると、わたしの指を唇に押し当てたままこちらに向き直った。「ジョージー、きみがいてくれて本当にうれしいよ」

「わたしも」そう言ったとたん、わたしは「危ない！」と叫んだ。彼がキスをしようとして身を乗り出してきたので、車が道路脇の溝に落ちそうになったからだ。

車はダブリンの喧噪のなかを進んだ。ホテルに着いてみると、ゾゾは行きかう人すべての視線を集めながらロビーに座っていた。今日の彼女は黒っぽいミンクのコートにエメラルドグリーンの帽子という装いだった。頭の片側に乗せた帽子から、ひと筋の羽根が頰に垂れている。わたしたちが近づいてくるのを見て、彼女は立ちあがった。

「来たわね。なにか飲む？　遅めの朝食にする？　それともすぐに出発する？」

「もう食べてきたよ、ありがとう」ダーシーは応じると、彼女の足元に置かれていたスーツケースを手に取った。「これはきみの荷物？　ここをチェックアウトしたということだね？」

豪華なロビーを見まわしながら尋ねる。「本当に、ここからウーナおばのところに移るつもりなのかい？　気が変わってもいっこうにかまわないし、ぼくは喜んできみをここまで迎えにくるよ」

「ダーシー、わたしはウーナおばさまのところに泊まりたくてたまらないのよ。本物の変わり者はいまはとても少なくなっているの。さぞわくわくするでしょうね」

「何日かたっても、きみが同じように感じていることを願うよ。実を言えば、飛べなくなるまえに飛行機に乗って家に帰ったほうがいいんじゃないかと考えていたんだ。どうも天気が崩れそうだ。しばらくここに閉じこめられてしまうかもしれない」

「あなたはもうわたしを必要としていないと言っているように聞こえて仕方がないんだけれど」ゾゾが言い、なにかをほのめかしているのだろうかとわたしはいぶかった。

ダーシーは気まずそうに答えた。「ゾゾ、きみが来てくれてよかったと思っているよ。ただ……その、きみはいろいろと付き合いがあるだろう？　もうすぐクリスマスなのに、パーティーにも一切出られなくなる」

ゾゾは笑った。「それだけじゃないでしょう？　あなたは恋人とふたりきりでいたいのに、わたしに邪魔されたくないんだわ」

「いまは恋人とふたりきりの時間を楽しんでいる場合じゃない。ぼくたちがここにいる目的はただひとつ。父の無実を証明することだ」

「そういえば」ゾゾはハンドバッグから一枚の紙きれを取り出した。「ゆうべ、ロンドンの友人から電報が来ていたの。ダブリンで最高の法廷弁護士の名前を教えてくれたわ。サー・グレンヴィル・ホブス。名前だけでも威厳たっぷりじゃない？　いますぐ会いにいきましょう」

「まずは大使館に行って、フィルムと指紋を渡したほうがいいんじゃないか？　その弁護士は留守かもしれないし」

「もちろん留守じゃないわよ」ゾゾは断言した。「だってさっき電話をしたから。友人のロディから紹介してもらった、緊急の用件があるのですぐに行くって言っておいたわ」彼女は腕時計を見た。「時間はあるわ。まず大使館ね。指紋はできるだけ早くアメリカに送ったほうがいいもの」

ゾゾは、彼女のためにドアを開けようとして我こそはとベルボーイたちが待ち構えている正面玄関に向かって歩きだした。

一二月五日　水曜日　ダブリン

ようやく希望が見えてきた。
素晴らしい法廷弁護士に会う。

「大使館でなにがつかめたのか、早く聞きたくてうずうずしているのよ」暖かなシェルボーン・ホテルを出て、冷たい風が吹きすさぶセント・スティーブンス・ガーデンに向かって歩きながらゾゾが言った。「もうミスター・ローチの身元を突き止めているかもしれないわね」彼女は強風に吹き飛ばされないように片手でお洒落な帽子を押さえ、もう一方の手でミンクのコートをしっかりと体に巻きつけた。「わくわくするわね。ものすごく刺激的だわ。ダーシー、退屈なロンドンからわたしを連れ出してくれてありがとう」

「きみを楽しませるために、こういう事態をおぜん立てしたわけじゃないよ、アレクサンドラ」ダーシーが風に負けないように声を張りあげた。

ゾゾはダーシーに追いつこうとして足を速めた。「わかっているわよ。でも、やっぱり刺激的だって思わずにはいられないわ。エルキュール・ポワロになった気分よ。推理小説を読んだことはある？　面白いわよね」

わたしたちは再びロールスロイスに乗りこみ、大使館のあるフェニックス・パークを目指して川沿いを走った。予期していた雨こそまだ落ちてきていないが、裸木は強風に大きく揺れ、空を飛ぶカモメがあおられている。わたしたちは入り口近くに車を止め、風に吹き飛ばされないように急いで建物のなかに駆けこんだ。受付には昨日の痩せた若い男性が座っていて、わたしたちを見ると立ちあがった。

「おはよう」ダーシーが言った。「オマーラです。昨日もティモシー・ローチの殺人事件のことでここに来たんですが、今日はいくつか情報を持ってきました。昨日ぼくたちが話をした人が大使ですか？」

「そうです」若い男性は机のこちら側にまわってきた。「ですが、今日大使はほかのことで手一杯なので、わたしでよろしければお話をうかがいます」

「いやそれは……。出直してきましょうか？」

「お話ししたいことがあります、ミスター・オマーラ」彼が言った。「ちょっとこちらに来ていただけますか？」

彼はダーシーの腕を取ると、横の廊下へと連れていった。体よく追い払われるに違いないとわたしは思った。今回のことは大使にとって重大事ではないのか、あるいはわたしたちに首を突っこんでほしくない人間がいるのだろう。アイルランド警察の警部が、わたしたちには一切くわしいことを教えないようにとアメリカ大使館に警告したのかもしれない。数分後、ふたりはいかめしい顔で戻ってきた。

「待合室まで来てもらえますか？」若い男性が言った。とりあえず、帰れとは言われなかったのでほっとした。大使の手が空くまで待つことになるのかもしれない。案内されたのは庭を見渡せる気持ちのいい部屋だった。夏はさぞ素晴らしい眺めだろう。いまはシャクナゲの茂みが強風に激しく躍り、みぞれが窓を叩いていた。わたしたちは暖炉を囲むソファと肘掛け椅子に腰をおろした。痩せたアメリカ人は背もたれのまっすぐな椅子を運んできて、わたしたちと向かい合うように座った。予想していないことだったので、わたしは思わずダーシーを見た。

「こちらはミスター・レノックスだ」ダーシーが言った。「いまぼくたちが必要としている人物で、ぼくたちのことは聞いているそうだ」

ダーシーはなにも言わなかったが、この男性こそFBIから大使館に派遣されている人物であることをわたしは悟った。ダーシーはわたしたちを紹介し、昨日の午後のことを語った。

「そういうわけで、死んだ男性の使用人の写真と指紋を手に入れました」

「たいしたものだ」レノックスは感心したように、ゾゾとわたしに向かってうなずいた。

「よく考えつきましたね」

「指紋がはっきり採れているといいんですけれど」ゾゾは言った。「彼に渡す前に、写真はきれいに拭っておきましたから」

「きっとはっきりした指紋が採れますよ。ワシントンに送って、一致するものがないかどうか調べてもらいましょう」

「それって、すごく長い時間がかかるんじゃないんですか？」ゾゾが尋ねた。

「全然かかりませんよ。いまはメッセージを送るのと同じように、電信で写真を送る設備があるんです。数年前にＲＣＡが開発した素晴らしい技術ですよ。ＡＴ＆Ｔはファクシミリを使って写真を六分で送ることができる。なにもかもとても速くなりました。その男に犯罪歴があれば、一日か二日のうちにはわかります」

「素晴らしいわ」ゾゾに輝くような笑みを向けられて、彼は顔を真っ赤に染めた。それだけの魅力がない自分に、わたしはどこかほっとしていた。

「指紋と言えば」レノックスが言葉を継いだ。「お伝えしておかなければいけないことがあります。昨日、被害者の指紋を採ろうと思って遺体安置所に行ったんですが……彼には指紋がありませんでした」

「まあ、死ぬと指紋はなくなるんですか？」ゾゾが訊いた。

レノックスは首を振った。「いいえ。もちろん組織は縮みますが、通常はかなり長いあいだ指紋を採ることができます。この男性に指紋がなかった理由は、ふたつのうちのどちらかです。印刷工やエッチング画家や写真の現像者といった酸を使う仕事についていて、長年のあいだに指紋が焼けてなくなってしまった。あるいは――」彼は一度言葉を切り、わたしたちを順番に眺めた。「――意図的に指紋を消したか。やすりで削り取ったか、もしくは皮膚を移植した。おそらく後者ではないかと考えています。彼は非常に高度な顔の整形手術も行っているようなのです。左の頬と髪の生え際にわずかな傷がありました。つまり彼は決闘を好むゲルマン民族だったか、あるいは顔を変えようとしたかのどちらかだということです」

「わお」その言葉を呑みこもうとしたけれど手遅れだった。子供っぽい言葉遣いをするとアレクサンドラ王女に思われたくなかったのに。「そんなことができるんですか？」

「高度な技術のある医者でなければ無理ですが、可能ですし、これまでにも実際に行われています」

「彼に会いに来たのはその医者だったんだわ」わたしはつぶやき、レノックスに言った。「キレニー卿がローチとアメリカ人の医者の話を耳にしているんです。医者はもう一度手術をしなければならないようなことを言っていて、ローチは気が進まない様子だったそうです」

「何者かが彼の正体と居所に気づいたということですね」レノックスが言った。「キレニー卿にその医者の人相を訊きたいですね。犯罪者の顔を変えることで大金を稼いでいる医者については、我々も何人かつかんでいます」

「彼に指紋がなくて、顔も変わっているのだとしたら、身元を突き止めることはできないんじゃないですか？」わたしは尋ねた。

レノックスはうなずいた。「確かに難しいです」

「それじゃあ、わたしたちが手に入れた従者の写真と指紋がとても重要になるかもしれないっていうことね」ゾゾは満足そうに笑った。

「彼と話をして指紋を手に入れたのはあなただわ。わたしはただ写真を撮っただけ」わたしは言った。「ちゃんと撮れていればいいんだけれど」

「間違いなく役に立ちますよ。だが、FBIの指名手配リストに指紋が載っていなければ、地元の警察官に写真を見せて確認してもらうのに時間がかかります。そうなると……」レノックスは最後まで言おうとしなかった。

「死んだ男の写真はすでにワシントンに送ったんですか？」ダーシーが尋ねた。

レノックスはうなずいた。「昨日のうちに。しかしFBIの指名手配者リストには載っていなかったし、まだなにも連絡はありません。唯一可能性があるのが、数年前ヨットで行方不明になった富豪です。フロリダ沖で無人のヨットが見つかったんです。妻の遺体は海岸に打ちあげられましたが彼は見つからないままで、溺死したのだろうということになっています。ですが、もし彼が自分の死を装おうとしたのだとしたら、彼にはミスター・ローチがしたのと同じことをするだけの資金はあった。それに、体格も髪の色もほぼ同じです」

「そして、だれかが追ってきていることをその医者が警告しに来た」わたしは言った。

「そういうことです。我々がつかんでいる医者がダブリンにいるかどうかを調べてみましょう。アイルランドとイングランドのあいだに入国審査がないのが残念ですよ。いまごろはロンドンに戻っているかもしれないし、リバプールかサザンプトンから船に乗ったかもしれない。とにかく船会社に確認してみます」

「ピーボディ教授がアイルランドを出たかどうかも調べてください」わたしが言うと、レノックスは驚いてこちらを見た。

「ピーボディ？　だれです？」

「ピーボディ教授と名乗った人物が、お城のゲートのすぐ外で行われている遺跡の発掘現場にやってきたんです。南ネブラスカ大学から来たと言っていたそうです」

レノックスは顔をしかめた。「ああ、昨日そのことを訊かれましたね。そんな大学はないとわたしは答えたんだった。ピーボディですか。その名前で旅をしているか、ダブリンに滞在している人間がいないかも調べておきます」彼はダーシーからゾゾ、そしてわたしを見て言った。「いまのところできるのはここまでですね。あとは待つだけです」

「これまでわかったことを警部に伝えないんですか？」わたしは尋ねた。「死んだ男性がまず間違いなく逃亡者で、おそらくは彼を追ってきた人間に殺されたんだろうと警部に話してくれませんか。彼の死はキレニー卿とはまったく関係ないと」

レノックスは渋い顔になった。「外国の警察にわたしから捜査方針を指示することはできません。被害者に指紋がないことや、顔を手術している可能性があることはすでに伝えてありますが、そこからどういう結論を導き出すかは警部次第です」

わたしはダーシーに向き直った。「それなら、わたしたちが警部に会わなきゃいけないわ。

お父さまの指紋がどうして棍棒に残っていたのかを説明して、仕組まれたことだって伝えるのよ」

ダーシーは眉間にしわを寄せた。「警部はいい顔をしないと思う。ぼくたちにあれこれ指示されるのを嫌がるだろう。それどころか逆効果になるかもしれない。アメリカから情報が入ってくるのを待たずに、父の裁判を早く進めようとするかもしれない」

「でも、いい弁護士がいればそんなことにはならないわ」ゾゾが得意満面で言った。「わたしたちには最高の弁護士がいるんだから。わたしはジョージーに賛成よ。ミスター・レノックスが船会社を通じてピーボディ教授が国外に出たかどうかを調べてくれるのなら、彼が近くにいないかどうかを調べるのは地元警察の仕事だわ。あら、それならわたしたちにもできるわね。キレニー近くのホテルや駅をまわって、彼らしき人物を見なかったかどうかを尋ねるのよ」

ミスター・レノックスは笑みをこらえきれなかったようだ。

「熱心な友人をお持ちですね、ミスター・オマーラ。だがダブリンだけでもとんでもない数のホテルや民宿があるんですよ。ひとりやふたりではとても調べきれるものではありません」

「それなら警察にやってもらわないと」ゾゾが言った。「いますぐに法廷弁護士のところに行きましょう。彼が弁護を引き受けてくれることになったら、その名前を使って警察を動かすのよ。さあ、行くわよ」ゾゾは立ちあがった。「ありがとう、ミスター・レノックス。あなたをわたしたちのチームにお迎えできてうれしいわ」彼女に再びにこやかな笑顔を向けられて、彼はまた顔を赤く染めた。

「お手伝いできて光栄です、マダム」レノックスはあわてて彼女のために ドアを開けた。

「面白いことになってきたわね」わたしはロールスロイスに乗ると、風に逆らってドアを閉めながら言った。「あなたのお父さまが、医者の人相をよく覚えているといいんだけれど。ピーボディ教授については、発掘場所の女の子に訊かなくてはいけないわね」

「それに若い神父もいる」ダーシーが付け加えた。「彼を忘れちゃいけない。アイルランドの田舎をうろつくには、神父のふりをするのが一番だ」

「ミッキーが本当に紹介所から派遣された従者なのか、それとも殺人に関わっているのかを知りたくて死にそうよ」ゾゾが言った。「彼って、ものすごく怪しい顔つきをしていると思わない？　あんな顔の人は、わたしなら絶対に雇わないわ。あの狡猾そうな目といったら」

「ぼくも、あんな話し方や態度の男は雇わないね」ダーシーが同意した。「だがアメリカでは事情が違うのかもしれない。それに前にも言ったが、仕事のときはああいう風じゃないのかもしれない。主人の前では恐ろしいほど上品ぶった話し方をするのに、仲間同士になるとひどい言葉遣いになる使用人は大勢いる」

わたしは笑った。「女主人の前で気取りもしなければ、上品ぶったりもしない使用人を使っているのはわたしくらいね」

「どうしてそのメイドをくびにして、もっといい人を雇わないの？」ゾゾが不思議そうな顔をした。

「だが彼女はどうしようもないからね。みんなわかっていることだが」ダーシーが言った。

「理由はふたつあります」わたしは答えた。「わたしには優秀なメイドを雇うだけのお金がないことがひとつ。もうひとつは、彼女をくびにしてはいけない気がしているんです。だって、ほかにはだれも彼女を雇う人なんていないでしょうから」

「それならそのメイドを教育しなきゃいけないわ」

「もちろんやってみました。でもあの子はとんでもなく頭が悪いのか、恐ろしく頑固なのかどちらかみたいで。どっちなのかはわかりませんけれど」

「その弁護士はどこにいるんだ？」ダーシーが話を遮って訊いた。ゾゾはハンドバッグから電報を取り出し、メリオン・ストリートの住所を告げた。わたしたちは、風雨にさらされた優美な砂岩の建物が並ぶジョージアン・ダブリンと呼ばれる地域の中心部に向かった。目的の建物では、いかにも有能そうな若い女性に迎えられた。

「サー・グレンヴィルは昼食の予定が入っているので、あまり長くならないようにしてください」彼女が言った。「いらしていることを伝えてきますので、少々お待ちください」

しばらく待ったところで、見事に整った部屋に案内された――置かれている家具はどれも趣味がよく、見るからに高級品だった。サー・グレンヴィルはその名が与える印象どおりの人物だった。着ているものは完璧だ。伝統的な柄のネクタイに鉄灰色の長めの髪、そして威厳のある顔立ち。彼はこちらに近づいてくると、王女に手を差し出した。

「ザマンスカ王女ですか？　ロディ・オルトリンガムからあなたの友人をくれぐれもよろしく頼むと言われています。実はキレニー卿とは知り合いでしてね。若いころ、同じクリケットチームでプレイしていたのです。ですので、この事件は最初から注目していました」彼はゾゾの手を離し、ダーシーと握手を交わした。「きみがオマーラだね。わたしの息子がきみと同じ学校でしたよ」

ダーシーは笑って応じた。「そう言えば、スミス・ハウスにホブスという男がいました。彼がそうですか？　たしかぼくよりいくつか年下だったと思います。ぼくが六年生のときに三年生だった」

「ラグビーが素晴らしく上手だと息子から聞いていますよ。ウィングでしたね？」

わたしはふたりの会話を聞きながら、アイルランドもイングランドと同じようなものだと考えていた。それなりの学校に通い、いっしょになにかスポーツをしていれば、それだけでちゃんとした人間だと認められる。同じ身分、同じグループの人間として。そしてそれが認められれば、あとは無条件で互いに助け合うのだ。

わたしたちが腰をおろすと、コーヒーが運ばれてきた。サー・グレンヴィルにわかったことをすべて話した。彼はじっと耳を傾け、メモを取り、いくつか質問をした。やがて顔をあげて言った。「いま問題になるのは、きみはわたしに弁護を依頼することはできないということですね。それができるのは弁護士なんですが、どなたです？」

「キルデアのリーチ・アンド・リーチです。残念ながら、彼らが代々うちの顧問弁護士なので」

「現在の責任者であるどちらかのミスター・リーチと話をして、わたしに連絡を取るように依頼してください。もちろん、わたしはこの仕事にふさわしくないと彼は考えるかもしれない。言っておいたほうがいいでしょうが、わたしの料金は決して安くはないのでね」

「それは問題ありません」ゾゾが言った。「お金はどうでもいいんです。いまわたしたちが求めているのは、最高の弁護士とキレニー卿を自由の身にすることなんですから」

「もうひとつ言っておきますが、わたしはとても優秀な弁護士ではあるが、奇跡は起こせない。証拠の指紋で陪審員の気持ちが揺らぐかもしれない。アルコールのせいで意識がもうろうとし、記憶をなくしたという事実もマイナスに働くおそれがある。すべてはアメリカでなにが判明するかにかかっていると言っていいでしょう。もしその男の身元が明らかになれば、動機がはっきりして、ほかの容疑者が浮かんでくるかもしれない。とりあえずいまは、ミスター・リーチ・アンド・リーチから連絡が来るのを待っていますよ」

なにもかもがあまりに気品に満ちていたので、ひとりの人間の命がかかっているのだと、わたしは改めて自分に言い聞かせなければならなかった。

一二月五日　水曜日
キレニーに戻る

警察本部を訪れてカラハン警部に会うことにダーシーがまったく気乗りしていないのは明らかだったが、こうと決めたときのゾゾが譲ることはなかった。

「わたしの言うことなら聞いてくれるわ」彼女が言った。

「きみは忘れているのかもしれないが、彼は熱心なアイルランド統一主義者なんだ。そのうえ社会主義にも入れこんでいて、貴族制度を撤廃したがっている」

「ばかね」ゾゾはくすくす笑った。「あなたもよくわかっていると思うけれど、男の人はわたしの血筋に興味を持つわけじゃないのよ」ゾゾがダーシーに向けたまなざしは、わたしの心にぐさりと突き刺さった。

そういうわけでわたしたちは公園にある警察本部に向かったが、警部は別の事件の捜査で留守だった。ダーシーは安堵のため息をついた。ゾゾは、ダブリンのホテルをまわってアメリカ人医師とピーボディ教授のことを尋ねようと提案したが、リーチ・アンド・リーチのところに行くほうが先だとダーシーは言った。「サー・グレンヴィルのことを話さなきゃいけない。もちろん父にも。これは父の事件だからね、父がうんと言わなければ、彼に弁護を依頼することはできない」

「アイルランド一の法廷弁護士をだれが断るというの？」ゾゾが訊いた。「見るからに有能そうだったわ。陪審員は彼の言うことすべてを信じるでしょうね」

「どちらにしろ、父が決めることなんだ」

「わたしが説得できると思う。たいていできるのよ。それにわたしたちが次に行くべきは、年よりの弁護士の事務所じゃなくて、昼食をとれるところだと思うの。お腹がすいたわ」

「昼食に出かけてしまう前に、リーチたちを捕まえたい」ダーシーが言った。「食べるのはキルデアに着いてからだ」

「わたしがそれまでに餓死していなければね。いいわ、さっさと行きましょう」

ダーシーは言われたとおり速度をあげ、わたしたちは間もなくキルデアに到着した。天気がこれ以上ひどくなる前に買い物を終わらせようとしている人たちでごった返している。実際、雨はすでにみぞれに変わり、風も強くなっていた。

「雪になりそうだ。それくらい寒い」ダーシーはヴィクトリア朝風の家が並ぶ通りに車を止めた。「こんな天気だから、ぼくひとりでミスター・リーチに会いに行ったほうがいいと思う。女性ふたりを濡れネズミにさせたくはないからね」

「彼ったら、わたしたちがミスター・リーチに女性の魅力を振りまくつもりだと思っているんだわ」ダーシーがロールスロイスにわたしたちを残して玄関へと走っていくのを見つめながら、ゾゾが言った。「いかにも男の人が考えそうなことよね。なんでも自分でやろうとするんだから。ジョージー、結婚したら彼に偉そうにさせちゃだめよ。あなたらしさをなくさないようにするのよ」

「結婚できるといいんですけれど。父親が有罪になったらわたしとは結婚しないって、彼ははっきり言いましたから」

「そういうことなら、絞首刑なんていうささいなことに真実の愛を絶対に邪魔させないようにしないと。そうでしょう？」ゾゾは楽しそうに笑ったあと、真面目な顔になって言った。「きっとなにもかもうまくいくわ、ジョージー。ミスター・ローチの正体が判明して、彼を殺したかった人間が絶対に見つかる」

「でも、もしカラハン警部があくまでも棍棒に残った指紋にこだわったなら、陪審員も同じように考えるかもしれません」

「いまはもう少し現実的なことを考えましょうか」ゾゾが話題を変えた。「おばさまたちの家に手ぶらで帰るのはどうかと思うの。あの人たち、あまり裕福ではないでしょう？　だからこのあたりのお店に寄って、なにか配達してもらったらどうかしら……そうすれば、わたしたちもお荷物にならずにすむわ」

「そうですね」

「わたしのミンクのコートは水に弱いのよ。あなたは上等でしっかりしたハリス・ツイードを着ているから、わたしの代わりに行ってもらえない？　道路の向こう側に精肉店があるみたいよ。ワインのお店も。運がいいわ」

「なにを買えばいいですか？」

「ごく普通のものよ。シャンパンを一ケース。これははずせないわね。それから上等のボルドーを数本。キジと……子羊の脚はどうかしら？　それともありふれている？」

「子羊の脚なら間違いないですね。残った部分でシェファーズ・パイも作れますし」

ゾゾはわたしの言葉を聞いて笑った。「残った部分。おもしろいこと」ハンドバッグを開き、数枚の五ポンド紙幣を取り出した。「これで足りるはずよ。ああ、それから朝食用にソーセージとキドニーもあるといいわね。あとはなにかもっとしっかりしたものが欲しくなったときのために、ランプステーキも少し」

「どれくらい滞在するつもりなんですか？」わたしは尋ねずにはいられなかった。数週間分はありそうだ。

「あら、いまのはほんの一日か二日分よ。近くに鮮魚店はないかしら？　牡蠣（かき）が食べたいし、キャビアは大好物なの」

「アイルランドの荒野でキャビアを見つけるのは難しいと思いますけれど。それに、牡蠣が手に入るくらい、ここは海から近いですか？」

「そうね。今度ダブリンに行ったときに、送ってもらうように手配するしかないわね。そうそう、お酒もお肉も配達してもらってちょうだいね。さあ、行ってきて」

わたしは風雨のなか車を降り、二軒の店に向かって走った。わたしの注文を聞くと、店員たちはとても愛想がよくなって、喜んで配達すると言った。お金のある人にとっての人生はまったく違うことを改めて実感しながら、わたしは車に戻った。ほぼ同時にダーシーも戻ってきたので、ゾゾに頼まれて食料品を買いに行っていたのだと説明した。

ダーシーはうなずいた。「彼女が気づいてくれてよかった。実を言うと、ウーナおばさんが充分な食べ物を出してくれるかどうか、心配していたんだ」

「それで、ミスター・リーチは大喜びだった？」わたしは車に戻りながらダーシーに訊いた。

「いいや。それどころか、まったく気乗りしていなかった。サー・グレンヴィルは弁護士として成功を収めてはいるが、品がなくて見た目が派手すぎるとミスター・リーチは考えているようだ。それに見るからに貴族然とした物腰は、庶民の陪審員に悪影響を与える可能性があるとも言っていた」

「まあ。それじゃあ、どうするの？」

「そのばかな男には分別を教える必要があるわね」ゾゾがきっぱりと言った。

「彼は、依頼人の希望に従うと言っていた。サー・グレンヴィルを雇うように父が指示すれば、そのとおりにするということだ」ダーシーは横目でわたしたちを見ながら言うと、クラッチをつないだ。古くなってはいてもエンジンは快調らしく、車は滑るように走りだした。

「昔から彼のことは好きじゃなかった。視野が狭くて、ひどく用心深いように思えてね。すべては父次第というわけだ」

「喜ぶに決まっているわ」ゾゾはそう言ったが、わたしは確信が持てずにいた。

「とにかくいまは、なにか食べられるところに行きましょうよ。あなたたちはどうだか知らないけれど、わたしは食事はきちんととりたいの。もうすぐ二時になるのよ」

わたしも空腹を感じていたので、ダーシーが広場でカフェを見つけたときにはほっとした。そこでミートパイと豆、ジャム入りロールパンというシンプルではあるものの、満足できる食事をとった。だがゾゾに言わせれば、ずいぶん変わった食べ物らしい。アフリカの奥地に暮らす先住民のごちそうかなにかのように感じたのかもしれない。さすがに彼女もこれで満足しただろうと思ったが、キレニーに着いてパン屋が目に入ると、ウーナに届ける食料にパンとケーキを加えるべきだと言い出した。さらには、ダーシーの父親にも。「気の毒に、もう何カ月もまともなものを食べていないようだったわ」

「ウーナはおとといにも父をディナーに招待しているんだが、父が断ったんだ。まあ、父の気持ちもわからないではない。自分の命がどうなるかを心配しているときに、世間話などしたくはないだろうからね」

「見て、ミセス・マクナリーよ」日よけの下で噂話に興じている女性たちのグループを見つけて、わたしは言った。「彼女に話を聞いておきたいわ。あの夜彼女がお父さまに食事を届けたのかどうかを尋ねないと。お父さまはやっぱり薬を盛られたような気がするの。だとしたら、一番いいのは食べ物に薬を混ぜることよ」

「いい考えだ」ダーシーはぐるりとまわって、車を降りるわたしたちに手を貸した。雨はすでに雪に変わっていて、白いものが舞うなかをゾゾはパン屋に向かい、わたしたちはミセス・マクナリーに歩み寄った。

「あらまあ、ミスター・ダーシー」彼女が言った。「お気の毒な旦那さまはどうしています？　わたしは本当に料理や掃除をしに行かなくていいんですか？　旦那さまが自分で身の回りのことをしようとしているのかと思うと、心が痛みます」

「大丈夫だよ、ミセス・マクナリー。ぼくがいっしょにいるから、ちゃんと食べるように気をつけている。食べるものといえば、ひとつ訊きたいことがあるんだ」

「なんです？」彼女はほかの女性たちから離れた。

「ミスター・ローチが殺された夜だが、あなたはお城から父のところに料理を運んだんだろうか？」

「ええ、運びましたよ。シチューをたっぷり作って、ミスター・ローチがいつでも温かいものを食べられるようにオーブンに入れておいたんです。家に帰るときに、ボウルに少し入れて旦那さまのところに持っていきました」

「そのボウルはしばらくカウンターの上に置かれていたということかい？　だれかがなにかを混ぜることはできた？」

「なにかを混ぜる？　どういうことです？」

「だれかが、キレニー卿の食べものに薬を入れたのかもしれないの」わたしは言った。

「なんとまあ。食べものに薬？　なんのために？」

「彼を眠らせて、あの夜のことをなにも覚えていないようにするためよ。そうすれば彼は、記憶をなくすくらい酔っていたことになって、アリバイがなくなるわ」

「まあ」ミセス・マクナリーは十字を切った。「そう言われてみれば、シチューのボウルはかなり長いあいだカウンターに置いてあったと思います。ミスター・ローチは食堂ではなく、書斎の暖炉の前で食べたいと言っているから、食堂のテーブルは片付けていいとあのミッキーという男に言われたんです。なのでわたしは食堂に行ってテーブルを片付け、ちょっとほこりっぽかったのできれいに拭きました。台所に戻ると、もう帰っていいとミッキーが言ったんです。なんだってわたしに命令できると彼が思っているのかは知りませんが、いつもそうなんです」

「ミッキーは、キレニー卿がそのボウルのシチューを食べることを知っていたのかしら？」わたしは訊いた。

ミセス・マクナリーは少し考えてからうなずいた。「知っていましたよ。嫌味っぽいことを言われましたから。主人のテーブルから残り物をさらっていくとかなんとか。食べ物を無駄にしたくはないし、ミスター・ローチが全部食べ切れないことはわかっているんだからって、わたしは答えたんです」

「そしてあなたはシチューをキレニー卿のところに持っていった」わたしはさらに言った。

「はい。食べる気になったときに冷たくなっていないようにストーブの脇に置いておきました。旦那さまはウィスキーのグラスを手に座っていて、機嫌が悪そうでした。お礼を言われるどころか帰れと言われたんで、わたしはさっさと帰ったんです」

「そしてウィスキーと薬のせいで、キレニー卿はすっかり寝入ってしまったわけね」ミセス・マクナリーと別れ、車に向かって歩きながら、わたしは言った。「なにもかも洗ってしまっているから、証明はできないわ。でもミセス・マクナリーを食堂に追い払ったということは、ミッキーはやっぱり無関係ではなさそうね」

「だがそれを証明する方法もない」ダーシーが言った。「おやおや、ゾゾはずいぶんと買いこんだね！」

パン屋から出てきたゾゾのうしろから、両手いっぱいにいくつもの箱を抱えた少年がついてくるのが見えた。ダーシーはあわてて道路を渡り、彼女のために後部座席のドアを開けた。わたしもそのあとを追おうとしたとき、背後から声をかけられた。

「あら、あなたね。なんていいタイミングかしら。ずっとあなたと話がしたいと思っていたのよ」〈ザ・ハープ〉で会った、アメリカ人の女性記者だった。レインコートを着て、金色の髪にスカーフを巻いている。彼女はいかにも親しげな笑みをわたしに向けた。「ぜひとも話がしたいの。いま時間はあるかしら？　パブは閉まっているわよね、ばかみたいな法律のおかげで。でもティールームに行けばいいわ。シュークリームが食べられるのよ。わたしたちの国のものよりずっとおいしいの」

「いまは友人といっしょなので、その人たちを置いていくわけにはいきません」わたしは言った。

「特別な友人でしょう？」彼女はわかったような顔で言った。髪は金色なのに、目が濃い茶色であることにわたしは気づいた。髪を染めているのだろう。けれどそれは母も同じだ。女性記者はさらに近づいてきて、わたしの腕に触れた。「その人って、キレニー卿の息子でしょう？　彼にインタビューができるように、あなたから口添えしてもらえないかしら？　彼が釈放されて自宅に戻ったことがみんなに知れ渡ったから、警察が立ち入りを禁止したのよ。どうやっても近くまで行けないの。本当にいらつくわ」

「キレニー卿は記者の方とはお話ししません。プライバシーを尊重してください。いま彼がどれほど大変な思いをしているか、想像がつくと思いますけれど」

「教えてちょうだい」彼女は声を潜めた。「彼がやったと思う？　裁判になったら、罪を認めるかしら？」

「認めることはありませんし、もちろん彼は犯人ではありません。失礼します」わたしは彼女から離れ、まだ後部座席に箱を積みこんでいるロールスロイスに戻ろうとしたところで、見たことのある車が〈ザ・ハープ〉の外に止まっていることに気づいた。タクシー運転手のバーニーだ。わたしを見ると、彼は手を振った。

「まだいたのかい？　それじゃあ、泊まるところを見つけたんだな？」

「そいつはよかった。彼女もまだここにいたんだ」バーニーは、通りの向こうからわたしを見ているアメリカ人女性を顎で示した。

「ええ、ありがとう」

「一ポンドのチップをくれたというのはあの人？」わたしは尋ねた。

バーニーはにやりとした。「そういうことだ。まあ、おれたちの金のことがよくわかってなくて、たんまりとチップをくれた間抜けなアメリカ人はほかにもいたがね。おれに不満があるわけじゃないけどな。人の出入りが増えるクリスマスが早めに来たみたいなもんだ。たったいま、またほかのヤンキーを乗せたところだ。そいつもまた、シカゴからだった」バーニーは顔をしかめた。「すごい偶然じゃないか？　あの女性もシカゴからだろう？」

「ミスター・ローチが以前いたのもシカゴなのよ。きっと大きなニュースになっているんでしょうね」

バーニーは声をあげて笑った。「シカゴで？　ギャングがうろうろしているところだろう？毎日あっちこっちで殺し合いをしているんだぞ」

ふと思いついたことがあって、わたしはタクシーに顔を寄せた。

「バーニー、キルデアのタクシーはあなただけ？」

「まあ、そんなところだ」

「ピーボディという名前のアメリカ人教授を乗せなかった？　大柄な人よ」

バーニーは顔をしかめて、記憶を探った。「大きな男を乗せた覚えがあるぞ。そうだ、そうだ、ここまで連れてきて、また戻ったんだ。遺跡の発掘現場を見たいと言っていた。だが、しばらく前のことだ」

「それじゃあ、彼をキルデアまで乗せたのね。それ以来、ここには戻ってきていないのかしら？」

「おれは知らないな」

「キルデア周辺で彼を見かけていない？」

「見知らぬアメリカ人がキルデアのあたりをうろついていたら、耳に入らないはずがないさ」

バーニーの話のとおりなら、ピーボディ教授が殺人に関与しているというわたしたちの仮説は揺らいでしまう。もちろん、二度目は彼がキルデアを通らなかったのなら話は別で、その可能性はおおいにあった。バーニーにお礼を言い、急いでロールスロイスに戻ろうとしたとき、わたしの脇をすり抜けるようにしてパブに向かう人物がいた。ミッキー・ライリーだった。

一二月五日　水曜日

キレニーの悲劇。本当にそうだろうか？

「ピーボディ教授はダブリンで車を借りたのかもしれない」再び車が走り始めたところで、わたしはバーニーと交わした会話をダーシーに伝えた。

「きみが話していた金髪の女性はだれだ？」

「ここに最初に着いたときに会ったアメリカ人記者よ。あなたのお父さまとのインタビューを取りつけてほしくて、わたしにすり寄ってくるの。警察もようやく記者たちがお父さまに近づけないようにしたみたい」

「ありがたいね。警察もやっと役に立つことをしてくれたわけか」

ゾゾは不安そうに車の窓から外を眺めている。「かわいそうなわたしの飛行機。これ以上雪がひどくなる前に、飛行機を移動させてくれる人を見つけないと」

「飛行機は風雨のなかを飛ぶようにできているんじゃないのか？」ダーシーが訊いた。「それにコックピットにはカバーをかけた」

「でも翼が……翼はとてもデリケートなのよ。雪が積もっても平気なようにはできていないの。納屋か厩舎に運んでくれる親切な若い子を見つけなきゃいけないわ」

「厩舎に行ってみよう。まだだれか仕事をしているかもしれない。それとも村で探してもいい」

お城の前の角を曲がると、生垣の陰から巡査が現われ、片手をあげてわたしたちを止めた。

「申し訳ありませんが、どなたもここを通ることはできません。ほかの道を通ってもらえませんか？」

「ぼくはここに住んでいる」ダーシーが言った。「キレニー卿の息子だ。こちらはぼくの友人」

巡査は眉間にしわを寄せて、考えこんだ。「だれも通すなと言われています」

「ぼくは新聞記者でも野次馬でもない。あのロッジに住んでいて、父に食べるものを持ってきたんだ。きみにぼくを止める権利はない」

巡査は明らかに困っていた。「上官に許可をもらう必要があるんです、サー」彼は強いアイルランドなまりで言った。「わたしは命令に従っているだけなので」

「その上官はどこにいるんだ？」ダーシーが鋭い口調で訊いた。いらだちを募らせている。

「ダブリンか？」

「いいえ、違います。カラハン警部はいまそこの城にいます」

「それならぼくたちが城に行って、彼を探してもいいだろうか？」

巡査はまたもや眉間にしわを寄せた。「それはどうでしょうか。城の敷地内にはだれも入ってはいけないことになっているはずです。犯罪現場ですから。殺人事件の」この言葉を口にできることに興奮しているようだった。

「巡査、ぼくは車のなかで雪に埋もれて凍え死ぬつもりはない。それに、どちらにしろカラハン警部には話があるんだ。だから行かせてもらう」ダーシーはそう言うと、不安そうな顔の巡査の脇を抜けて、お城のゲートへと向かった。

遺跡の発掘現場にはだれもいなかった。防水シートがかけられ、その上に水たまりができている。今日はゲートは開いていて、すぐ内側に黒い警察の車が止まっていた。凍えそうな天気のなか、そのすぐ横に惨めそうな顔をした警官が立っている。

「警部と話がしたい」ダーシーが言った。「彼は城のなかに？」

「はい、サー」警官が答えた。「ですが、この先には――」

ダーシーはすでに車を発進させていて、警官の脇をすり抜けて私道を走り、玄関の前で止まった。そこに配置されていたべつの警官が、すぐさま駆け寄ってきた。

「ここでなにをしているんです？」

「ぼくはダーシー・オマーラで、ここはぼくの実家だ。警部と話がしたい」ダーシーが言った。「なかに入れてくれないのなら、彼を呼んできてくれ」

「承知しました、サー」若い警官は怯えたような顔になった。「どういうご用件でしょうか？」

「わかりきったことだろう」ダーシーの口調は厳しかった。「父が不当に逮捕されたこととその後の展開についてだ。それから、ぼくが自分の家に帰れない理由も説明してもらいたい」

警官はごくりと唾を飲んだ。「警部を探してきます」

ダーシーは車を降りたが、わたしたちはそのまま待った。雪が激しくなっていて、白いものがダーシーの黒髪に降りつもっていく。寒さは厳しかったが、話がよく聞こえるようにゾゾもわたしも窓を開けた。数分後、カラハン警部が現われた。

「わたしにご用ですか、オマーラ？」

「ええ。まずはささいなことなんですが、ぼくはいま父のロッジに滞在しているというのに、あなたのところの巡査が通らせてくれないんですよ。ぼくが自分の家に帰れるように、彼に伝えてもらえるとありがたいんですが」

「もちろんですとも。命令を文字どおりに受け止める人間が時折いるんですよ。みながみな、頭の回転がいいというわけではないのでね」

「助かります。次に肝心の件ですが、もう一度アメリカ大使館に行って、最新の情報を聞いてきました。死んだ男が逃亡者であることがはっきりしましたね。恐らく犯罪者だろうということも。これで、ようやく父を容疑者からはずしてくれる気になったと考えていいんでしょうか？」

「こちらでも調べているところです」警部は用心深い表情になった。「実のところ、われわれがいまここにいるのは、あの男の身元につながるものを探すためです」

「なにか見つかりましたか？」

「いまのところはなにも。ひとつはっきりしているのは、いわゆる私文書がなにひとつないことです。手紙すらなかった」

「人目を避けていたんでしょう。見つかりたくなかったんだ。だがだれかが彼を見つけて、殺した」

「ちょっと待ってください。棍棒に残っていたのはあなたの父親の指紋だけだったという事実が消えたわけではない」

「それが妙だとは思いませんか？　あの棍棒は何千年も前のものなのに、たったひとりの指紋しかついていないなんて。それに、どうして父の指紋が残っていたのかは説明できます。あの日の午後、父がローチに会いに行ったとき、テーブルに棍棒が置いてあったんです。ローチがそれを売るつもりだということを父は知った。父は、我が家に代々伝わるとても貴重なものだからそんなことは許されないと言いながら、棍棒を手に取ったんです」

「そして目的を果たすために、夜になって戻ってきた」

「いいかげんにしてください、警部」ダーシーは言った。「父はばかじゃない。もしあなたがだれかを殺したとして、自分の指紋がついた凶器を死体の横に置きっぱなしにしていきますか？　持ち帰って燃やすか、埋めるかするでしょう？」

「なにかに驚いて凶器を取り落とし、あわてて逃げたのかもしれませんね」警部は鼻であしらうように言った。

「父ははめられたんだとぼくは考えています。父が犯人に見えるように仕組まれていたんです。それに、ミッキー・ライリーがなにかを知っているか、もしくは関わっているのではないかと思います。アメリカ大使館は彼についても調べていますから、その結果を早く聞きたいですね」

「職業紹介所でこの仕事を見つけたとミスター・ライリーからは聞いています」カラハン警部が言った。

「確認したんですか？」

警部の顔を苦々しい表情がよぎった。「捜査は、その訓練を受けている人間に任せてもらいたいですね。父親を助けたいというあなたの気持ちはわかりますが、よけいなところに首を突っ込むのは助けることにはなりません。ですから捜査はわたしたちに任せて、あなたは家にお帰りください」

「喜んで帰りますよ。通してくれるように巡査に言ってもらえれば」ダーシーは愛想よく言った。

「もちろんです。わたしの許可があると彼に言ってください」

ダーシーは歩きかけたが、すぐに振り返った。「なにかおかしなところがないかどうか、ぼくが城のなかを見てまわるというのはどうです？　ローチがどこかに書類を隠しているかもしれない。子供のころには、秘密の隠し場所がいくつかあったものですよ」

どうするべきかカラハン警部は決めかねているようだったが、やがて驚いたことにうなずいた。「こういう状況ですし、悪い考えではないかもしれませんね。いますぐ見ますか？」

ダーシーはわたしたちを振り返った。「車に友人がいるんです。こんな天気の日に、彼女たちを外に残しておくわけにはいかない」

「それならお二人は城のなかで待っていてもらえばいい。それほど長くはかからないでしょう」

「それほど長くはかからない？」わたしは小声でゾゾに言った。「ここには寝室が四七あるってダーシーが言っていたのに」

ダーシーが階段をおりてきて、車のドアを開けてくれた。

「警部がぼくに城のなかを見せてくれることになった。きみたちも、車ではなく城で待っていればいいと言ってくれている」

「親切な方ね」ゾゾはあの魅惑的な笑顔を警部に向けた。彼の顔がうっすらと赤くなったようだ。わたしたちは擦り切れた階段をあがり、お城に入った。ラノク城に似ているというのが第一印象だった。玄関ホールは吹き抜けになっていて、大きな階段が回廊へと続いている。オーク材でできたアーチ形の天井からはシャンデリアが吊るされていたが、照明としての役割はほとんど果たしていなかった。唯一の窓は、中世のころに作られた鉛筆のように細い縦長の穴だ。お城のなかも、車と大差ないくらいに寒い。そのうえわたしは膝掛けを車に置いてきてしまっていた。わたしたちが巡査に見張られながらその場で待っているあいだに、警部とダーシーは階段をのぼっていった。殺人現場をどうしてもこの目で見たかったから、わたしはダーシーのあとを追いかける理由を必死になって考えようとしたが、なにも思いつかなかった。ふたりが次々と部屋を見ているのか、かすかな話し声が聞こえていたが、やがてなにも聞こえなくなった。

「ずいぶんわびしいところじゃない？」ゾゾが言った。「キレニー卿がどんよりした気分になるのも無理はないわ。わたしだったらきっと、胸壁から身を投げていたでしょうね」

「お城の裏側には増築したところがあって、そこはもっと現代的だってダーシーが言っていました」わたしは言った。「それに暖炉に火が入っていれば、ずっと気持ちよくなるんじゃないかしら」

「今度はあなたが明るい面を見ているのね」ゾゾはいたずらっぽい笑みを浮かべた。「だってあなたは、このお城に特別な興味があるんですものね。いつかはここに住むことになるかもしれないんだから」

そう言われて、わたしは考えこんだ。わたしはいつかここに住みたいかしら？　アイルランドの田舎にある寒々しいお城に？　これまで一度も考えたことはなかった。ダーシーとの結婚を想像するだけで心が浮き立ち、それがいつかレディ・キレニーになることを意味しているとまでは考えが及ばなかった。けれどいまはそれでなくても心配ごとが山ほどあるのだから、未来のことについて思い悩むのはやめよう。そう心を決めたちょうどそのとき、また話し声が聞こえ、ダーシーと警部が階段をおりてきた。

「残念ながらなにもなかったよ」ダーシーが言った。「だが秘密の隠し場所のひとつに、パチンコとトチの実が二粒あった」

「ともあれ、探してくれて感謝しますよ」警部が言った。さっきまでの冷ややかな応対に比べると、ずいぶんと親しげな口調になっている。ようやく自分が間違っていて、ミスター・ローチを殺したのはキレニー卿ではないと認めるつもりになっているのかもしれない。

「ほかにもあるんです、警部」黙っているべきなのだろうかといぶかりながら、わたしは口を開いた。「もしも外部の人間がミスター・ローチを殺しに来たのであれば、お城の近くで目撃されているふたりの人間が容疑者かもしれません。ひとりは、南ネブラスカ大学のピーボディ教授と名乗った大柄な男性です。通りの向かい側にある遺跡の発掘現場を訪れているんですが、アイルランドの遺跡のことをあまり知らないようだと、そこで作業をしている学生は感じたそうなんです。それからミスター・ローチについて尋ねていた若い神父がいます。そちらの巡査のひとり――バーン巡査でしたか？――が、このあたりに若い神父はいないと言っていました。ですから、ふたりのどちらかがローチを探しに来た可能性があります」

警部はじっとわたしを見つめた。「王家の血を引く方でしたね。だがたとえそうだとしても、どうやって城の敷地内に入れたのかという疑問は残ります。だれも訪ねては来なかったとライリーが言っていますから」

「その気になれば、塀をよじのぼれる場所はありますよ」ダーシーが言った。

「だが建物内部に入るのは簡単じゃないでしょう?」

「使用人の出入り口は鍵がかかっていないことがあるとライリーは言っていました」ダーシーが答えた。

警部の表情は変わらなかった。「あなた方から聞いたことは検討してみましょう。とりあえずいまは、アメリカ側の返答を待つほかはないですね。ひょっとしたら、あの男はアメリカ人ですらないかもしれない。身元はわからないままかもしれない」

警部はそんな心強いことを口にしながら、ドアの近くに立っていた巡査に言った。

「みなさんをお送りしろ、ハリス」

「それでどうだったの?」ゲートに向かう車のなかでわたしは尋ねた。「なにか興味を引くようなものはあった? 犯罪現場は見せてもらえたの?」

「実はどこもひどく暗くて、あまりよく見えなかった。壁にあったものはなにもなくなっていようだったが、もう何年もここには帰ってきていなかったからね。面白いもので、子供のころはなんでもずっと大きく見えるんだね。書斎はぼくの記憶より小さかったよ。まあ、あのころはあまり入らせてもらえなかったけれどね。あそこは父の領域だったから」

「雪が激しくなってきたわ」ゾゾが言った。「ポーランドを思い出すわね。あそこの冬は本当に陰気なのよ」

ロッジに続く道の警備をしている巡査のヘルメットはすっかり雪に覆われ、見るからに惨めそうだった。カラハン警部に許可をもらったことを伝えると、彼はすんなりとわたしたちを通した。あたりは暗くなり始めていたが、ロッジの明かりはついていない。ゾゾの飛行機を見にいくと、翼にはすでに雪が積もっていた。彼女の提案でそのまま厩舎まで車を走らせたものの、そこにはだれもいなかった。そこで、わたしたち三人でなんとか木陰まで飛行機を移動させた。そこなら少しはましなはずだ。

ロッジの玄関にたどり着いたときには、わたしたちは三つの雪だるまのようになっていた。キレニー卿は暖炉の前でうたた寝をしている。半分空になったウィスキーのグラスが、脇のテーブルにのっていた。実際の年齢よりも老けて見えて、わたしは不意に彼が気の毒でたまらなくなった。けれど彼が孤独なのは自分のせいだ。彼が子供たちを寄せつけようとしなかったから、こんな暮らしをすることになったのだ。

ダーシーが明かりをつけると、キレニー卿が目をしばたたきながら体を起こした。

「なんだ?」

「いくつかいい知らせがあるんだ、父さん。それにアレクサンドラが父さんに食べるものを持ってきてくれたよ」

「それはありがとう。だがここのところ、あまり食欲がない。ウーナのところに持っていってくれ」

「食べなくちゃだめよ」ゾゾがきっぱりと告げた。「それに、ウーナおばさまのところには、おいしいものを配達してもらっているの。ステーキや子羊やキジよ。あなたも一度くらいはディナーに来て、ちゃんとしたものを食べないと。おばさまは何度も招待したのに、あなたはいつも断っているんですって？」

「今回も遠慮しておく。施しや同情を受けるのはごめんだ」キレニー卿が言った。

「あなたって、本当に頑固ね。あなたは食べなくてもいいけれど、わたしたちは食べたいわ。どれもこれも、とてもおいしそうなんですもの。それにぜひ温かい紅茶が飲みたいわね。体の芯まで冷えてしまったわ」

「お湯を沸かしてきますね」わたしはそう言うと、台所に向かった。ダーシーが今日の出来事――死んだ男の指紋と顔のこと、あの夜、キレニー卿が薬を盛られたのではないかと疑っていること――を話している声がとぎれとぎれに聞こえてくる。

「そう言われてみれば、次の朝、目が覚めたとき、ひどい気分だった。まあ、何杯か飲んでいたことは確かだが、それだけじゃなく頭がぼうっとしていて、警察官がやってきたときもまともにものが考えられなかった。だとすると、あのミッキーという男がシチューになにかを入れたんだな？　あの男のことはずっと妙だと思っていた。どうにも気に入らなかった」

お湯が沸き、わたしは紅茶をいれるとトレイにのせて運んだ。

「彼の指紋を調べれば、もっとくわしいことがわかるかもしれない」ダーシーが言った。

「いま、アメリカ政府がぼくたちのために調べてくれているんだ。いい知らせだろう？」

うなり声が返事だった。イエスなのかノーなのか、どちらだろう？

「ほかにも今日は父さんのことでいろいろと忙しかったよ。アレクサンドラがロンドンにいる勅選弁護士の友人に連絡を取ってくれて、その人が法廷弁護士を紹介してくれたんで、彼に会ってきたんだ。素晴らしい人だったよ。ダブリン一だそうだ。サー・グレンヴィル・ホブス。当然ながらリーチは反対しているけれど、依頼人は父さんだからね。明日ここに来てもらって、話をするというのはどうだろう？　きっと話が合うと思う。ぼくたちは同類だからね。彼の息子がぼくと同じ学校だったんだ。父さんといっしょにクリケットをしたことがあるとも言っていたよ」

キレニー卿はまじまじとダーシーを見つめていたが、やがて言った。

「おまえはひとつ大事なことを忘れている。わたしがこんなあばら屋に住んでいるのは、金がないからだ。グレンヴィル・ホブスのような法廷弁護士が、ただ働きすることはない。彼を雇うことはできない。無駄骨だったな」

「キレニー卿——サディ」ゾゾが口を開いた。「金銭面は心配しないでくださいな。大事なのは、その人に会ってあなたの代理人になってもらうことですもの。きっと彼を信頼して、命を預けようっていう気になると思います」

キレニー卿の顔が険しくなった。「金銭面は心配するな？　きみは状況がわかっていないようだな。わたしには弁護士に払う金はないと言っているんだ」

「それなら、そちらのほうを引き受けてくれる親切な友人に頼ればいいわ」

「どんな友人だ？　わたしにはもう友人などいない」

「わたしたちがいるでしょう」

「だめだ、だめだ。絶対にだめだ」キレニー卿が大声でわめいた。「きみだろうがだれだろうが絶対にわたしのために金など使わせない。聞こえたか？　なにがあろうとだめだ。きみの施しは受けたくない」

ゾゾの顔がピンク色に染まった。「あなたみたいな頑固な人、見たことないわ。こんなにばかな人も。あなたのことを心配して、助けたいと思っている人間がいることがわからないの？　もういいわ。あなたがそうしたいなら、わたしたちの助けに背を向ければいい。これまでずっと自分の息子を拒絶していたみたいにね。行きましょう、ダーシー。あなたの大おばさまのところでお茶にしましょう。あそこなら歓迎してもらえるもの」

ゾゾは堂々とした足取りで部屋を出ていったが、ダーシーとわたしはしばしためらった。「ぼくたちは父さんを助けたいんだ」ダーシーが言った。「でも父さん自身が自分を助けたいと思わなきゃだめだ」ダーシーはわたしの腕を取った。「行こう、ジョージー」そう言うと、わたしを連れて外に出た。

雪が降りだしてだれもが家に帰ったらしく、村はがらんとしていた。あたりはすっかり暗くなり、ワイパーで押しのけられた雪がフロントガラスに積もっている。ダーシーが小声で悪態をついた。

「きみたちを降ろしたら、ぼくはすぐに戻るよ。父のところに帰りたいわけじゃないが、ウーナおばさんの家に寄ったらなかなか帰してもらえないだろうからね。それに、こんな夜に父をひとりにしておきたくない」

「あなたはいい息子ね」ゾゾが言った。「彼にはもったいないわ」

村の最後の明かりをあとにすると、あたりはすっかり闇に包まれ、ヘッドライトのなかをこちらに飛んでくる白い雪片が見えるだけになった。小さな石橋に向かって丘をくだっていると、ヘッドライトの明かりが見えてダーシーが不意にブレーキを踏んだ。車が軟らかい雪の上を滑るのがわかった。ダーシーはさらに何度かブレーキを踏んだが、車は止まらない。そこでダーシーは生垣に向かってハンドルを切った。車の側面を小枝がこする音がして、ようやく止まった。

「いったいどういうことだ？　橋の上で立ち往生か？」ダーシーの声は震えていた。車を降りて、前方へと歩いていく。数台の車が止まっているようだが、雪のなかではそれらしい影がぼんやり見えるだけだった。

「なにがあったんです？」ダーシーが大声で尋ねた。

「車が川に落ちたんだ」だれかが答える声がした。「警察には連絡したし、レッカー車も呼んだ」

わたしは急いで車から降りると、ダーシーのあとを追った。心臓が激しく打っている。ヘッドライトの光のなかで雪が舞っているのは、薄気味の悪い光景だった。橋の下から水の音がする。岩の上を軽やかに流れているはずの水は、いまはなにかに遮られて激しい急流になっていた。暗がりのなかに、車の形が浮かびあがっている。その特徴ある形には見覚えがあった。タクシーだ。内側から窓に押し当てられている白い手が見えていた。

一二月五日　夜遅く
マウントジョイ

今夜は楽しいことがあまりない。

マウントジョイに向かう車のなかは重苦しい空気に包まれていた。事故現場には警察が来るまでとどまっていたが、バーニーはもちろん死んでいた。前方に投げ出され、フロントガラスに強く頭を打ちつけたらしい。

「急カーブを曲がるときにスピードを出しすぎていて、スリップして川に落ちたんだろう」ダーシーが震える声で言った。「気の毒に。こういうことがいつ起きても不思議ではないとわかっただろう？」

そのとおりだ。わたしはまだがたがたと体を震わせていた。けれど頭の片隅でささやく声があった。わたしがバーニーにピーボディ教授のことを尋ね、そしてバーニーは死んだ。ちょうどそのとき、ミッキーがパブに向かって歩いていた。彼はわたしたちがいなくなるのを待ってバーニーのタクシーに乗り、彼の死を画策したのだろうか？　頭を殴って、車が川に向かって進むようにブレーキに細工したとか？　今回の事件が、居直り強盗のような単純なものではないことがこれではっきりしたとわたしは思った。念入りに計画されていて、おそらくその中心にはミッキーがいる。わたしたちが採った彼の指紋が、なにか重大な発見につながることを祈るばかりだ。

「あなたのおかげで助かったわ、ダーシー」ゾゾが言った。「お天気がこんなにひどくなる前に、食べ物を配達してくれているといいんだけれど。いまはシャンパンが飲みたい気分よ。あなたたちはどう？」

「お茶にしたいって言っていたんじゃなかったかしら？」

「それは、こんなことになる前の話よ。ささくれだった神経をなだめるには、もっと強いものが必要だわ」

ウーナは玄関でわたしたちを出迎えた。「ひどい夜だこと。無事に帰ってこられてよかった。ドーリーが心配していたのよ。食事はしていくの、ダーシー？　殿下が親切に手配してくださったキジを料理したのよ。それでよかったかしら？」

「よかったかですって？　素晴らしいわ」ゾゾが応じた。「シャンパンも届いているといいんですけれど」

「洗面所で冷やしてありますよ」

「残念だが食事はできないよ、ウーナおばさん」ダーシーが告げた。「雪が積もる前に、父のところに戻らなくてはいけない」

「ひどい吹雪になっているわね。こんな雪は見たことがないわ。ホワイトクリスマスになるかしら」

もうすぐクリスマスだということをわたしはすっかり忘れていた。あの夜、ダーシーとふたりで北へ向かったときから、時間が止まってしまったかのようだ。

「ちょっと休んで、一杯飲んでいったほうがいいわ、ダーシー」ゾゾが言った。「気持ちを落ち着けないと」

「気持ちを落ち着ける？　どうして？」ウーナが尋ねた。

「橋で事故があったんですよ」ダーシーが答えた。

「パトカーのサイレンが聞こえたと思っていたのよ。なにがあったの？」

「キルデアからのタクシーです」

「バーニー？　ドーリーが運転する気になれなかったときに、何度か彼のタクシーを使ったことがあるわ。いい人よね。少しなれなれしいところはあるけれど。詮索好きって言ったほうがいいかもしれない。無事なの？」

「亡くなりました」わたしは答えた。「車が川に落ちたんです」

「まあ。そんな事故に遭遇したのは、さぞかしショックだったでしょう。紅茶をいれましょうね。それとももっと強いもののほうがいいかしら？　ブランデーにする？」

「シャンパンを開けようと思います」ゾゾが言った。「なにも祝うことなんてありませんけれど、辛いことがあったときに気持ちを上向かせるには一番だわ」

「いい考えね。トレッドウェルにそう言いましょう。いまあなたのメイドといっしょにアップル・ダンプリングを作っているのよ、ジョージー。なかなか腕のいい料理人じゃないの」

「クイーニーが？」わたしは訊き返した。「腕のいい料理人？」

「ええ。それにとても熱心よ。ゆうべのことをとても気にしているみたいで、その分必死になって働いているの」

クイーニーのことだとはとても思えなかった。こっそり台所をのぞいて、この家の幽霊が彼女にとりついていないかどうかを確かめようかと思ったちょうどそのとき、トレイを手にしたクイーニーがやってきた。

「これを居間に持っていくようにミスター・トレッドウェルに言われました」クイーニーが言った。「チーズストローです。焼きたてです」

トレイを置く場所を探して、クイーニーはあたりを見まわした、例によって、どこもかしこもなにかが置かれている。ウーナが歩み寄って、彼女からトレイを受け取った。

「わたしが渡しますよ。あなたは食堂のテーブルを調えておいてちょうだい。ディナーは四人よ。ミスター・オマーラは食べないの。残念だけれど」

てっきり〝合点です〟という言葉が返ってくるものだとばかり思っていたのに、クイーニーが「承知しました、レディ・ホワイト」と言ったのでわたしは仰天した。

シャンパンが注がれた。チーズストローをつまみながら、わたしたちは今日一日のことを語り合った。

「サディの仕業じゃないとわかっていたんだ」ドーリーが言った。「これで真実が明らかになるだろう。よくやった」

「まだすっかり解決したわけじゃないんです、ドーリーおじさん」ダーシーが説明した。「カラハン警部を説得する必要がある。だが、すべての事実がわかるまでは、裁判を進めるつもりはないようです。それにはしばらく時間がかかりそうですが」

そんな暗い言葉を残し、ダーシーはいとまごいをした。玄関まで送っていったわたしに、彼は優しくキスをした。

「気をつけてね」わたしはささやくように言った。

ダーシーはいぶかしげな顔になった。

「バーニーの死は事故じゃないかもしれない。すべての鍵はミッキーが握っているんじゃないかって、思い始めているの。わたしがバーニーにピーボディ教授のことを尋ねていたとき、彼が近くにいたのよ。そしてそれから間もなくバーニーが死んだ。あなたもお父さまも充分に気をつけたほうがいいわ」

ダーシーはうなずいた。「だが彼が関わっているのだとしたら、どうしていまになってローチを殺すんだ？　ここに来て、確かもう四年になるだろう？　ローチを殺して、事故に見せかけるチャンスはいくらでもあったはずだ。キレニーは古い城だ。歪んだ階段、暗い角、突き落とせる場所はどこにでもある」

わたしは笑って応じた。「わたしが財産を相続してここに住むことがあったなら、充分に気をつけるわ」

「財産を相続する可能性があるの？」ダーシーの心配そうな顔に、うっすらと笑みが浮かんだ。

「わたしは、サー・ヒューバート・アンストルーサーの唯一の相続人なのよ。覚えている？でも彼はまだまだ元気だし、五〇歳にもなっていないから、きっと彼が死ぬころにはわたしのほうがよぼよぼになっているわね」

ダーシーはわたしを抱きしめた。「なんとかするさ。いまを切り抜けることができたら、自分たちの力で生き延びていこう」ダーシーはもう一度わたしにキスをした。今度はとても情熱的なキスだったので、舞う雪のなかに彼が駆けだしていったときには、わたしは息を荒らげていた。

ディナーは素晴らしかった。キジはスプーンで食べられるくらい軟らかかったし、グレービーソースは濃厚で、アップル・ダンプリングは完璧だった。給仕をしたのがトレッドウェルで、クイーニーが出てこなかったことにわたしはほっとしていた。彼女が王女のドレスにカスタードをこぼしたりしたらどうしようと、ずっとびくびくしていたからだ。クイーニーが姿を見せたのは、わたしが寝室に引き取ってからだった。

「湯たんぽをお持ちしました、マイ・レディ」クイーニーが言った。「ベッドが温かいほうがいいだろうと思ったので」

「クイーニー?」わたしはまじまじと彼女を見た。「今日は、あなたのことをとても褒めてもらったわ。いったいどうしたの?」

「ゆうべ、あんなことがあって」クイーニーは自分の手を見つめながら答えた。「自分がひどいできそこないだってわかったんです。それだけじゃなくて、こんなに親切にしてくれたお嬢さんの評判まで落とした。だから一生懸命がんばって、お嬢さんが褒められるようになろうと思ったんです」

わたしは胸がいっぱいになった。「まあ、クイーニー。うれしいわ。あなたは腕のいい料理人なんですってね。知らなかったわ」

クイーニーは顔をしかめた。「そういうわけじゃないんです、お嬢さん。作れるものがいくつかあって、カスタードはそのひとつだっていうだけです。それに牛乳の壺を倒しちまいました。幸い、ミスター・トレッドウェルが気づく前に猫がなめてくれましたけど」

クイーニーは話しながら、わたしが寝間着に着替えるのを手伝い、脱いだものを衣装ダンスにしまった。「ほかになにかご用はありますか、マイ・レディ?」

「いいえ、ないわ、クイーニー。あなたも寝てちょうだい」幸せが胸いっぱいにあふれていた。クイーニーがようやく本物のレディズ・メイドになろうとしている。フィグも文句を言うことはなくなるだろうし、もう二度とあれこれと心配は……。ベッドに潜りこんだ次の瞬間、そこが温かく濡れていることに気づいてあわてて足をひっこめた。シーツをめくる。

「クイーニー！」廊下を遠ざかっていく彼女を呼び止めた。クイーニーが駆け戻ってきた。

「なんでしょう、マイ・レディ？」クイーニーは愛想よく訊き返した。

「ベッドがびしょ濡れよ。湯たんぽの蓋をきちんと閉めていなかったのね」

「だれにも失敗はありますよね」というのが彼女の返事だった。

それから一時間ほどかけて、わたしたちは暖炉の火でシーツを乾かした。マットレスに染みるほど濡れていなかったのが幸いだったが、ようやくベッドで寝ることができたときには、体が冷え切っていただけでなく、すっかり疲れてしまっていた。クイーニーに対する評価もがた落ちだ。彼女がお荷物でなくなる日は本当に来るのかしら？　ダーシーと結婚したあと、彼女を置いておくことはできるだろうか？

33

一二月六日　木曜日
雪の日のキレニー

　翌朝目覚めてみると、クリスマスカードのような景色が広がっていた。あたり一面真っ白で、コテージの煙突からは煙がたちのぼっている。一〇時頃にやってきたダーシーによると、雪はすでに解け始めているので、車の運転に支障はないということだった。大使館のミスター・レノックスから連絡があるまで、なにをするべきだろうとわたしたちは話し合った。ゾゾは、車であちこち走りまわってピーボディ教授か若い神父を捜そうと言ったが、ダーシーは賛成しなかった。

「彼らがいまどのあたりにいるのかはわからないし、すべての道路が走れるようになっているのかどうかも不明だ。いまはただ待つしかないと思う」

「せめて、わたしのかわいそうな飛行機がどうなっているのかだけでも確かめたいわ。ばらばらになっていないといいんだけれど」

「飛行機は悪天候でも耐えられるようになっているんじゃないのかい？」ダーシーは面白がっているような顔だ。

「少しくらいの雨なら平気だけれど、大雪には耐えられない」

そういうわけで、わたしたちは村に向かった。事故現場ではまだ作業が続いていた。タクシーにウインチを取りつけて、川から引きあげようとしている。わたしたちはそこを迂回して、慎重に丘をのぼった。村を通り抜けようとしたところで、〈ザ・ハープ〉の外で数人の女性と立ち話をしているミセス・マーフィーを見かけた。

「ちょっと止めて」わたしはダーシーの腕に触れた。「バーニーの死について、なにかわかることがあるかもしれない。すぐに戻るわ」わたしは車を降りると、急ぎ足でパブに近づいた。横手のドアからなかに入ろうとしていたミセス・マーフィーを呼び止める。

彼女が振り返った。「アメリカ人の従者のミッキー・ライリーですけれど、こちらのパブによく来ているのかどうかをうかがいたくて」

彼女はうなずいた。「あの事件以来、毎晩来ていますよ。でもひとこともしゃべらないし、地元の人たちと話もしないんですよ。だれともかかわらず、隅のほうで食べるだけ食べたら帰っていく。不愛想な人ですよね」

「昨日の夜、彼がこのパブに入っていくのを見かけたと思うんですけれど、何時に帰っていったか覚えていますか？」

彼女は首を振った。「昨日は忙しかったんですよ。ほかの町から大勢やってきているんで、ここ最近、目がまわりそうなほど忙しくて。彼を見かけたことは覚えていますけれど、それ以上は」

そういうわけで、わたしはなにもつかめないままダーシーとゾゾのところに戻った。飛行機が無事かどうかをどうしても確かめたいとゾゾが言い張ったので、わたしたちはそちらに向かった。今回、巡査はすんなりと通してくれた。油布は雪に覆われていたものの、飛行機は何事もなく吹雪を耐え抜いたようだ。

「雪が解けたらすぐに、飛行機でピーボディ教授を探しに行くわ」ゾゾが言った。「車で走りまわるより、はるかに遠くまで行けるもの」

ダーシーは笑って応じた。「すべての村の上を飛ぶわけにはいかないよ。ゾゾ。それに、そんなことをしたら人目を引いてしまう。ぼくたちがなにをしているのか、世界中の人に知らせたくはないからね。駅や港で、彼がアイルランドを出ていないかどうかを尋ねるほうがいい」

「あなたったら、楽しみを台無しにしてばかりなんだから」

キレニー卿がそろそろとロッジのドアを開け、そこに立つわたしたちを見て顔をしかめた。

「きみか。なんの用だ？」

「ご挨拶だこと」ゾゾが言った。「それって本当は、〝息子とその友人たちに会えてうれしいよ〞っていう意味なのよね？」

彼の口元に笑みらしきものが浮かぶのを見て、彼が笑ったのは初めてだとわたしは気づいた。

「入りたまえ。だが言っておくが、その法廷弁護士についてのわたしの気持ちは変わらない。わたしには払えないんだ。施しを受けるつもりはない」

「それよりも縛り首になるほうがいいのね？　あなたがそれでいいならいいけれど、わたしなら生きていたいわ」

「きみには生きる理由がたくさんあるからだ」

「いまはそうよ。でもそれは、わたしが辛い時期を切り抜けてきたからだわ。わたしは夫が八つ裂きにされるのをこの目で見た。着の身着のままで、命からがら逃げなくてはならなかった。知人の情けにすがってポーランドを逃げ出し、ヨーロッパを渡ってイギリスにたどり着いたの。わたしを知らない人たちが温かく迎えてくれたわ。そのころは、フランス語はできたけれど英語は片言だった。なにもかも一からやり直さなければならなかったのよ。そのうえで、いまのわたしがいるの」

キレニー卿はゾゾを見つめ、うなずいた。「きみはよくやっているようだ」

「ええ、まったくそのとおり」ゾゾが答え、キレニー卿は声をあげて笑った。

「でも今日は法廷弁護士や事件の話はしないわ。あなたを招待しに来たのよ。ウーナおばさまがランチに来てほしいんですって。ラムレッグよ。ロールスロイスが外に止まっているけれど、出発するのはあなたがもう少しきちんとした服に着替えるのを待ってからにするわ」

「それはウーナの考えなのか？　それともきみの？」

「元々はおばさまが言い出したことだけれど、わたしの希望でもあるわね」ゾゾはじっと彼を見つめた。「来るの？」

「いいだろう」キレニー卿はぶっきらぼうに言った。「ローストラムは好物だ」

ゾゾは勝ち誇ったようにダーシーとわたしを見た。居間で彼が戻ってくるのを待っていると、玄関をノックする音がして、ダーシーがドアを開けた。

「おはようございます、サー」アイルランドなまりの強い声だった。「この家の持ち主の方ですか？」

「いいや、違う。どういったご用件でしょう？」

わたしは好奇心にかられ、そっとドアに近づいた。ゾゾがすぐあとからついてくる。そこに立っていたのは若い神父だった。

「スラムの子供たちのために寄付を募っています」彼が言った。「困窮している子供たちにもクリスマスを楽しませてあげたくて」

「前にもここに来ましたか？　一週間ほど前に？」

「いいえ、このあいだうかがったのはブレンダン神父です。そのときはだれもおられなかったので、今日もう一度わたしがうかがった次第です」

「ブレンダン神父は城にも行こうとしましたか？」

「はい。多額の寄付をいただけるのではないかと思ったんです。裕福なアメリカ人が住んでいると聞いていましたし、アメリカ人は気前がいいことで知られていますから。ですがゲートのなかに入ることはできなかったそうです」

ゾゾがわたしを押しのけて前に出た。「寄付が欲しいの？」そう尋ね、神父が手にしている缶に一ポンド札を入れた。

ゾゾと会ったほかの男たちと同じように、その神父も顔を赤らめた。

「ありがとうございます。神のご加護がありますように」

「そういうわけだ」ダーシーはドアを閉めると、わたしを振り返って言った。「神父は本物だったらしい」

「ピーボディ教授も自分で言っていたとおりの人物だったのかもしれないわね」わたしは言った。

「南ネブラスカ大学はどうなんだ？」

「発掘現場の女の子たちが聞き間違えたのかもしれない。だとすると、まったく未知の人間が殺人に関わっているか、あるいはミッキーがひとりでしたことかのどちらかということになるわね」

「ぼくは後者じゃないかと思う。アメリカから指示があるまで、ローチを殺すのを待っていたんじゃないだろうか」

わたしは首を振った。「古いお城で事故に見せかけるのは簡単なのに、どうしてわざわざあれだけの手間をかけたのかがどうしても理解できないのよ」

「いずれわかるだろう――」キレニー卿が階段をおりてきたので、ダーシーは言葉を切った。黒いスーツに着替えたキレニー卿はとてもハンサムだ。それにとても若く見えた。

ゾゾが彼に歩み寄った。「そのほうがずっといいわ」そう言うと、驚いたことに彼の腕に手をからませ、車へといざなった。

わたしたちがキレニー卿を連れてきたのを見て、ウーナも同じくらい驚いていた。

「こんな日が来るなんて思ってもみなかったわ」丸い顔を喜びに輝かせている。「さあ、入って、入って」犬を押しのけながら言う。「ドーリー、だれが来てくれたと思う？　なんてうれしい日だこと」

「うれしくはありませんよ、おばさん」キレニー卿が言った。「わたしはいまもまだ保釈中で、殺人の容疑がかけられたままだ。だが神のもとに行くのなら、その前にあなたたちと仲直りしておくべきだと思っただけです」

「そんなことを言わないの。あなたにはこんなにいい味方がいるじゃないの。真実もあなたの味方よ」

そして素晴らしいランチが始まった。給仕をしたのはクイーニーで、なにひとつこぼさなかった。全体として見れば、奇跡の日だと言っていいだろう。

一二月七日金曜日からその後の週末

必死に走り回ったあと、いまはただ待っている。辛い。

翌朝には雪は雨に変わり、残っていた雪もみるみるうちに解けていった。燃え盛る暖炉の前で温かい紅茶を飲むのがうれしく思えるような、どんよりした陰鬱な日だ。朝食のあとダーシーがやってきて、村に行ってサー・グレンヴィルに電話をしてきたと言った。キレニー卿と会うのはアメリカからさらなる情報が入るまで待ってほしいと頼んだそうだ。いい判断だとゾゾはうなずいた。これでキレニー卿に道理をわからせる時間ができたというわけだ。ピーボディ教授を捜しに行くことに前向きだったのは彼女だけだったが、それなら待っているあいだにもできると説得されて、出かけることになった。自分の身分を明らかにしているかどうかトリニティ・カレッジで確かめようと言ったのはわたしだ。本物の教授であればきっとそうしているはずだから、それで偽者かどうかがわかる。

そういうわけでわたしたちは車に乗りこみ、雨のなかを出発した。その名前の人物は史学科も考古学科も訪れていないことが判明した。荒天のせいで発掘ができないらしく、遺跡の発掘現場にいたふたりの学生に会うことができた。彼女たちからピーボディ教授の人相をさらにくわしく聞いたところで、わたしたちはダブリン駅に向かった。キレニーに向かう列車について尋ねてきた大柄なアメリカ人のことを改札係が覚えていたが、ここ最近、大勢のアメリカ人がそこを訪れているとも言っていたので、その人物が彼だと断定することはできない。

アメリカ大使館に行こうかとも思ったが、この時間ではまだシカゴから連絡は来ていないだろう。いまはただじっと待つほかはなかった。キルデアに戻って、ピーボディ教授が滞在していないかと地元のパブで尋ねたが、空振りに終わった。そういうわけで、わたしたちはマウントジョイに戻った。なにもせずにいるのは辛い。すべてはアメリカでの結果にかかっていた。

「週末にはなにも起こらないだろう」ダーシーが言った。

ウーナが顔をしかめた。「ダーシー、あなたったらアメリカかぶれなんかして。どこでそんな言葉を覚えたの？」

ダーシーは面白そうに応じた。「〝週末〟のことですか？」

「そうですとも」

「することもなく、ここに閉じこめられている二日間のことを表わすには、うってつけの言葉だと思いますけれどね」

「まるで贖罪の時間のような言い方をするのね」ウーナが言った。「そうそう、日曜日にはあなたたちもいっしょに教会に行きましょう」

ダーシーがちらりとわたしを見た。「ジョージーがいます。彼女はきっと――」

「わたしも行きます」わたしは言った。「お父さまも行くかしら?」

ダーシーは首を振った。「父はずっと昔に教会とは縁を切った」

「本当にばかな人」ゾゾが言った。「慰めや安らぎを与えてくれるものすべてを拒絶しているんだから。だれかがわからせてやらなくちゃいけないわ」

日曜日の朝、わたしたちは全員ロールスロイスに乗りこみ、キレニーの村人たちといっしょに小さな教会へと赴いた。ラテン語の詠唱を聞き、お香の煙がたちのぼるのを見るのは妙なものだった。妙ではあるけれど、わたしが子供のころに見ていた礼拝とは違う特別なもののように感じられる。興味津々でわたしたちを眺めている人は大勢いたが、礼拝が終わると村人たちはダーシーのところにやってきて握手を交わし、幸運を祈った。キレニー村の人々がいまもダーシーを愛し、オマーラ家を大切な存在だと考えていることがよくわかって、わたしは大きく心を揺すぶられた。

礼拝のあと、ウーナがどうしてもというのでキレニー卿のコテージを訪れたが、彼はまた暗く落ちこんでいて、わたしたちの来訪を喜ばなかった。わたしたちもどんよりした気分で家に戻り、それぞれが物思いに沈みながら雨の午後を過ごした。

月曜日になってもなにも知らせが届かなかったので、わたしはティモシー・ローチの正体が結局つかめなかったのか、もしくはミッキー・ライリーの過去になにも怪しいところがなかったのかもしれないと思い始めた。もしそうなら、カラハン警部は裁判を進めようとするだろう。その夜のディナーは暗い雰囲気だった。ウーナは再び甥を招待しようとは言い出さなかったし、ダーシーも父親と食事をするほうを選んだからだ。

居間の暖炉の前で食後のコーヒーを飲んでいた夜九時頃、玄関を乱暴にノックする音にわたしたちはぎくりとした。犬たちが激しく吠えたてる。

「いったいなにごと?」ウーナが言った。

「わたしが出よう」ドーリーがあわてて立ちあがった。

「あなたが? あなたはネズミだって追い払えないでしょう? わたしのほうがもっと堂々としていられますよ」ウーナはそう言うと、つかつかと玄関に歩み寄った。わたしたちは息を止めて、待った。やがてウーナのよく響く声が聞こえてきた。「あなただったの、ダーシー。あんなふうにドアを叩いたりして、驚かせないでちょうだい」

「知らせを聞いて、飛んできたんだ」ダーシーは息を切らしながら言った。「ミスター・レノックスからたったいま電報が届いた。シカゴから連絡があったそうだ。明日の朝、ぼくたちに会いに来てくれることになった」

その夜はなかなか眠れなかった。明日になれば真相がわかって、ようやくキレニー卿の容疑が晴れるかもしれない。

次の日は朝早くに目が覚めてしまったので、コートを着て、気持ちを落ち着かせようと敷地内を散歩した。そこは昔ながらの典型的な邸宅で、キャベツとカリフラワーが植えられた広々とした家庭菜園があり、数頭の羊と牛、鶏や鴨があちらこちらにいた。こんなところで暮らせたら幸せかもしれないとわたしはふと思った。卵を持って鶏小屋から戻ってきたウーナと会った。

「冬にはあまり卵を産まないのよ」彼女が言った。「仕方がないわね」問いかけるようなまなざしをわたしに向ける。「ずいぶん早起きなのね。今日がどんな日になるかと思ってわくわくしているのね。それとも不安？」

「期待しています」

ウーナはよくわかるというようにうなずいた。「サディに人殺しなんてできないことは、どんなばかだってわかりそうなものなのに。あいにく、陪審員にはばかも交じっているから」

わたしたちはいっしょに家に戻り、目玉焼きとベーコンの朝食をとった。ママレードを塗ったトーストを食べていると、ゾゾがやってきた。今日一番の目的はハロッズでの買い物だとでもいうように、落ち着いていて、優雅で、なにひとつ悩みなどなさそうに見える。ダーシーが一〇時にやってくるまで、わたしは辛抱強く待った。彼の運転する車でロッジに向かう途中で、買い物籠をさげて歩くクイーニーを見かけた。

「送ってあげたほうがいいかな？」ダーシーは車の速度を落とした。「どこに行くんだい、クイーニー？」

「レディ・ホワイトが料理に必要なものを切らしていたんです。なんで、あたしが村まで買いに行くところです」

「送っていこう。乗って」ダーシーが言った。

「ありがとうございます、サー。助かります」クイーニーは顔を赤らめ、ゾゾの隣に腰をおろした。またなにかとんでもないこと——ゾゾのシルクのストッキングに籠を引っかけるとか——が起きるのを覚悟したが、驚くことになんのトラブルもなくクイーニーは村で車を降りていった。確かに彼女は心を入れ替えたらしい。

ロッジの暖炉の前に座り、ミスター・レノックスの到着を待つあいだ、キレニー卿は緊張した様子ではぜる炎を見つめていた。だれもほとんど喋ろうとはせず、それぞれがなにかを考えこんでいる。ミスター・レノックスがやってきたのは一一時前だった。不安を抱えた少年のような真面目な顔つきで、その表情からでは彼が運んできたのがいい知らせなのか、それとも悪い知らせなのか判断することはできなかった。

「さて、これまでに判明したのはこういうことです」彼はわたしたちの向かいに座り、長い脚を伸ばしながら口を開いた。「死んだ男の身元についてはまだ判明していません。われわれの指名手配者リストには、彼の顔と一致する写真はありませんでしたから、顔の整形手術を受けていることは間違いないでしょう。それに指紋も採れなかった。ですが……」思わせぶりに言葉を切る。「ミッキー・ライリーについては、一致するものがありました」

「そうだと思ったわ！」わたしは興奮を抑えきれずに、ダーシーに笑いかけた。

「イタチのミッキー・マクヘンリーと呼ばれているチンピラです。くだらないやつですよ。犯罪の手伝いをする下っ端です。運転手とか見張りとか、その類です。盗品を受け取り、強盗に手を貸したということで、逮捕歴があります」

「この事件には犯罪者が関わっていたということですね」ダーシーが言った。

「まず間違いないでしょう。だが死んだ男は何者なのか、だれが彼の死を望んだのかという疑問は残る」

「前にも言いましたが、城の付近で最近目撃されている唯一の不審な人間がピーボディ教授と名乗った男です」ダーシーが言った。「トリニティ・カレッジで確かめてきましたが、彼はあそこには行っていませんでした。あと、もう少しくわしい人相がわかりました。身長は約一八五センチ、太ってはいないががっちりした体格で、頭が大きくブルドッグのような垂れさがった頬をしているそうです」

レノックスの頬が緩んだ。「やっぱりだ！　そいつはロフティ・シュルツの人相と一致する」

わたしたちは期待に満ちたまなざしを彼に向けた。

「ロフティ・シュルツ。レイクショア・ギャング団の一員です。一九二〇年代以降、シカゴで勢力のあったギャング団でした。元々は密造酒で稼いでいたんですが、酒が再び合法になると、今度はもっと大きな仕事に手を出したんです」言葉を切り、大きく息を吸った。「一九二九年の大恐慌の前のことです。彼らは、現金や債券や宝石などを積んだ郵便車を襲ったんです。二〇〇万ドル分ありました」

ダーシーが口笛を吹いた。

「盗まれたものが戻ってくることはありませんでした」レノックスは言葉を継いだ。「一行は用意していた逃亡車で逃げ、残されたロフティ・シュルツだけが逮捕されました。ですが彼と犯行を結びつける証拠がなく、結局脱税の罪で五年の刑を受け、レブンワース連邦刑務所に送られたんです。模範囚だったので、四年後に釈放されました」

「盗まれたお金と残りのギャング団はどうなったんですか？」ゾゾは初めのうちこそ落ち着いた様子だったが、いまは椅子の上で身を乗りだしている。

「ばらばらに逃亡しました。イタチのマクヘンリーが運転手だったのではないかと言われていますが、それも証明することはできませんでした。リーダーの恋人だったローラ・マルティネスが色仕掛けで、郵便局の人間から積荷についての情報を得たのではないかと考えられていますが、彼女も郵便局の人間もどちらも逮捕されておらず、完全に姿を消してしまっています。ですが、重要な役割を担っていたふたりの男が逮捕されました。スキーツ・ケリー――この男が郵便車の運転手を射殺したことがわかっています――とバグジー・バーカーです。バグジーはギャング団のリーダーでした。すべての計画を立てたのが彼です。ふたりとも終身刑となり、のちにアルカトラズ連邦刑務所に送られました。サンフランシスコ湾にある監獄島です。いまだかつて、だれも脱獄した人間はいません。水は冷たいうえに流れも速く、数分以上はだれも泳いでいられないんです」

「それじゃあ、ふたりともまだそこにいるんですね？」わたしは訊いた。

レノックスは首を振った。「判決を受けた数カ月後、ふたりは脱獄しました。通気孔から外に逃げ、ロープを使って塀をおり、海へと飛びこんだんです。どう手配したものか、ふたりを助けるためのボートが待っていたようです。ですがその夜は風が強く、海はかなり荒れていた。後日、サンフランシスコの海岸に打ち上げられたスキーツ・ケリーの死体が発見されました。だがバグジーは見つからず、溺死したのだろうということになっています」

「郵便車の荷物は？」ダーシーが訊いた。

「見つかっていません」

レノックスは満足そうにわたしたちを見まわした。

「それでは、ティモシー・ローチと名乗っていた男は、実はバグジー・バーカーだとあなたは考えているんですか？」ダーシーは動揺しているような口調だった。「実は溺れたのではなくて、ボートに救出されたと？」

レノックスはうなずいた。「その可能性を考え始めています」

「そうよ」あることを思いついて、わたしは声をあげた。全員の視線が集まるのを感じて、顔が赤らむ。「本名はバグジー。そして偽名にはローチを選んだ（バグは虫の意。ローチはごきぶりの意味がある）。無意識のうちに選んだ名前が、正体を表わしていたのね」

「なるほど」レノックスは感心したようなまなざしをわたしに向けた。「なかなか鋭いですね」

「ピーボディ教授がそのロフティという男だったとしたら」ゾゾが割って入った。「ローチの正体に気がついて、自分だけを残して逃げたことや仲間を溺死させたことの復讐に来たのね」

レノックスは再びうなずいた。「それもありますが、盗んだものの残りを手に入れようと思って来たんだと思いますね。バグジー改めローチは現金の一部で城を買ったわけですが、債券や宝石はまだ行方がわからないままですから」

「バグジーは盗んだものをアイルランドに持ってきて、お城のどこかに隠しているんだと思いますか？」わたしは尋ねた。「ミッキーはそれを捜すために来たんでしょうか？　それとも、バグジーが彼を匿っていたんでしょうか？」

「後者だと思います」

「そこにピーボディ教授のふりをしたロフティがやってきて、債券と宝石を捜すようにミッキーを唆したんだわ」ゾゾが喜んでいる子供のように両手を叩きながら言った。

「もしくは警察に行って正体をばらすと脅したか」わたしは言い添えた。

「だからミッキーは彼を城のなかに入れ、父の仕業に見せかける証拠を偽造し、バグジーを殺したあとロフティを逃がした」ダーシーが言った。

そのあいだじゅうキレニー卿は自分だけの世界にいるかのように、無言のまま暖炉の火を見つめ、じっとなにかを考えていたが、やがて顔をあげて言った。

「つまりはこういうことか。ティモシー・ローチと名乗っていた男は、実はギャング団のリーダーのバグジーなんとやらだった。ミッキーとその教授は本当にギャング団の一員なのか？」

「そのとおりです」レノックスが言った。

キレニー卿は火を見つめたまま、さらに言った。「それは証明できるのか？」

「ミッキー・ライリー、別名イタチのミッキー・マクヘンリーを逮捕するようにすでに警察に進言しました。つまらない悪党ですからね、口を割りますよ」

「口を割る？　なんてわくわくするような言い回しかしら。まるでアメリカ映画のなかにいるみたい」ゾゾがうれしそうに言った。「ここまで飛んできて本当によかったわ。絶対に見逃したくなかったもの」

一二月一一日　火曜日

ようやく知らせが届き、すべてが終わる希望が出てきた。

ミスター・レノックスが立ちあがった。

「またなにかわかったら、すぐにご連絡します。死体をもっとよく調べる必要があります。歯科記録や身元がわかるような小さな傷跡が体にあるかもしれません。とりあえずいまは、ピーボディ教授の居場所を突き止めるためにできるかぎりのことをするように地元警察に依頼しておきます。それから、イタチのマクヘンリーを尋問するときは、もちろんわたしも立ち会わせてもらいますよ」

キレニー卿も立ちあがった。「ありがとう。心から感謝する」ぶっきらぼうな口調だった。

「どういたしまして、サー」

キレニー卿が玄関まで彼を送っていったちょうどそのとき、ノックの音がした。

「今度はなんだ？」ドアを開けながら、キレニー卿が怒鳴るように言うのが聞こえた。

「キレニー卿ですか？　ダブリンまでお連れするようにカラハン警部から言われてきました」

「今度はなんの用だ？」キレニー卿の声は強張っていた。

「お答えできません、サー。キレニー卿を連れてくるようにと言われただけなので。警部がお尋ねしたいことがあるそうです」

「もう何度も話しただろうが」怒ったようなキレニー卿の口ぶりだった。「警察には、知っていることは全部話した」

ダーシーが立ちあがり、玄関ホールにいる父親のもとへと歩み寄った。

「ぼくもいっしょに行くよ、父さん」

「申し訳ありませんが、それはだめです」巡査が言った。

「父さん、弁護士のいないところではなにも言ってはいけない。もう充分に余計なことを言ってしまっているんだから」

キレニー卿がためらっているあいだに、ミスター・レノックスもダーシーの背後に立った。

「わたしはアメリカ大使館の人間だが、本国でさらなる証拠を見つけるまではこちらの裁判は棚あげにしておくということで同意していたはずだが。これはわたしの国にも関わっていることなので、わたしがキレニー卿を警察本部までお連れして、尋問に立ち会うというのはどうだろう？」

「申し訳ありません、サー」再び巡査が言った。「キレニー卿を連れてくるようにというのがわたしが受けた指示なので、それはできかねます」

「それならぼくの車でいっしょに行きましょう、ミスター・レノックス」ダーシーが言った。ゾゾが勢いよく立ちあがり、彼らのところに走り寄った。

「もっといい考えがあるわ、ダーシー。わたしがミスター・レノックスといっしょに行くのよ。そしてもし必要だと感じたら、サー・グレンヴィルを迎えに行けばいいわ。あなたはジョージーとここにいて。あまり大勢で行っても、あの警部をいらつかせるだけだもの」

「それはだめだ、アレクサンドラ」ダーシーが言った。「いや、彼女の言うとおりだ。おまえはジョージーとここにいろ。あの警部に、礼儀にかなった振る舞いをさせられる人間がいるとしたら、それはアレクサンドラだ」

ダーシーは問いかけるようにわたしを見た。「わかりましたよ。それが父さんの望みなら」そして一行は出発していった。

「父は彼女のことが好きらしい」ダーシーはドアを閉めながら言った。「落胆するようなことにならないといいが。彼女は父には不釣り合いだ」

「そうかしら。彼女もお父さまに惹かれているんじゃないかと思うけれど」

「溺れている子猫を助けるような気持ちだと思うね。彼女は寛大だよ」

わたしはうなずいただけで、それ以上なにも言わなかった。

「ミッキー・ライリーについてぼくたちが考えていたことは正しかったね」ダーシーが言った。「あの男は絶対に従者ではないと思っていたよ。彼が犯人だと証明できれば——」足音に続いてノッカーの音がしたので、ダーシーは言葉を切った。

「今度はなんだろう？　ゾゾがコンパクトを忘れて、戻ってきたんだろうか？」ダーシーは玄関に近づいて、ドアを開けた。そこには別の巡査が立っていて、うしろには二台のパトカーが止まっている。

「お力を貸していただけないかと思いまして」その巡査が言った。「城で働いているミッキー・ライリーという男を連れてくるようにと言われているんですが、ゲートに鍵がかかっていて、開けてくれる人間が見つからないんです。ゲート以外に入り口はないんでしょうか？」

「もちろんありますよ」ダーシーが答えた。「こちらです」

わたしもついていった。こんな楽しそうなことを見逃すつもりはない。ダーシーは塀の小さなドアに巡査たちを案内した。

「城のなかに入る必要がありますよね？」ダーシーが訊いた。「玄関のドアは、蹴って壊せるような代物じゃありませんよ」

「それもどうにかなりませんか、サー？」

「父がまだ、使用人の出入り口の鍵を持っているんじゃないかな。探してきますよ」

「感謝します、サー。ここでお待ちします」

ダーシーはロッジに戻り、まもなくキーリングについた大きな鍵を持って戻ってきた。わたしの横を通り過ぎざま、「きみはなかで待っていたほうがいい、ジョージー。あの男は武器を持っているかもしれない。きみを危険な目にあわせたくない」と言った。

ダーシーは巡査たちを連れて城へと歩いていく。もちろんわたしもそのあとを追った。地面はぐっしょり濡れていて、靴の下で泥がピシャピシャと音を立てた。大きなヨーロッパアカマツの木の下には、ところどころまだ雪が残っている。身を刺すような風が木立ちを吹き抜け、葉を落とした枝を揺らした。ダーシーは城の裏側へと進んでいき、狭い階段をおりていく。苔（こけ）でおおわれた階段は滑りやすく、上からは水滴がぽたぽたと落ちていた。ダーシーが風雨にさらされたドアに鍵を挿しこむと、ドアは不気味な音と共に開いた。

「この先は地下貯蔵室で、そこから厨房に入れます」ダーシーが低い声で言った。「ここからは気をつけたほうがいい。あの男は武器を持っているかもしれない」

巡査たちが不安そうに顔を見合わせた。ダーシーは彼らを連れて、暗い地下貯蔵室へと入っていく。わたしはためらったものの、好奇心が勝った。通路はとても古いもので、じっとりしてかび臭かった。いくつもある部屋は地下貯蔵室というよりは地下牢といった趣で、実際にそのとおりだったのだろうとわたしは思った。やがて石のらせん階段をのぼると、いきなり目の前に巨大な厨房が広がった。床は敷石で、年代物のコンロの上には銅の鍋がずらりと吊るされている。ここしばらく、料理をした形跡はなかった。ミッキーがパブで食事をしていたことを思い出した。いまも昼食をとりに行っているのかもしれない。そのことを伝えておくべきだろうと思い、一番近くにいた巡査の肩に触れると、彼は火傷でもしたかのように悲鳴をあげながら跳びあがった。ほかの巡査たちもみな、ぎくりとしている。ダーシーはわたしに気づいて苦い顔になった。

「こんな面白そうなことを見逃すつもりはないわ」わたしはダーシーに言ってから、巡査に向き直った。「ミッキーがここ最近、パブで食事をしていたことを伝えようと思っただけなんです。パブで彼のことを尋ねましたか?」

「はい」巡査のひとりが答えた。「水曜の夜以来、彼を見ていないと女主人が言っていました」

バーニーのタクシーが川に落ちた夜だ。わたしの勘は当たっていたらしい。それともミッキーはロフティとどこかで落ち合って、ふたりしてバーニーを殺したのかもしれない。だとすると、逃亡するのに丸五日あったことになる。わたしたちは厨房から配膳室、洗濯室、いくつもの貯蔵室を見てまわった。

「ここにはいませんね」巡査のひとりが言った。「彼の寝室はどこでしょう?」

「三階か四階だと思います」ダーシーは先頭に立って階段をあがり、ベーズを張ったドアをくぐって、使用人たちの区域から城の主要部分へと入った。そこは吹き抜けになったアーチ形天井の玄関ホールだった。壁には紋章旗やタペストリーが飾られているものの、長らく暖炉に火を入れていないらしくひどく寒い。そこには見捨てられたような空気が漂っていて、こんな状態の家に戻ってくるのは、ダーシーにとってとても辛いことだろうとわたしは思った。食堂も居間もいくつかの広間も、どこもがらんとして冷え切っていた。城の奥には居心地のよさそうなモーニング・ルームがあって、そこの大きめの窓からは庭と遠くの丘を見渡すことができた。長広間の中央にある暖炉は牛を焼けそうなくらいの大きさで、壁には様々な武器――剣、槍、戦斧、盾――が飾られていた。その向こうが、バグジーの死体が発見された書斎だ。

わたしたちはさらに階段をのぼって、寝室へと向かった。子供部屋には年代物の揺り木馬と大きなドールハウスが置かれていて、わたしは木馬にまたがっているダーシーを思い浮かべた。悲劇が家族を襲うまでは、冒険心にあふれた幸せな子供だったのだろう。さらに狭い階段をあがると、そこは簡素な部屋が並ぶただの廊下だった。この広大な城を維持していくために大勢の使用人がいた時代の名残だ。だがここしばらく、どの部屋も使われた形跡はなかった。わたしたち全員が同じ結論に達した。ミッキー・ライリーは逃げた。

警察の車が遠ざかっていくのを見送ったダーシーとわたしは、顔を見合わせた。同じことを考えているのがわかった。城にはだれもいない。

「ミッキーが残していったものを探すには好都合だ。それに、行方がわからなくなっている債券と宝石も」

「カラハン警部と一度探したんじゃなかった？」わたしは言った。

「もう一度探したってかまわないだろう？　きみはどうする？」

わたしたちは城のなかに戻った。ダーシーといっしょにまずは地下、次に一階の隠し場所を確かめていく。なにも見つからなかったので、二階に向かった。

「彼がここで殺されたことに理由はあるんだろうか？」書斎に入り、照明のスイッチを入れながらダーシーが言った。

「棍棒は、あそこのテーブルの上に置かれていたのよね。あの日の午後、お父さまは棍棒を手に取ったんだわ」

「どうして彼はあれを売ろうと思ったんだろう」そうしていれば棍棒が現われるとでもいうように、ダーシーはテーブルを見つめている。

「お金が足りなかったのかもしれない」わたしが言うと、ダーシーは笑った。

「二〇〇万ドルも持っているのに？」

「現金はごく一部だったのかもしれないわよ。きっと、そのお金でお城と厩舎を買ったのね。そして競馬にお金を賭けていたせいで、残りの現金を使い果たしてしまった。でも正体が明らかになることを恐れて、債券や宝石を現金化することはできなかった」

ダーシーはうなずいた。「ありうるね」そう言って、書斎の壁を見まわす。「なかがくりぬかれているものがないかどうか、ここにある本を全部調べるべきだろうか？　なにかを隠すにはうってつけの場所だろう？」

わたしはずらりと本が並ぶ壁をぞっとして眺めた。「ものすごく時間がかかるわよ」

「とにかくやってみるよ。まずはここの分厚い本からだ」ダーシーはそう言って、革表紙の大きな本をおろした。

「彼が、自分の家でそんな面倒なことをしたとは思えないわ。もっと簡単な隠し場所があったはずよ」

わたしは長広間に戻り、壁に飾られた武器を眺めた。やがて大きな暖炉に視線が向いた。もしわたしだったら、なにかを隠したければ煙突に押しこむんじゃないかしら？　暖炉に向かって歩いていると、不意に窓から射しこんできたひと筋の光を受けて、なにかが光るのが見えた。大きな真鍮の炉格子のつまみのひとつだ。妙だと思った。ほかのつまみはどれもほこりをかぶっているのに。筋が通らない。もしかしたら……。

「ダーシー！　これを見て！」わたしは声をあげた。

ダーシーがやってきた。

「このつまみだけがきれいなの。どうしてだと思う？」

「これを拭かなくてはならない理由があったからだ」ダーシーがゆっくり答え、わたしはうなずいた。

「バグジーは棍棒で殴られたんじゃないかもしれない。押し倒されたか、転んだかして、炉格子で頭を打ったんだとしたら？」

「だがそれは事故だ。どうして犯罪に見せかける必要がある？」

「あなたのお父さまを犯人に仕立てたかったのよ。彼にはもっともな動機があるから。薬物投与のスキャンダルのあと、お父さまがくびになったことはみんな知っているわ。お父さまを犯人にしてしまえば、これは地元の犯罪ということになって、だれもアメリカとの関係を深く追及しようとはしない」

「そもそもバグジーを殺すつもりはなかったのかもしれないな」ダーシーがあとを引き取って言った。「ロフティがやってきて、分け前をよこさなければ正体をばらすと言ってバグジーを脅し、言い争いになったんだろう」ダーシーは膝をつくと、床に敷かれているペルシャ絨毯をめくり、喜びの声をあげた。「思ったとおりだ、ジョージー。見てごらん、血が裏側にしみている。彼はここで死んだんだ。その後、書斎に運ばれた。そこで、やつらは棍棒に血をつけたんだろう」

「でもそれだけじゃ、あなたのお父さまの仕業ではないことを証明できないわ。バグジーを突き飛ばした可能性は残るもの。やっぱり、ギャング団のふたりが見つかることを祈るしかないわね」

「そして彼らが白状することを」ダーシーが苦々しげに言った。「書斎なんだが、絶対に以前はもっと大きかった。子供の頃の記憶だからというだけじゃない。父がいないとき、姉とぼくはよく本で砦を作って遊んだんだ。ふたりであのあたりの床に寝そべった。だがいまは、それだけのスペースがない」ダーシーは言葉を切ってしばらく考えこんでいたが、やがて奥の壁に近づくと、数冊の本を引っ張り出して、本棚の奥を軽く叩いた。向こう側が空洞になっているような音がした。

「ほら、ジョージー。この棚は新しい。ほかの部分のように上等の古いオーク材じゃなくて、ごくありふれたマツ材だ」

わたしは彼に駆け寄った。さらに何冊かの本を取り出すと、隅にレバーが見つかった。ダーシーがそれを引くと本棚の一部が開いて、本がどさどさと床に落ちた。その奥の狭い空間に、スーツケースと山積みにされたいくつもの箱が見えた。

「これが債券だというほうに賭けるかい？　多分、ここに宝石もあるだろうな」

「気をつけて」ダーシーがなかに入ろうとしたので、わたしは声をかけた。「なかは真っ暗よ」

「テーブルランプを持ってきてくれないか？　コードが長いんだ。それで少しは見えるはずだ」

わたしはランプを持ってくると、その狭い空間にできるかぎり近づけた。

「やっぱり債券だ」ダーシーはスーツケースを開き、口笛を吹いた。「アメリカドルだ。見てごらん。一〇〇ドル札の束！　ここでは、アメリカドルを両替できなかったんだな。宝石は見当たらないが……」

「なんて都合のいいこと」背後から声がした。「あたしの手間を省いてくれるなんて、親切ね」

振り返ったとたん、持っていたランプを落としそうになった。すぐ目の前に、銃をこちらに向けた女性が立っている。見覚えがあった。わたしにただならぬ興味を示していた、アメリカ人記者だ。

「あんたたちのおかげで助かったよ。お城に入る方法を教えてくれたんだもの。アイルランドに来てからというもの、どうにかしてなかに入ろうと四苦八苦していたからね。さあ、お金の入ったそのスーツケースをおよこし。債券はいらない。面倒だもの。宝石は、じっくり探せば見つけられる。ダイヤモンドとルビーの入った袋がひとつずつあるんだ。小さいものだからどこにでも隠せる」

「あなたがだれだか知っているわ」わたしは言った。「バグジーの恋人のローラ・マルティネスね」金髪が妙に見えたのは、彼女の肌の色にそぐわなかったからだ。

「元恋人だよ。あの男のためになにもかもお膳立てしてやったのに、あいつはそのまま姿を消して、あたしの手元にはなにひとつ残らなかった。てっきり溺死したんだと思っていた。生きてアイルランドにいるってドクター・メイヤーから聞いたときには、信じられなかったよ」

「だからあなたは彼を殺しに来たのね」

「あたしが？　あたしは彼を殺していないよ。ここに入る方法がわかっていれば殺していたかもしれないけどね。でもロフティが先に手をくだしてくれたらしいね」彼女は顔をしかめた。「いまはあんたたちとくだらないお喋りをしている暇はない。さあ、スーツケースを渡すんだ」

彼女はいらだたしげにわたしに向かって銃を振り立てた。わたしはダーシーからスーツケースを受け取った。どうにかして抵抗できないかと必死になって考えてみたが、うしろにいるダーシーは狭い空間で身動きができずにいたし、わたしは片手にランプを持っている。なにより、頭が働いてくれなかった。言われたとおりにするしか、できることはないようだ。わたしが差し出したスーツケースを、彼女は奪い取るように手に取った。

「ランプを置いて」わたしはそのとおりにした。「なかに入るんだ」

彼女はいきなりわたしをうしろに突き飛ばした。わたしがよろめいてあとずさっているあいだに、彼女がレバーを引いた。壁がばたんと閉じ、わたしたちは真っ暗な闇に包まれた。

36

一二月一一日
キレニー城

ダーシーが壁に飛びついたが、手遅れだった。すでにしっかりと閉じてしまっている。こちら側に掛け金はないかと必死になって探ったが、それらしきものはない。内側から開ける手段があるのかもしれなかったが、見つけることはできなかった。

「この板はどれくらいの厚さがあるんだろう。蹴り開けられるかもしれない」ダーシーはそう言って試したが、悪態をついただけで終わった。「狭すぎて力が入らない。脚をまっすぐに伸ばすこともできないんだ」

「きっと大丈夫よ」わたしは内心以上に明るい口調で言った。「お父さまとゾゾが戻ってきて、捜してくれるわ」

「ふたりがここを捜そうと思うだろうか？」ダーシーの声がこわばっているのがわかった。

「それに、もし書斎にやってきたとしても、壁を開くレバーを見つけられるとは限らない」

「ふたりが来るのが聞こえたら、叫べばいいわ」

「それまでにぼくたちが酸素不足で意識を失っていなければの話だ」ダーシーに言われて、初めて気づいた。わたしたちはごく狭い空間に閉じこめられている。酸素を使い果たすまでそれほど時間はかからないだろう。

「あの箱の上にのぼって、天井から逃げられないかどうか確かめてみるのはどう？」

「いい考えだ」

真っ暗闇のなか、わたしたちは手探りで箱の位置を確かめた。ダーシーが息を荒らげながら、箱をのぼっていく。やがて彼が言った。「だめだ。天井まで届かない。この部屋の天井はかなり高いんだ」

ダーシーがおりてきた。

「なにか方法があるはずよ……」わたしは言いかけたが、なにも思いつかなかった。「愛しているわ、ダーシー。ここで死ぬのなら、あなたといっしょでよかった」

ダーシーはわたしを抱きよせた。「ぼくはそんなふうには思えないよ」わたしは彼の肩に頭をもたせかけた。頰と頰が触れるのを感じ、結局彼に抱かれることのないまま死んでいくのかもしれないと不意に気づいた。なんてもったいないことをしたんだろう。何度も彼を拒否してきた。そしていま……。

「なにか方法を考えよう」ダーシーが言った。厚い壁ごしにけたたましい音が聞こえたのはそのときだった。そして悲鳴。身構えて待っていると、さっと壁が開き、突然のまぶしさにわたしたちは目をしばたたいた。そこに立っていたのはクイーニーだった。真ん丸に目を見開き、恐怖を絵に描いたような表情を浮かべている。

「ああ、お嬢さん。もうだめかと思いましたよ」

わたしは息を荒らげ、よろめきながら外に出た。

「クイーニー、ここでなにをしているの？　どうしてわかったの？」

「あの女の人とまた村で会ったんです。そうしたら、またお嬢さんとミスター・ダーシーのことをあれこれ訊かれたんですよ。そのあと彼女がお城のほうに歩いていくのが見えたんで、お嬢さんに言っておいたほうがいいと思ってあとをつけたんです。そうしたら、彼女はこっそりお嬢さんのあとを追って、お城に入っていったんです。そのときはべつに危ないとは思ってなかったんですけど、彼女が銃を出してきたんでもうおったまげて。あんなもの触ったこともないし、撃たれるのもごめんだったから、どうしていいかわからなくてとりあえず甲冑のうしろに隠れてたんです。でも、彼女がお嬢さんをここに閉じこめて逃げようとしたんで、甲冑のなかの人が持っている槍でどたまをぶっ叩いたらいいんじゃないかって思いついたんですよ」

「なんですって？」わたしは訊き返した。

「頭を殴るってことです」クイーニーは言い直した。「でもまったくいまいましいことに槍がなかなか取れなくて、思いっきり引っ張ったらあの代物全部がひっくり返っちまったんですよ。そうしたら兜(かぶと)が宙を飛んで、あの女の頭にぶつかったんです。彼女は気絶しちまいました」

急いで行ってみると、長広間の床にローラ・マルティネスが大の字になって倒れていた。一メートルほど離れたところに銃が落ちていたので、ダーシーがそれを回収した。

「なにか縛るものがいる」ダーシーが言った。

「ランプのコードがいいんじゃないかしら」わたしは書斎に駆けもどり、ソケットからプラグを引き抜いた。両手を縛ろうとしていると彼女が意識を取り戻し、わたしに襲いかかってきた。爪を立て、引っ掻き、喉をつかもうとする。ごろごろと転がりながら抗う彼女をダーシーが捕まえようとしているあいだに、クイーニーは壁に駆け寄って盾を手に取った。わたしの首を絞めようとしている彼女の頭を殴りつける。ローラは再び意識を失って、どさりとわたしの上に倒れこんだ。雨が地面を打っているようなパラパラという音が聞こえてきた。ダーシーがローラをどけて、わたしを助け起こしてくれた。クイーニーは怯えたような、驚いたような顔でその場に立ち尽くしている。床には何百個ものダイヤモンドが散らばっていた。

その日遅く、わたしたちはミスター・レノックスとカラハン警部と共に、マウントジョイにいた。ミスター・レノックスによれば、お城で発見された盗難品の処理をするため、ワシントンとシカゴから人員が派遣されたとのことだった。ローラ・マルティネスは収監されたが、黙秘しているらしい。だがバグジー・バーカー殺人容疑で起訴されれば、殺人未遂や強盗の共犯といった、より軽い罪を自ら認めるだろうとミスター・レノックスは言った。タクシー運転手のバーニーを殺したのも彼女だったのかもしれないと、わたしは考えていた。バーニーは、バグジーが殺される直前に彼女がこのあたりに来たことを覚えていたし、愚かにもそのことを彼女に話してしまっている。けれど残念ながら、真夜中に凍った道路でスリップして川に落ちるのはおおいにありうることなので、あの事故が故意に仕組まれたものだと証明することは不可能だ。ミッキーとロフティは北アイルランドに向かい、二日前にフェリーでベルファストからリバプールへと渡ったらしい。船か飛行機を使わないかぎり、イングランドを出ることはできないから、ふたりが捕まるのは時間の問題だとレノックスは自信を見せていた。

ザマンスカ王女がカラハン警部に言った。

「これだけの証拠がそろったわけだから、キレニー卿にかけられていた容疑は晴れたと考えてもいいんでしょうね、カラハン警部？」

カラハンは咳払いをした。そうと認めるのは簡単なことではないらしい。

「そのようですね。もちろん、ギャング団のメンバーと言われている人間だけでなく、彼らの身元を確認できる警察官からも直接話を聞いてからでなくては、最終判断をくだすことはできませんが」

「それでは、父はもうどこへでも好きなところに行ってかまわないんですね？」ダーシーが確認した。

「裁判で証言してもらうことになりますから、連絡のつくところにはいてもらわないと困ります」

カラハンが帰っていき、ウーナはミスター・レノックスをディナーに招待した。

「あなたにはとても感謝しているんです」

「わたしじゃありませんよ、マダム。ここにいるあなたのご家族とご友人のおかげです。彼らに感謝してください」

「それで、城と厩舎はどうなるんです？」ドーリーが尋ねた。「盗んだ金で買ったのであれば、近親者は相続できませんよね？」

「アメリカ政府の所有物になるのだと思います」レノックスが答えた。「損失を取り戻すために、競売にかけることになるでしょう」

「それなら、あなたも入札すればいいのよ、サディ」ウーナが言った。「先祖代々の家を取り戻すのよ」

キレニー卿はとげとげしい笑い声をあげた。「どうやって？　わたしはいまでも貧乏なままなんですよ、ウーナおばさん」

「ボクシング・デイのレースにぼくがサルタンに騎乗するよ。勝てば、かなりの賞金が出るだろう？」ダーシーが顔を輝かせて言った。

「ばかなことを言うんじゃない」キレニー卿にたしなめられて、ダーシーは怒りと気恥ずかしさに顔を赤くした。

「ぼくはサルタンに乗れる数少ない人間のひとりだ」ダーシーが言った。「うまく乗れるかもしれないが、それでもおまえは素人だ。それに騎手としては重すぎる。そもそも、厩舎も馬もわたしたちのものではないし、いくら賞金が高額とは言え、城を買い戻せるほどじゃない」

「本当に負け犬根性なんだから」ゾゾが言った。「教えてあげるわ。バグジーがしようとしていたことをすればいいの。あの棍棒やほかの家宝を売ればいいのよ」

「棍棒もわたしのものではない」キレニー卿はぶっきらぼうに応じた。「城の一部として、あの卑劣な男の所有物になったのだ。わたしはそんなことに同意などしていないのに」

ミスター・レノックスが咳払いをした。「我々は、個人の所有物を地所の一部と考えるつもりはありません。ですから、あの棍棒はあなたのものです」

「ありがとう。だがそれならなおさら、売ることなどできない。太古の昔から我が家に伝わるものなんだぞ」

「父さん、ぼくたちの家を取り戻せるチャンスを逃すつもりかい？　あんな棍棒より、城のほうがずっと大事だろう？　死ぬまであのロッジで暮らしたいの？」

「そのとおりよ、サディ。家宝は大切かもしれないけれど、この二〇年のあいだに、いったい何度あの棍棒を眺めた？　なにより大事なのは家じゃないの？　この先、あなたの子供たちはどこに住んで、どこで家族と暮らしていけばいいの？」ウーナはダーシーとわたしを見ながら言った。

「確かにそのとおりだ」キレニー卿は渋々うなずいた。「だがいくつか売ったとしても、城を買い戻せるだけの金額にはならないだろう」

ミスター・レノックスは、自分もまだわたしたちの一員であることを知らしめるかのように再び咳払いをした。

「アメリカ政府は、できるだけ早くこの城を手放せればそれだけで満足なんです。ですので、競売があまり大勢の人に知れ渡らないようにわたしが手配できると思います——一月の寒い日とか?」

ウーナが思わず噴き出した。「ミスター・レノックス、あなたはきっとアイルランドの血を引いているのね。わたしたちに負けないくらい、腹黒いわ」

「さあ、乾杯の時間ね。シャンパンを開けましょう」ゾゾが言った。「これでサディは自由の身になって、自分の家を取り戻すチャンスができた。素晴らしいわ」

「天気が崩れないうちに、きみはあの空飛ぶ代物でロンドンに戻ったほうがいいと思う」キレニー卿が言った。

「どうしてだれもかれもがわたしを追い払おうとするのかしら! まるで、わたしがいっしょにいても楽しくないみたいじゃないの」

キレニー卿が顔を赤くしたので、わたしはおかしくなった。

「そういうわけではないが、向こうで華やかな日々がきみを待っていると思ったものだから」

「ロンドンにいる人たちのほとんどは退屈なだけよ。ここのほうがはるかに興味をそそられるわ」

「きみはわたしたちを標本として観察しているんだろう？　アイルランドの奇妙な風習について論文を書くつもりなんじゃないのかね？」ドーリーがいたずらっぽく目をきらめかせながら訊いた。

「そうかもしれないわ」ふたりは顔を見合わせて笑った。

「みなさん、クリスマスまでいてくださいね」ウーナが言った。「もう何年も楽しいクリスマスなんてしたことがないわ。そうよね、ドーリー？」

「そのとおり。いい考えだ。どうだね？　いてくれるかい？」

キレニー卿が王女を見つめた。

「そうしない理由はないわね」彼女は言った。

それからの数日はミッキーとロフティが捕まることを願いながらダブリンに通い、警察のさらなる質問に答えたり、ローラ・マルティネスについて証言したりした。そのあいだにも、クリスマスの準備は着々と進んでいた。幸運を願いながら混ぜ合わせたプディングのたねに、銀のチャームが入れられた。クイーニーがペストリーの達人であることが判明し、最高のミンスパイとソーセージロールができあがった。

「あの子はまたとない存在だわ」ウーナが言った。「ここに置いていってくれる気はないかしら？　トレッドウェルはわたしと同じくらい年を取っているし、もっと人手があると助かるのよ」

その言葉はわたしの耳にはまるで音楽のように聞こえた。クイーニーのいない暮らし。もうドレスを台無しにされることはない。靴がなくなったり、湯たんぽの蓋がきちんとしまっていなくて、ベッドが濡れていたりすることもなくなる。フィグに辛辣な嫌味を言われずにすむ。けれどわたしの口から出てきたのは、こんな言葉だった。

「それは彼女次第だと思います、レディ・ホワイト」

呼ばれてやってきたクイーニーに、この家に炊事を担当するメイドとして残る気はないかとウーナが尋ねた。クイーニーがわたしを見た。わたしは内心を表情に出すまいとした。するとクイーニーはきっぱりと首を振った。

「すみません、レディ・ホワイト。でもあたしにものすごくよくしてくれて、山ほどへまをしても我慢してくれたレディ・ジョージアナを見捨てるわけにはいきません。あたしはレディ・ジョージアナのそばにいます」

「クイーニー、あなたの邪魔をしたくはないわ」わたしは言った。「あなたがお料理や家の維持についてもっと経験を積みたいのなら、サー・ドーリーとレディ・ホワイトといっしょにいるべきだと思うわ。わたしは、クリスマスのあとどこに行くかすらわからないのよ。あなたが必要になったら、そのときは来てくれるでしょう？」

クイーニーはウーナを見、それからわたしに視線を移してにんまりと笑った。
「合点です、お嬢さま」

クリスマス一週間前の晴れた日、ゾゾは納屋から小型飛行機を引っ張り出し、ドーリーにひとしきり空の旅を味わわせたあとでロンドンへと発った。戻ってきたドーリーは、ウェリントン公のことなどすっかり頭から消えてしまうくらい、興奮していた。結局のところゾゾは、こんな田舎でわたしたちとすごすクリスマスは退屈すぎると感じたのかもしれないと、わたしは思った。その翌日、とても重要な用事があるからしばらく留守にするけれど、クリスマスまでには必ず帰ってくるとダーシーが言った。彼がまたイギリス政府の秘密の任務で、アルゼンチンやモンゴルに行くのではないことを祈るほかはなかった。けれど二日後、ダーシーは満足そうな顔で戻ってきた。

「どこに行っていたの？」わたしは尋ねた。「それとも、人には話せないようなこと？」

ダーシーはにやりとした。「ロンドンに行って、国王陛下の秘書に会ってきた。きみを正式に王位継承者からはずす手続きを開始してほしいと頼んだんだ。きみと結婚するつもりだと書いた両陛下宛の手紙を託してきた。だから、もうグレトナグリーンに行く必要はないんだ。ぼくたちは正式に結婚するんだ」

わたしはなにも言えず、ただうなずいただけだった。ダーシーはわたしの手を取った。

「ジョージー、きみにはちゃんとした結婚式を挙げてほしい。白いウェディングドレス。ブライズメイド。どれも女性にとっては大切なことだよね」

わたしは微笑むことしかできなかった。「そうね。でも、両陛下がなんておっしゃるかを待たなければいけないわ。もしだめだと言われたら……」

「ぼくのような素晴らしい人間ではだめだと？　命を救ったこともあるのに？」

「わたしの相手として、べつのジークフリート王子を探そうとするかもしれないわ」

「べつのジークフリート王子が現われたら、決闘を申しこむまでだ」

わたしは笑いながら、彼の首に抱きついた。「ああ、ダーシー、あなたって素晴らしいわ」

「きみもまあ、悪くないよ」ダーシーはわたしの耳に唇を寄せた。「きみは父の命を救ってくれた。ぼくがきみと別れようとしたときも、あきらめなかった。父を信じてくれていた。ぼくたちを信じてくれていた」

「当たり前じゃないの。愛することは簡単にやめられるようなものじゃないのよ」わたしは、不安をかきたてるようなあの濃い青色の瞳を見つめ、それからしばらく言葉が交わされることはなかった。

ドーバー行きの臨港列車に乗ろうとしたところを逮捕されたイタチのミッキーは、すべてはかつてのギャング仲間たちのしたことだと、ためらうことなく彼らに罪をなすりつけた。ある日村にロフティがやってきて、隠してあるお宝を探したいから城のなかに入れろとミッキーを脅したらしい。そこでミッキーはミセス・マクナリーが帰るのを待ち、彼をこっそり城に入れた。だがなにも見つけることができなかったロフティは、隠し場所を教えなければ警察に通報すると言って、今度はバグジーを脅したのだと言う。そこでもみ合いになり、バグジーが倒れて頭を打って死んでしまった。ロフティは警察に過去をほじくられては困ると考え、だれかに罪をなすりつけるのが一番いいという結論に達した。そのために都合がよかったのがキレニー卿だったというわけだ。

クリスマスイブにはゾゾが戻ってきた。今回はごく普通にタクシーを使い、フォートナム・アンド・メイソンの食料品詰め合わせとクラッカーと山ほどのシャンパンを運んできた。わたしたちは全員で真夜中の礼拝に出席し、ホット・バタード・ラムとクイーニーのミンスパイで聖なる日を祝った。わたしの記憶にあるかぎり、最高のクリスマスだった。わたしたちは食べ、飲み、笑い、ばかばかしい室内ゲームに興じた。

「こんなふうになるんだわ」わたしはいつしかそう考えていた。わたしの家族。わたしの新しい家族。国王陛下の秘書から返事は届いていなかったが、手続き上の問題にすぎないと言われている。結婚式は夏にしようとわたしたちは話し合いを始めていた。国王陛下の在位二五年を祝うシルバー・ジュビリーの邪魔をしてはいけないし、もちろんベリンダの赤ちゃんが生まれてからでなくてはいけない。

クリスマスの日、ダーシーはわたしを連れ出し、小さな革の箱を差し出した。なかにはルビーとダイヤモンドの指輪が入っていた。「母のものだった」ダーシーが言った。「きみに持っていてほしいと父が言っている」

ぴったりだった。そのうえ、機会はいくらでもあったにもかかわらず、結婚することが決まってもダーシーはわたしを大切に扱ってくれた。きっと、クリスマス前に告解に行ったせいだと思う。

そして約束どおり、お城の競売が一月の寒い雨の日に行われた。入札者はただひとり、キレニー卿の代理のミスター・リーチだけだった。そういうわけで、お城は正当な所有者の手に戻ったが、ひとつだけ問題があった。厩舎が売りに出されていなかったのだ。競売の前に、適正な市場価格で買い取った個人入札者がいたのだという。キレニー卿はそのことを聞かされて嘆いた。

「その男が馬について知っていることを祈るよ。わたしに手伝わせてくれるといいんだが。どこかの外国人ではないことを願うばかりだ」

「あら、でもそうなのよ」ゾゾが言った。「どうするつもり?」

「いまいましい外国人?　どうして知っているんだ?」

ゾゾは楽しそうな笑い声をあげた。「だって、わたしだからよ、ばかね。わたしが厩舎を買ったの。昔から競馬に興味があったって言ったでしょう?　今回の競売に厩舎は含まれないし、買いたがっている人たちがいるって聞いたから、ミスター・レノックスとちょっとした取引をしたの。市場価格を払う代わりに、競売には出さないって。そういうわけで、あなたにお願いがあるのよ、愛しいサディ。わたしは競走馬や厩舎のことはなにもわからないの。わたしの代わりに運営してくれないかしら?」

わたしはキレニー卿の顔に、相反する感情を見て取った。彼の厩舎を買い取れるほど裕福な人間がいるという事実に傷ついたプライド。一方で他人の手に渡らないようにゾゾが手をまわしてくれ、事実上厩舎を彼に返してくれたことに対する安堵。どう答えるべきか彼が煩悶(はんもん)しているあいだに、ゾゾが言った。

「ありがとう、愛しいアレクサンドラ。きみがわたしの人生の一部になってくれて、これから何年もわたしを困らせてくれることがとてもうれしいよ、って言ってみたら？」

キレニー卿は立ちあがり、彼女の手を取った。

「きみは素晴らしい女性で、わたしの人生の一部になってくれて、これから何年もわたしを困らせてくれることを心の底からうれしく思うよ」

ダーシーがちらりとわたしを見た。今年の夏に行われる結婚式はわたしたちのものだけではなさそうだ。これ以上の幸せはなかった。

訳者あとがき

〈英国王妃の事件ファイル〉シリーズ第一〇巻『貧乏お嬢さま、駆け落ちする』をお届けできることをうれしく思います。

さて、第九巻『貧乏お嬢さまと時計塔の幽霊』が意味ありげというか、ある意味、衝撃的な終わり方をしていたので、これはいよいよ……と思われた方もいらっしゃったことと思います。

「グレトナグリーンだ」

ダーシーのこの台詞で第九巻は幕を閉じたのでしたね。グレトナグリーン、知る人ぞ知る、駆け落ちの名所(!?)です。一七五四年、両親の承諾を得た二一歳以上の男女でなければ結婚できないという法律がイングランドで制定されました。ですが、この法律はスコットランドには適用されず、当時は男性一四歳、女性一二歳以上であれば(一九二九年以降は一六歳以上)両親の承諾なしに結婚することができました。そのうえスコットランドでは二人の立会人さえいれば婚姻が成立しましたから、様々な苦境に立たされた恋人たちは手に手を取ってスコットランドを目指したというわけです。そして国境を越えてすぐの場所にあった村が、グレトナグリーンだったのでした。興味深いのが、この地で結婚式を執り行ったのが教会ではなく、鍛冶屋だったということ。結婚させまいとしてあとを追ってくる家族がいたことは想像に難くないので、とにかく国境を越えて立会人を見つけ、結婚を成立させようとしたところにあったのが、鍛冶屋だったのでしょう。数軒あった鍛冶屋はそういった恋人たちを歓迎し、ちゃっかりサイドビジネスとしていたようです。グレトナグリーンでは当時の鍛冶屋が現在も二軒保存されていて、博物館やホテルもある観光スポットとなっています。この鍛冶屋ではいまも結婚式をあげることができるそうで、海外からもカップルが訪れるということです。

ダーシーがグレトナグリーンを目指したのは、もちろんジョージーと結婚するため。住む家がないとか、安定した収入がないとか、王位継承権があるジョージーはカトリック教徒とは結婚できないとか、様々な困難が解決したわけではありませんが、さすがのダーシーももう待てなくなったと見えます。とにかく結婚して、あとのことはそれから考えようといういささか乱暴な決断ではありましたが、ジョージーも不安を覚えつつ、同意します。ところがすんなりと事が運ばないのが世の常。ふたりは吹雪に行く手をはばまれてしまいます。仕方なく途中のパブ兼宿屋で夜を明かし、再びグレトナグリーンを目指そうとしますが、そこに飛びこんできたのがダーシーの父親が殺人容疑で逮捕されたという知らせでした。ふたりは急遽予定を変更し、ダーシーは父のいるアイルランドに向かい、ジョージーはロンドンへと戻ります。以前、兄のビンキーが逮捕されたときのように、今回もなにかの間違いに違いないと信じるジョージーでしたが、ダーシーからの電話に打ちのめされてしまいます。父親の有罪は間違いない、きみをこんなことに巻きこむわけにはいかないから、ぼくたちの関係はこれっきりにしよう。ダーシーはそう告げたのでした。悲嘆に暮れるジョージーですが、もちろん彼女のことですから、おとなしく引きさがったりはしません。ダーシーの父親の無罪を証明すべく、彼女もまたアイルランドに向かうのでした。

世間知らずの箱入り娘だったジョージーが、本当にたくましく成長したなぁと訳しながらしみじみ思う作品でした。刑事顔負けの推理力は以前からですが、弁護士にも負けないほど弁が立つようになりましたし、前作ではシンプソン夫人とも対等に渡り合っていましたね。今後はどんな活躍を見せてくれるのか、ますます目が離せなくなってきました。

最後になりましたが、本書の訳出にあたっては吉崎知子さんにご協力をいただきました。この場を借りてお礼申しあげます。

コージーブックス

英国王妃の事件ファイル⑩

貧乏お嬢さま、駆け落ちする

著者　リース・ボウエン
訳者　田辺千幸

2019年1月20日　初版第1刷発行

発行人　成瀬雅人
発行所　株式会社　原書房
〒160-0022 東京都新宿区新宿1-25-13
電話・代表　03-3354-0685
振替・00150-6-151594
http://www.harashobo.co.jp
ブックデザイン　atmosphere ltd.
印刷所　中央精版印刷株式会社

落丁・乱丁本はお取り替えいたします。
定価は、カバーに表示してあります。
 ISBN978-4-562-06089-4 Printed in Japan